Jane Bowles:
Zwei sehr ernsthafte Damen
Roman

Deutsch von Adelheid Dormagen

Deutscher
Taschenbuch
Verlag

dtv

Von Jane Bowles
ist im Deutschen Taschenbuch Verlag erschienen:
Einfache Freuden (10732)

Ungekürzte Ausgabe
1. Auflage Mai 1986
Deutscher Taschenbuch Verlag GmbH & Co. KG,
München
Lizenzausgabe mit freundlicher Genehmigung des
Carl Hanser Verlags, München · Wien
Titel der Originalausgabe:
›Two Serious Ladies‹ (Peter Owen Limited, London 1965)

ISBN 3-446-13797-1
Umschlaggestaltung: Celestino Piatti
Umschlagbild: Rotraut Susanne Berner
Gesamtherstellung: C. H. Beck'sche Buchdruckerei,
Nördlingen
Printed in Germany · ISBN 3-423-10565-8
3 4 5 6 7 8 · 94 93 92 91 90 89

Das Buch

»Ich bin vor die Hunde gegangen«, sagt Mrs. Copperfield, eine der beiden sehr ernsthaften Damen, »und das ist etwas, das ich mir seit Jahren gewünscht habe.« – Das existentielle Risiko für eine Frau auf der Suche nach Freiheit und Autonomie ist selten so witzig und radikal beschrieben worden. Die zierliche dunkle Mrs. Copperfield und die große rothaarige Miss Goering, beide Mitte 30, geben dafür alles auf: Die eine verläßt ihren Mann, um mit einer jungen Prostituierten zusammenzuleben, die andere verkauft ihr väterliches Haus, um auf einer Insel ihren persönlichen »Heilsplan« zu verwirklichen. Als dieser Roman 1943 zum erstenmal erschien, wurde Jane Bowles, damals gerade 26 Jahre alt, zur Kultfigur der literarischen Avantgarde. Truman Capote nannte sie eine »moderne Legende«. Ihre tragikomische Weltsicht, das Lebensgefühl, dem sie Ausdruck gibt, ihr emanzipatorischer Anspruch, die ironische Bösartigkeit ihrer Auseinandersetzung mit dem vorgegebenen Frauenbild sind ganz und gar von heute. »Mein Lieblingsbuch«, sagte Tennessee Williams. »Wenn ein moderner Roman ein Klassiker wird, dann mit Sicherheit dieser.«

Die Autorin

Jane Bowles wurde am 22. Februar 1917 in New York geboren, stammte aus einem nichtreligiösen jüdischen Elternhaus und verweigerte sich schon früh traditionellen Vorstellungen von Familienleben und Frauenrolle. 1938 heiratete sie den Komponisten Paul Bowles, mit dem sie von 1947 an in Tanger lebte. Mit vierzig Jahren erlitt sie einen Hirnschlag und konnte danach nicht mehr schreiben. Sie starb 1973 in Malaga. Außerdem in deutscher Sprache erschienen: ›Einfache Freuden‹ (1985), ›Eine richtige kleine Sünde‹ (1988).

Für Paul, Mutter und Helvetia

I

Christina Goerings Vater war ein amerikanischer Industrieller deutscher Abstammung und ihre Mutter eine Dame aus vornehmster New Yorker Familie. Die erste Hälfte ihres Lebens verbrachte Christina in einem sehr schönen Haus (etwa eine Stunde von der City entfernt), das sie von ihrer Mutter geerbt hatte. Dort wuchs sie mit ihrer Schwester Sophie auf.

Von Kindheit an war Christina bei anderen Kindern äußerst unbeliebt. Aber sie litt nie sonderlich darunter, da sie bereits im frühesten Alter ein reges Innenleben hatte, das ihre Wahrnehmung von allem, was sich um sie herum abspielte, derart einschränkte, daß sie die grassierenden Manieriertheiten nie mitmachte und mit zehn Jahren bei den anderen Mädchen als altmodisch galt. Schon damals hatte sie etwas Fanatisches an sich, wie jemand, der sich als Führer anderer sieht, ohne auch nur je die Achtung einer einzigen Menschenseele errungen zu haben.

Christina wurde von Vorstellungen geplagt, auf die ihre Gefährtinnen nie verfallen wären; gleichzeitig aber nahm sie eine gesellschaftliche Situation als gegeben, die jedes andere Kind als unerträglich empfunden hätte. Hin und wieder unternahm eine Schulkameradin aus Mitleid den Versuch, einige Zeit mit ihr zu verbringen, doch statt dankbar dafür zu sein, bemühte sich Christina aus Kräften, ihre neue Freundin zum Kult der Gottheit zu bekehren, der sie gerade anhing.

Ihre Schwester Sophie hingegen wurde von allen an der Schule bewundert. Sie hatte ein ausgesprochenes Talent zum Gedichteschreiben und war ständig mit einem kleinen stillen Mädchen zusammen, das Mary hieß und zwei Jahre jünger war.

Mit dreizehn Jahren hatte Christina auffallend rotes Haar (was sich auch kaum änderte, als sie älter wurde), ihre Wangen waren fleckig und rosa, und ihre Nase zeigte einen Anflug von Adel.

In jenem Jahr brachte Sophie ihre Freundin Mary fast jeden Tag zum Essen mit nach Hause. Danach spazierten die beiden durch Wald und Wiesen, jede ausgerüstet mit einem Korb, den sie mit Blumen füllten. Sophie erlaubte es Christina nicht, sie auf diesen Spaziergängen zu begleiten.

»Du mußt dir selber was ausdenken«, sagte Sophie dann immer. Es fiel Christina jedoch schwer, sich eine Beschäftigung vorzustellen, die auch allein Spaß machte. Sie war ständig in irgendwelche inneren Kämpfe verstrickt – meist religiöser Art –, und sie war lieber mit anderen zusammen, um Spiele zu veranstalten. Diese Spiele hatten in der Regel etwas ausgesprochen Moralisches an sich, und oft ging es dabei um Gott. Da jedoch niemand sonst Gefallen daran fand, blieb ihr nichts anderes übrig, als einen Großteil des Tages allein zu verbringen. Ein paarmal machte sie es Mary und Sophie nach und ging in den Wald, um Blumen zu pflücken, doch schleppte sie jedesmal so viele Körbe mit aus Angst, nicht genug Blumen für einen schönen Strauß zurückzubringen, daß ihr der Spaziergang eher wie eine Last vorkam und nicht wie ein Vergnügen.

Christina wünschte sich sehnlich, Mary einmal nachmittags für sich zu haben. An einem ungewöhnlich sonnigen Tag verschwand Sophie zur Klavierstunde ins Haus, während Mary auf dem Rasen sitzen blieb. Christina, die das aus einiger Entfernung beobachtet hatte, rannte mit vor Aufregung klopfendem Herzen ins Haus. Sie zog Schuhe, Strümpfe und Kleider aus bis auf einen kurzen weißen Unterrock. Der Anblick war nicht sehr angenehm, da Christina zu der Zeit recht wuchtig aussah und ihre Beine ziemlich dick waren. (Unmöglich vorherzusehen, daß sie sich zu einer hochgewachsenen, eleganten Dame entwickeln würde). Sie kam herausgerannt auf den Rasen und sagte zu Mary, sie solle ihr beim Tanzen zuschauen.

»Laß mich nicht aus den Augen«, sagte sie. »Ich werde zum Lobpreis der Sonne tanzen. Danach führ ich dir vor, daß ich es lieber hätte, wenn es Gott gäbe und keine Sonne als die Sonne und keinen Gott. Verstehst du?«

»Ja«, sagte Mary. »Tust du es jetzt sofort?«

»Ja, gleich hier.« Abrupt begann sie zu tanzen. Es war ein schwerfälliger Tanz, und ihre Gesten hatten alle etwas Unbestimmtes. Als Sophie aus dem Haus trat, lief Christina gerade mit gefalteten Händen rückwärts und wieder nach vorn.

»Was macht die denn da?« fragte Sophie.

»Tanzt die Sonne an, glaub ich«, sagte Mary. »Sie hat mir gesagt, ich soll mich hier hinsetzen und ihr zuschauen.«

Sophie ging auf Christina zu, die sich unablässig im Kreis drehte und die Hände matt in der Luft schüttelte.

»Angeberin!« sagte sie und stieß Christina plötzlich so, daß sie hinfiel.

Danach hielt sich Christina lange Zeit von Sophie fern, und damit auch von Mary. Eine weitere Gelegenheit, allein mit Mary zusammenzusein, bot sich ihr jedoch, als Sophie eines Morgens von schlimmen Zahnschmerzen geplagt wurde und ihre Hauslehrerin sofort mit ihr zum Zahnarzt mußte. Da Mary nichts davon wußte, erschien sie am Nachmittag in dem Glauben, Sophie zu Hause vorzufinden. Christina hielt sich im Turm auf, in dem sich die Kinder oft trafen, und sah Mary den Weg heraufkommen.

»Mary«, schrie sie, »komm hier rauf!« Als Mary oben im Turm war, fragte Christina, ob sie nicht Lust hätte auf ein ganz besonderes Spiel. »Es heißt ›Ich vergebe dir all deine Sünden‹«, sagte Christina. »Du mußt dein Kleid ausziehen.«

»Macht das Spaß?« fragte Mary.

»Wir spielen es nicht aus Spaß, sondern weil's notwendig ist.«

»Gut«, sagte Mary, »ich mach mit.« Sie zog das Kleid aus, und Christina zerrte ihr einen alten Leinensack über den Kopf. Sie schnitt zwei Löcher in den Sack, damit Mary durchschauen konnte, und band ihr dann eine Schnur um die Taille.

»Folge mir«, sagte Christina, »und du wirst von deinen Sünden freigesprochen. Wiederhole nur immer: ›Der Herr vergebe mir meine Sünden.‹«

Sie rannte mit Mary die Treppe hinunter ins Freie und über den Rasen zum Wald hin. Christina wußte noch nicht richtig, was sie eigentlich tun wollte, aber sie war sehr aufgeregt. Sie erreichten einen Bach, der am Waldrand entlangfloß. Seine Ufer waren weich und schlammig.

»Komm ans Wasser«, sagte Christina, »ich glaube, so lassen sich deine Sünden abwaschen. Du mußt aber im Schlamm stehen.«

»Am Ufer?«

»Nein, *im Schlamm.* Spürst du den bitteren Geschmack der Sünde auf deiner Zunge? Du mußt ihn spüren.«

»Ja«, sagte Mary zögernd.

»Und du wünschst dir, rein und makellos wie eine Blume zu sein, stimmt's?«

Mary antwortete nicht.

»Wenn du dich da nicht hinlegst und von mir mit Schlamm

zudecken und danach im Bach reinigen läßt, wirst du auf ewig verdammt sein. Willst du auf ewig verdammt sein? Jetzt ist der Augenblick gekommen, wo du dich entscheiden mußt.«

Mary stand da unter der schwarzen Kapuze und sagte kein Wort. Christina drückte sie auf den Boden und fing an, Schlamm auf den Sack zu packen.

»Der Schlamm ist kalt«, sagte Mary.

»Die Höllenfeuer brennen heiß«, sagte Christina. »Wenn du mich machen läßt, brauchst du nicht in die Hölle.«

»Beeil dich«, sagte Mary.

Christina war äußerst erregt. Ihre Augen glänzten. Sie häufte immer mehr Schlamm auf Mary.

»Nun ist es soweit, daß du im Bach gereinigt werden kannst.«

»Bitte nicht, kein Wasser! Ich hasse es, ins Wasser zu gehen. Ich hab Angst davor.«

»Vergiß deine Angst. Gott sieht dir jetzt zu, und noch hat Er kein Erbarmen mit dir.«

Sie hob Mary vom Boden auf und schleppte sie in den Bach. Sie hatte vergessen, Schuhe und Strümpfe auszuziehen. Ihr Kleid war über und über mit Dreck verschmiert. Sie tauchte Mary ins Wasser ein. Mary sah sie durch die Sackschlitze an. Es kam ihr nicht in den Sinn, sich zu wehren.

»Drei Minuten werden reichen«, sagte Christina. »Ich will ein kurzes Gebet für dich sprechen.«

»Nein, tu's nicht«, flehte Mary.

»Und ob ich's tue«, sagte Christina und hob die Augen zum Himmel.

»Lieber Gott«, sagte sie, »mach dieses Mädchen Mary so rein wie Jesus, Deinen Sohn. Wasch ihre Sünden weg wie das Wasser den Schlamm. Dieses schwarze Sackleinen beweist Dir, daß sie sich sündig fühlt.«

»Hör auf«, flüsterte Mary. »Er kann dich auch hören, wenn du es nur denkst. Du schreist ja richtig.«

»Ich glaube, die drei Minuten sind vorbei«, sagte Christina. »Komm, Kleine, du kannst aufstehen.«

»Laß uns heimrennen«, sagte Mary. »Ich frier mich zu Tode.«

Sie liefen nach Hause und die Hintertreppe hinauf, die zum Turm führte. Im Turmzimmer war es heiß, da alle

Fenster geschlossen waren. Mit einem Mal fühlte sich Christina ganz elend.

»Geh ins Bad«, sagte sie zu Mary, »und mach dich sauber. Ich werde malen.« Sie war tief beunruhigt. ›Es ist vorbei‹, sagte sie sich, ›das Spiel ist aus. Ich werde Mary sagen, sie soll heimgehen, wenn sie wieder trocken ist. Ich schenk ihr ein paar Buntstifte, die sie mitnehmen kann.‹

Mary kam eingehüllt in ein Handtuch aus dem Bad zurück. Sie zitterte noch immer. Ihr Haar war naß und strähnig. Ihr Gesicht sah schmaler als gewöhnlich aus. Christina schaute an ihr vorbei. »Das Spiel ist aus«, sagte sie, »es hat nur ein paar Minuten gedauert – du solltest schon wieder trocken sein – ich geh weg.« Sie verschwand aus dem Zimmer und ließ Mary, die sich das Badetuch enger um die Schultern zog, allein.

Als erwachsene Frau war Miss Goering nicht beliebter als in ihrer Kindheit. Sie lebte mit ihrer Begleiterin, Miss Gamelon, in ihrem Haus draußen vor New York.

Drei Monate war es her, Miss Goering hatte im Salon gesessen und auf die entlaubten Bäume geschaut, als das Dienstmädchen ihr Besuch ankündigte.

»Ist es ein Herr oder eine Dame?« fragte Miss Goering.

»Eine Dame.«

»Führ sie sofort herein«, sagte Miss Goering.

Das Mädchen kam zurück, gefolgt von der Besucherin. Miss Goering erhob sich. »Guten Tag«, sagte sie. »Ich glaube nicht, daß ich Sie schon jemals gesehen habe, aber bitte, setzen Sie sich.«

Die Besucherin war eine kleine pummelige Person, etwa Ende dreißig oder Anfang vierzig. Sie war dunkel und unelegant gekleidet, und wären nicht ihre großen grauen Augen gewesen, so hätte man ihrem Gesicht keine weitere Beachtung geschenkt.

»Ich bin die Cousine Ihrer Hauslehrerin«, sagte sie zu Miss Goering. »Sie war viele Jahre bei Ihnen. Erinnern Sie sich an sie?«

»Ja«, sagte Miss Goering.

»Ich heiße Lucy Gamelon. Meine Cousine hat dauernd von Ihnen und Ihrer Schwester Sophie gesprochen. Seit Jahren schon hatte ich die Absicht, Sie aufzusuchen, doch immer kam etwas dazwischen. Aber ich war mir ganz sicher, daß ich Sie schließlich sehen würde.«

Miss Gamelon errötete. Sie hatte Hut und Mantel noch nicht abgelegt.

»Sie haben ein schönes Zuhause«, sagte sie. »Aber das werden Sie selbst wissen und dementsprechend schätzen.«

Miss Goering war mittlerweile neugierig auf Miss Gamelon geworden. »Was treiben Sie so im Leben?« fragte sie.

»Nicht gerade viel, leider. Ich habe die ganze Zeit damit verbracht, Manuskripte für berühmte Schriftsteller abzutippen, aber die Nachfrage nach Schriftstellern scheint mir nicht mehr allzu groß zu sein. Vielleicht tippen sie jetzt auch nur alles eigenhändig.«

Miss Goering war in Gedanken versunken und sagte nichts. Miss Gamelon sah sich hilflos um.

»Leben Sie die meiste Zeit hier oder sind Sie viel auf Reisen?« fragte Miss Gamelon ganz unverhofft.

»Ich habe nie ans Reisen gedacht«, sagte Miss Goering. »Ich brauche nicht zu verreisen.«

»Bei Ihrer Herkunft«, sagte Miss Gamelon, »sind Sie wahrscheinlich schon mit einem enormen Wissen auf die Welt gekommen. Sie haben es nicht nötig zu reisen. Ich hatte zwei- oder dreimal die Möglichkeit, mit meinen Autoren ins Ausland zu verreisen. Sie waren bereit, mir alles zu zahlen und dazu noch mein Gehalt, aber ich hab's nur ein einziges Mal gemacht, und zwar nach Kanada.«

»Sie reisen nicht gern«, konstatierte Miss Goering und starrte sie an.

»Es bekommt mir nicht. Dieses eine Mal habe ich es versucht. Mein Magen war durcheinander, und ich hatte ständig Migräne. Das hat mir gereicht. Ich war gewarnt.«

»Ich verstehe vollkommen«, sagte Miss Goering.

»Ich bin fest davon überzeugt«, fuhr Miss Gamelon fort, »daß wir Warnungen bekommen. Manche Menschen beachten diese Warnungen nicht. Und dann finden sie sich in unmöglichen Situationen wieder. Meiner Meinung nach soll man von allem, was einen nervös macht oder befremdet, die Finger lassen.«

»Nur weiter«, drängte Miss Goering.

»Ich zum Beispiel weiß genau, daß ich nicht zum Piloten geschaffen bin. Ich habe immer wieder Träume, in denen ich auf die Erde herunterstürze. Es gibt einige Dinge, die ich nicht tun würde, selbst wenn man mich deswegen für einen störrischen Esel hält. Ich werde zum Beispiel nie eine große

Wasserfläche überqueren. Dabei könnte ich alles haben, was ich mir wünsche, wenn ich bloß über den Ozean nach England fahren würde, aber das tue ich niemals.«

»Hm«, sagte Miss Goering, »wie wär's jetzt mit Tee und Sandwiches?«

Miss Gamelon aß gierig und machte Miss Goering Komplimente.

»Ich esse gern was Gutes«, sagte sie; »ich bekomme nur nicht mehr so oft was Gutes vorgesetzt wie früher, als ich noch für die Schriftsteller gearbeitet habe.«

Nach dem Tee verabschiedete sich Miss Gamelon von ihrer Gastgeberin.

»Es war sehr schön bei Ihnen«, sagte sie. »Ich würde gern länger bleiben, aber ich habe einer Nichte versprochen, heute abend auf ihre Kinder aufzupassen. Sie geht auf einen Ball.«

»Deprimierende Aussichten«, sagte Miss Goering.

»Ja, da haben Sie recht«, erwiderte Miss Gamelon.

»Kommen Sie bald wieder«, sagte Miss Goering.

Am folgenden Nachmittag kündigte das Mädchen Miss Goering eine Besucherin an. »Es ist dieselbe Dame, die gestern hier war.«

Na so was, dachte Miss Goering, das ist ja schön.

»Wie fühlen Sie sich heute?« fragte Miss Gamelon beim Eintreten. Sie sprach ganz ungezwungen und fand es anscheinend keineswegs seltsam, daß sie schon so bald nach ihrem ersten Besuch wiederkam. »Ich habe die ganze Nacht über Sie nachgedacht«, sagte sie. »Es ist komisch, ich hab immer schon gedacht, ich sollte Sie mal kennenlernen. Meine Cousine hat ständig davon erzählt, wie sonderbar Sie seien. Ich bin aber der Meinung, daß man mit Sonderlingen viel schneller Freundschaft schließt. Oder es klappt überhaupt nicht – so oder so. Von meinen Schriftstellern waren viele reichlich sonderbar. Mir kommt dieser Umgang, den ja nur wenige Leute haben, zugute: ich weiß recht genau Bescheid über die ›einwandfrei Verrückten‹, wie ich sie nenne.«

Miss Goering lud Miss Gamelon zum Essen ein. Sie empfand ihre Gesellschaft als angenehm und entspannend. Miss Gamelon war von Miss Goerings Nervosität nachhaltig beeindruckt. Als sie sich zu Tisch setzen wollten, sagte Miss Goering, sie könne es nicht ertragen, im Eßzimmer zu speisen, und bat das Dienstmädchen, im Salon zu decken. Sie verwandte viel Zeit darauf, die Lampen an- und auszuknipsen.

»Ich weiß, wie Sie sich fühlen«, sagte Miss Gamelon.

»Das macht mir keinen besonderen Spaß«, sagte Miss Goering, »aber ich hoffe, daß ich mich in Zukunft beherrschen werde.«

Als der Wein ausgeschenkt wurde, sagte Miss Gamelon zu Miss Goering, ihre Nervosität sei ganz legitim. »Was erwarten Sie denn, meine Liebe«, sagte sie, »bei Ihrer Herkunft? Die ganze Familie ist ständig aufgedreht; alle miteinander. Sie dürfen sich Dinge erlauben, wozu andere kein Recht haben.«

Miss Goering fühlte sich ein wenig beschwipst. Verträumt sah sie Miss Gamelon an, die gerade ihre zweite Portion Hühnchen in Weinsauce verspeiste. An ihrem Mundwinkel klebte ein Fettrest.

»Ich trinke schrecklich gern«, sagte Miss Gamelon, »aber das taugt nichts, wenn man arbeiten muß. Ausgesprochen herrlich finde ich es, wenn man Muße hat. Ich habe im Augenblick reichlich Zeit.«

»Haben Sie einen Schutzengel?« fragte Miss Goering.

»Eine meiner Tanten ist gestorben. Meinen Sie etwa das? Vielleicht wacht sie über mich.«

»Das meine ich allerdings nicht – ich habe von etwas ganz anderem gesprochen.«

»Ja, natürlich ...«, sagte Miss Gamelon.

»Ein Schutzengel kommt, wenn man noch sehr jung ist, und er erteilt einem einen besonderen Dispens.«

»Von was?«

»Von der Welt. Ihrer könnte das Glück sein; meiner ist das Geld. Die meisten Menschen haben einen Schutzengel; darum leben sie so bedächtig.«

»Eine phantasievolle Art, über Schutzengel zu reden. Ich glaube, mein Schutzengel läßt mich die Warnungen, von denen ich Ihnen erzählt habe, ernst nehmen. Und ich glaube, er könnte mir Ratschläge geben, die auch Sie betreffen. So könnte ich Ihnen Schwierigkeiten ersparen. Wenn Ihnen das recht ist, natürlich«, fügte sie hinzu und schaute ein wenig verwirrt drein.

In diesem Augenblick hatte Miss Goering stark das Gefühl, daß Miss Gamelon keineswegs eine nette Frau war, aber sie weigerte sich, daraus Konsequenzen zu ziehen; die

Vorstellung, umsorgt und gehätschelt zu werden, gefiel ihr ungemein. Sie sagte sich, daß es für eine kurze Zeit ja nicht schaden könne.

»Miss Gamelon«, sagte Miss Goering, »ich glaube, es wäre himmlisch, wenn Sie dieses Haus zu dem Ihren machen könnten – zumindest vorläufig mal. Sie haben doch keine dringenden Geschäfte, die Sie zwingen, woanders zu wohnen, oder?«

»Nein, das habe ich nicht«, sagte Miss Gamelon. »Ich wüßte nicht, warum ich nicht hierbleiben sollte – ich müßte nur meine Sachen von meiner Schwester holen, das ist, soweit ich sehe, alles.«

»Welche Sachen?« fragte Miss Goering ungeduldig. »Sie brauchen nicht mehr zurück. Wir können alles, was Sie brauchen, auch kaufen.« Sie stand auf und ging im Zimmer hastig auf und ab.

»Trotzdem«, sagte Miss Gamelon, »ich glaube, es ist besser, ich hole meine Sachen.«

»Aber nicht heute abend«, sagte Miss Goering entschieden, »morgen – morgen mit dem Auto.«

»Morgen mit dem Auto«, wiederholte Miss Gamelon.

Miss Goering traf die notwendigen Vorbereitungen, um Miss Gamclon in der Nähe ihres Zimmers einzuquartieren, und führte sie gleich nach dem Essen in ihr neues Domizil.

»Dieses Zimmer«, sagte Miss Goering, »hat wohl die herrlichste Aussicht im ganzen Haus.« Sie zog die Vorhänge beiseite. »Sie haben heute nacht Ihren Mond und Ihre Sterne, Miss Gamelon, und dazu die wunderschöne Silhouette der Bäume gegen den Himmel.«

Miss Gamelon stand im Halbdunkel am Frisiertisch. Sie spielte mit der Brosche auf ihrer Bluse. Sie wünschte sich, Miss Goering möchte das Zimmer verlassen, damit sie in Ruhe über das Haus und Miss Goerings Angebot nachdenken konnte.

Plötzlich drang aus dem Gebüsch unter dem Fenster ein scharrendes Geräusch herauf. Miss Goering fuhr zusammen.

»Was ist das?« Ihr Gesicht war kreidebleich, und sie legte die Hand auf die Stirn. »Jedesmal, wenn ich mich erschreckt habe, tut mir mein Herz hinterher tagelang weh«, sagte sie mit leiser Stimme.

»Ich glaube, ich geh jetzt besser zu Bett«, sagte Miss Gamelon. Mit einem Mal überwältigte sie der viele Wein, den sie getrunken hatte. Miss Goering verabschiedete sich nur zögernd. Sie hatte sich darauf eingestellt, die halbe Nacht zu reden. Am nächsten Morgen fuhr Miss Gamelon nach Hause, um ihre Sachen zu holen und ihrer Schwester die neue Adresse zu geben.

Drei Monate später wußte Miss Goering nicht viel mehr von Miss Gamelon als am ersten Abend, an dem sie zusammen gegessen hatten. Durch aufmerksames Beobachten jedoch hatte sie einiges über Miss Gamelons Eigenarten in Erfahrung gebracht. In der ersten Zeit nach ihrer Ankunft hatte sich Miss Gamelon oft über ihre Liebe zum Luxus und zu schönen Dingen ausgelassen; Miss Goering hatte sie daraufhin unzählige Male zum Einkaufsbummel mitgenommen, aber sie schien sich nie für etwas anderes zu interessieren als für die allernotwendigsten Gebrauchsgegenstände.

Sie war ruhig, sogar ein wenig wortkarg, insgesamt schien sie jedoch mit ihrem Los zufrieden zu sein. Am liebsten ging sie in große teure Restaurants, und ganz besonders mochte sie es, wenn zum Essen leise Musik gespielt wurde. Das Theater interessierte sie offensichtlich nicht. Es kam häufiger vor, daß Miss Goering Karten besorgt hatte und Miss Gamelon es im letzten Augenblick ablehnte, mitzukommen.

»Ich fühl mich so herrlich faul«, sagte sie dann jedesmal, »daß mir das Bett jetzt als das Schönste auf der Welt erscheint.«

Wenn sie mitkam ins Theater, war sie schnell gelangweilt. Ging die Handlung des Stücks nicht zügig voran, ertappte Miss Goering sie dabei, wie sie auf ihren Schoß blickte und mit den Fingern spielte.

Miss Goerings Aktivitäten schienen sie jetzt heftiger zu bewegen als die eigenen Dinge, auch wenn sie den Selbstkommentaren ihrer Gastgeberin nicht mehr so verständnisvoll lauschte wie noch am Anfang.

An einem Mittwochnachmittag saßen Miss Gamelon und Miss Goering unter den Bäumen vorm Haus. Miss Goering trank Whisky, Miss Gamelon las. Das Mädchen kam aus dem Haus und meldete, daß Miss Goering am Telefon verlangt werde.

Der Anruf war von Miss Goerings alter Freundin Anna, die sie für den nächsten Abend zu einer Party einlud. Miss Goering kehrte sehr aufgeregt in den Garten zurück.

»Morgen abend gehe ich auf eine Party«, sagte sie, »aber

wie soll ich es bloß bis dahin aushalten? Ich freue mich riesig auf Parties, nur lädt man mich so selten ein, daß ich fast nicht weiß, wie ich damit umgehen soll. Was können wir nur tun, um die Zeit bis dahin totzuschlagen?« Sie nahm Miss Gamelons Hände in die ihren.

Es wurde kühler. Miss Goering fröstelte, doch dabei lächelte sie. »Genießen Sie unser kleines Leben hier?« fragte sie Miss Gamelon.

»Ich bin immer zufrieden«, sagte Miss Gamelon, »weil ich weiß, was ich mir nehmen kann und was nicht. Sie dagegen sind ständig allem möglichen preisgegeben.«

Miss Goering sah erhitzt aus und eine Spur zu fein angezogen, als sie bei Anna ankam. Sie trug Samt, und Miss Gamelon hatte ihr Blumen ins Haar gesteckt.

Die Herren, die meisten in mittleren Jahren, standen rauchend in einer Ecke des Zimmers zusammen und hörten einander aufmerksam zu. Die Damen saßen frisch gepudert im Zimmer herum und sprachen nur wenig. Anna wirkte etwas angespannt, obwohl sie ständig lächelte. Sie, die Gastgeberin, hatte sich ein Kleid im Dirndlstil anfertigen lassen.

»Ihr bekommt gleich etwas zu trinken«, versprach sie ihren Gästen, und als sie Miss Goering erblickte, kam sie auf sie zu und führte sie wortlos zu dem Stuhl direkt neben dem von Mrs. Copperfield.

Mrs. Copperfield hatte ein schmales, scharfgeschnittenes Gesicht und tiefschwarze Haare. Sie war ungewöhnlich klein und dünn. Nervös rieb sie sich die nackten Arme und schaute hierhin und dorthin, als sich Miss Goering neben ihr niederließ. Sie hatten sich jahrelang immer auf Annas Parties getroffen und gelegentlich Tee zusammen getrunken.

»Oh! Christina Goering«, rief Mrs. Copperfield aus und war überrascht, auf einmal ihre Freundin neben sich sitzen zu sehen. »Ich geh fort!«

»Wollen Sie sagen«, fragte Miss Goering, »Sie verlassen die Party?«

»Nein, ich geh auf Reisen. Ich muß Ihnen das erzählen. Es ist schrecklich.«

Miss Goering bemerkte, daß Mrs. Copperfields Augen noch mehr glänzten als sonst. »Was ist denn los, meine kleine Mrs. Copperfield?« erkundigte sie sich, wobei sie von ihrem Platz aufstand und sich mit strahlendem Lächeln umsah.

»Ach«, sagte Mrs. Copperfield, »ich bin mir sicher, daß Sie nichts davon hören wollen. Wahrscheinlich haben Sie überhaupt keine Achtung vor mir, aber das ändert nichts daran, daß ich den größten Respekt vor Ihnen habe. Einmal habe ich gehört, wie mein Mann sagte, Sie seien früher religiös gewesen, und wir hätten beinah einen Riesenkrach gekriegt. Natürlich ist es verrückt von ihm, so etwas zu behaupten. Sie sind herrlich unberechenbar, und Sie fürchten niemanden als sich selbst. Ich hasse Religiosität bei anderen.«

Miss Goering unterließ es, Mrs. Copperfield zu antworten, da sie für einige Augenblicke einen korpulenten dunkelhaarigen Mann angestarrt hatte, der schwerfällig durch den Raum auf sie zuschritt. Als er näher kam, sah sie, daß er ein angenehmes Gesicht hatte. Die fleischigen Wangen standen zwar deutlich hervor, hingen aber nicht herunter wie bei den meisten Dicken. Er hatte einen blauen Geschäftsanzug an.

»Darf ich mich zu Ihnen setzen?« fragte er die beiden. »Ich habe diese junge Dame schon früher kennengelernt«, sagte er und schüttelte Mrs. Copperfield die Hand, »aber leider noch nicht ihre Freundin.« Er wandte sich um und nickte Miss Goering zu.

Mrs. Copperfield war so verärgert über die Unterbrechung, daß sie es versäumte, dem Herrn Miss Goering vorzustellen. Er zog sich einen Stuhl in die Nähe von Miss Goering und sah sie an.

»Ich komme gerade von einem wundervollen Essen«, sagte er zu ihr, »bescheiden im Preis, doch mit Anstand serviert und vorzüglich zubereitet. Wenn es Sie interessiert, kann ich Ihnen den Namen des kleinen Lokals aufschreiben.«

Er langte in seine Westentasche und zog eine lederne Brieftasche hervor. Nur ein Zettel war noch nicht mit Adressen beschrieben.

»Ich notiere es Ihnen hier«, sagte er zu Miss Goering. »Sicher kommen Sie noch oft mit Mrs. Copperfield zusammen, und dann können Sie ihr ja die Information weitergeben, oder vielleicht kann sie Sie auch anrufen.«

Miss Goering nahm den Zettel und studierte das Geschriebene.

Der Mann hatte den Namen des Restaurants nirgends notiert; statt dessen bat er Miss Goering, doch einzuwilligen, später mit ihm nach Hause zu kommen in sein Appartement.

Das gefiel ihr ausnehmend gut, da es ihr meist großen Spaß machte, so lang wie möglich fortzubleiben, wenn sie sich einmal entschlossen hatte, auszugehen.

Sie schaute zu dem Mann auf. Er machte ein undurchdringliches Gesicht. Gelassen nippte er an seinem Getränk und schaute sich in dem Raum um wie jemand, der endlich eine Geschäftsbesprechung zum Abschluß gebracht hat. Doch standen ihm Schweißperlen auf der Stirn.

Mrs. Copperfield starrte ihn voller Abneigung an, aber Miss Goerings Gesicht erhellte sich mit einem Mal. »Ich möchte euch von einer merkwürdigen Sache berichten, die ich heute morgen erlebt habe. Sitzen Sie still, meine kleine Mrs. Copperfield, und hören Sie mir zu.« Mrs. Copperfield blickte Miss Goering an und nahm die Hand der Freundin.

»Ich habe die letzte Nacht in der Stadt bei meiner Schwester Sophie verbracht«, begann Miss Goering, »und heute morgen stand ich mit einer Tasse Kaffee am Fenster. Das Gebäude neben Sophies Haus wird gerade abgerissen. Sie wollen, glaube ich, dort ein Mehrfamilienhaus errichten. Heute morgen wehte nicht nur ein starker Wind, sondern es regnete auch hin und wieder. Von meinem Fenster aus konnte ich direkt in die Zimmer des Abrißhauses hineinsehen, da die gegenüberliegende Hauswand bereits niedergerissen war. Zum Teil waren die Räume noch möbliert, und wie ich so dastand, beobachtete ich, wie der Regen die Tapete bespritzte. Die Tapete war geblümt und schon voller dunkler Flekken, die sich mehr und mehr vergrößerten.«

»Wie amüsant«, sagte Mrs. Copperfield, »oder vielleicht war es auch deprimierend.«

»Der Anblick machte mich schließlich richtig traurig, und ich wollte gerade weggehen, als ein Mann in einem Zimmer erschien und sofort auf das Bett zusteuerte, die Decke aufhob, sie zusammenfaltete und unter den Arm schob. Zweifellos ein persönlicher Besitz, den einzupacken er vergessen hatte und den er nun, in dieser Minute, holte. Dann ging er eine Weile planlos im Raum umher und stellte sich zuletzt an den äußersten Rand seines Zimmers, stemmte die Arme in die Seite und schaute in den Hof hinunter. Ich konnte ihn jetzt klarer erkennen und vermutete sogleich, daß es sich um einen Künstler handelte. Während er so dastand, packte mich mehr und mehr das Entsetzen, so als sähe ich eine Szene in einem Alptraum.«

An dieser Stelle erhob sich Miss Goering abrupt.

»Ist er gesprungen, Miss Goering?« fragte Mrs. Copperfield erregt.

»Nein, er blieb dort eine ganze Weile stehen und schaute mit einem Ausdruck heiterer Neugier in den Hof hinunter.«

»Erstaunlich, Miss Goering«, sagte Mrs. Copperfield. »In der Tat eine sehr interessante Geschichte, wirklich, nur hat sie mir einen furchtbaren Schrecken eingejagt, und ich habe keine Lust, noch eine von der Sorte zu hören.« Sie hatte kaum ihren Satz beendet, als sie ihren Mann sagen hörte:

»Wir fahren nach Panama und halten uns da eine Zeitlang auf, bevor wir weiter ins Landesinnere vordringen.« Mrs. Copperfield drückte Miss Goerings Hand.

»Ich glaube nicht, daß ich das verkraften kann«, sagte sie. »Wirklich, Miss Goering, ich habe eine Heidenangst davor.«

»Ich würde auf jeden Fall gehen«, sagte Miss Goering.

Mrs. Copperfield sprang von der Armlehne ihres Clubsessels auf und rannte in die Bibliothek. Sorgfältig schloß sie die Tür hinter sich ab und ließ sich, ein Häufchen Elend, aufs Sofa fallen. Als sie aufgehört hatte zu weinen, puderte sie sich die Nase, setzte sich auf das Fenstersims und starrte hinunter in den dunklen Garten.

Etwa zwei Stunden später redete Arnold, der korpulente Herr im blauen Anzug, immer noch mit Miss Goering. Er schlug ihr vor, mit ihm die Party zu verlassen und zu ihm nach Hause zu kommen. »Ich glaube, dort haben wir es viel gemütlicher«, sagte er zu ihr. »Da ist es weniger laut, und wir können freier miteinander reden.«

Aber Miss Goering hatte jetzt noch gar nicht das Bedürfnis wegzugehen – sie genoß es richtig, in einem Raum voller Menschen zu sein –, nur wußte sie noch nicht recht, wie sie seiner Einladung ausweichen konnte.

»Gewiß«, sagte sie, »machen wir uns auf den Weg.« Sie standen auf und gingen ohne ein Wort zusammen hinaus.

»Sagen Sie Anna nichts von unserem Aufbruch«, sagte Arnold zu Miss Goering. »Das schafft nur Unruhe. Ich verspreche Ihnen, ihr morgen Süßigkeiten oder Blumen zu schicken.« Er drückte Miss Goerings Hand und lächelte sie an. Sie war sich nicht ganz sicher, ob sie ihn nicht ein wenig zu vertraulich fand.

Nachdem Arnold und Miss Goering Annas Party verlassen hatten, gingen sie ein Stück zu Fuß, dann rief Arnold ein Taxi. Die Fahrt zu seinem Haus führte durch lauter dunkle, unbelebte Straßen. Miss Goering machte das so nervös und hysterisch, daß Arnold aufschreckte.

»Ich stelle mir immer vor«, sagte Miss Goering, »daß der Taxichauffeur nur wartet, bis seine Fahrgäste ins Gespräch vertieft sind, dann rast er irgendeine Straße hinunter bis zu einer einsamen unzugänglichen Stelle, wo er sie entweder foltert oder ermordet. Ich bin überzeugt, daß sich die meisten Menschen das gleiche vorstellen, aber sie sind so taktvoll, es nicht zu erwähnen.«

»Sie wohnen so weit außerhalb der Stadt«, sagte Arnold, »warum übernachten Sie da nicht bei mir zu Hause? Wir haben ein kleines Gästezimmer.«

»Das werde ich wohl«, sagte Miss Goering, »auch wenn es ganz und gar gegen meinen Kodex verstößt; andererseits habe ich nicht einmal damit begonnen, ihn anzuwenden, obwohl ich doch alles danach beurteile.« Miss Goering sah nach diesen Worten ein wenig verdrießlich aus, und sie fuhren schweigend weiter, bis sie ihr Ziel erreichten.

Arnolds Wohnung lag im zweiten Stock. Er öffnete die Tür, und sie betraten einen Raum, in dem ringsum und bis unter die Decke Bücherregale standen. Die Liegecouch war zurechtgemacht, daneben auf dem Bettvorleger Arnolds Pantoffeln. Die Möbel waren massiv, und da und dort verstreut lagen kleine Orientteppiche.

»Ich schlafe hier«, sagte Arnold, »meine Mutter und mein Vater wohnen im Schlafzimmer. Wir haben eine kleine Küche, doch im allgemeinen ziehen wir es vor, draußen zu essen. Es gibt noch ein winziges Schlafzimmer, das ursprünglich für das Dienstmädchen vorgesehen war, aber ich schlafe lieber hier und lasse meine Blicke von Buch zu Buch schweifen; Bücher sind mir ein großer Trost.« Er seufzte tief und legte beide Hände auf Miss Goerings Schultern. »Sehen Sie, meine liebe Freundin«, sagte er, »ich tue nicht gerade das, was ich gern täte ..., ich bin im Immobiliengeschäft.«

»Was würden Sie denn gern tun?« fragte Miss Goering und sah müde und gleichgültig aus.

»Mit Sicherheit etwas in der Buchbranche oder was mit Malerei«, sagte Arnold.

»Und das geht nicht?«

»Nein«, sagte Arnold, »meine Familie glaubt, daß solche Berufe unseriös seien, und da ich meinen Lebensunterhalt verdienen und für meinen Anteil an dieser Wohnung zahlen muß, bin ich gezwungen, einen Posten im Büro meines Onkels einzunehmen, wo ich – das muß ich allerdings sagen – in Windeseile der Spitzenverkäufer geworden bin. Abends jedoch habe ich reichlich Zeit, unter Menschen zu gehen, die nichts mit Immobilien zu tun haben. Um die Wahrheit zu sagen, die Leute halten sehr wenig vom Geldverdienen. Natürlich sind sie interessiert daran, genug zu essen zu haben. Auch wenn ich jetzt schon 39 Jahre alt bin, hoffe ich immer noch sehr, daß ich eines Tages in der Lage bin, endgültig mit meiner Familie zu brechen. Ich sehe das Leben mit anderen Augen als sie. Und ich habe immer mehr das Gefühl, daß mein Leben hier mit der Zeit unerträglich wird. Obwohl es mir freisteht, einzuladen wen ich will, da ich ja auch einen Anteil an den Wohnungskosten bezahle.«

Er setzte sich auf die Couch und rieb sich die Augen.

»Verzeihen Sie mir, Miss Goering, aber ich bin auf einmal hundemüde. Das wird sich bestimmt legen.«

Miss Goering spürte, wie die Wirkung des Alkohols nachließ, und dachte, daß es nun höchste Zeit sei, zu Miss Gamelon zurückzukehren, aber sie besaß nicht den Mut, die weite Fahrt nach Hause allein zu machen.

»Vermutlich sind Sie schwer enttäuscht«, sagte Arnold, »aber Sie verstehen, ich habe mich in Sie verliebt. Ich wollte Sie hierherbringen und Ihnen mein ganzes Leben erzählen, doch mir ist jetzt überhaupt nicht nach Reden zumute.«

»Vielleicht erzählen Sie mir ein andermal davon«, sagte Miss Goering und fing an, hastig auf und ab zu gehen. Sie blieb stehen und wandte sich ihm zu. »Was raten Sie mir«, fragte sie ihn. »Raten Sie mir, nach Hause zu fahren oder zu bleiben?«

Arnold sah auf seine Uhr. »Bleiben Sie unbedingt hier«, sagte er.

In diesem Augenblick kam Arnolds Vater im Hausanzug und mit einer Tasse Kaffee in der Hand herein. Er war auffallend schlank und trug ein Spitzbärtchen. Insgesamt wirkte er distinguierter als Arnold.

»Guten Abend, Arnold«, sagte sein Vater. »Stellst du mich bitte dieser jungen Dame vor.«

Arnold machte sie miteinander bekannt, und dann fragte

sein Vater Miss Goering, warum sie nicht ihren Mantel ablegte.

»Solang Sie noch auf sind so spät in der Nacht«, sagte er, »und nicht die Bequemlickeit und Geborgenheit Ihres eigenen Bettes genießen, machen Sie sich's doch hier bequem. Mein Sohn Arnold kümmert sich nie um so etwas.« Er half Miss Goering aus dem Mantel und machte ihr Komplimente zu ihrem bezaubernden Kleid.

»Und nun erzählt mir, wo ihr gewesen seid und was ihr getan habt. Ich gehe nicht mehr unter die Leute, mir genügt der Umgang mit meiner Frau und meinem Sohn.«

Arnold zuckte die Achseln und tat, als schaute er geistesabwesend im Zimmer herum. Doch auch ein ungeübter Beobachter hätte den eindeutig feindseligen Ausdruck in seinem Gesicht wahrgenommen.

»Jetzt erzählt mir von dieser Party«, sagte Arnolds Vater und zupfte sein Halstuch zurecht. »Und zwar *Sie*!« Er zeigte auf Miss Goering, deren Stimmung sich schon wieder hob. Sie mochte Arnolds Vater auf Anhieb lieber als den Sohn.

»Ich erzähl's dir«, sagte Arnold. »Eine Menge Leute waren da, vorwiegend Künstler, einige davon erfolgreich und reich, andere nur reich, weil sie von irgendwem aus der Familie geerbt haben, und wieder andere mit gerade so viel, daß es zum Essen reicht. Am Geld an sich war von all den Leuten dort niemand interessiert, denen würde es reichen, und da gab's keine Ausnahme, wenn sie genug zu essen hätten.«

»Wie die wilden Tiere!« rief sein Vater aus und stand auf. »Wie die Wölfe! Was unterscheidet denn die Menschen von den Wölfen, wenn nicht die Tatsache, daß der Mensch Profit machen will?«

Miss Goering lachte, bis ihr die Tränen übers Gesicht liefen. Arnold nahm ein paar Magazine vom Tisch und begann sie hastig durchzublättern.

In diesem Augenblick trat Arnolds Mutter ins Zimmer, in der einen Hand hielt sie einen Teller mit Kuchenstücken, in der anderen eine Tasse Kaffee. Sie sah schlampig aus und unscheinbar und hatte haargenau dieselbe Statur wie Arnold. Sie trug einen rosa Hauskittel.

»Willkommen«, sagte Miss Goering zu Arnolds Mutter. »Kann ich ein Stück Kuchen haben?«

Arnolds Mutter war von Natur aus sehr linkisch; sie bot

Miss Goering keinen Kuchen an, sie hielt den Teller fest umklammert und sagte zu ihr: »Kennen Sie Arnold schon lange?«

»Nein, ich habe Ihren Sohn heute abend auf einer Party kennengelernt.«

»Hm«, sagte Arnolds Mutter, stellte das Tablett ab und setzte sich aufs Sofa, »sehr lang ist das wohl nicht?«

Arnolds Vater ärgerte sich über seine Frau, und das war seinem Gesicht deutlich abzulesen.

»Ich hasse dieses rosa Dings«, sagte er.

»Warum redest du jetzt darüber, wo wir Besuch haben?«

»Weil der Kittel mit dem Besuch auch nicht besser aussieht.« Er zwinkerte Miss Goering ausgiebig zu und brach in lautes Gelächter aus. Miss Goering lachte wieder herzhaft über seine Bemerkung. Arnold blickte noch finsterer drein als zuvor.

»Miss Goering«, sagte Arnold, »hatte Angst, allein nach Hause zu fahren, darum habe ich ihr angeboten, hier im Nebenzimmer zu übernachten. Auch wenn das Bett nicht besonders bequem ist, sie ist dort wenigstens für sich.«

»Und *warum*«, fragte Arnolds Vater, »hatte Miss Goering Angst, allein nach Haus zu fahren?«

»Nun«, sagte Arnold, »für eine Dame ist es nie ungefährlich, zu so später Stunde ohne Begleitung durch die Straßen zu wandern, und selbst im Taxi ist man nicht sicher. Vor allem, wenn man es weit hat. Hätte es Miss Goering nicht so weit bis nach Hause, ich *hätte* sie selbstverständlich begleitet.«

»Du redest wie ein Waschlappen«, sagte Arnolds Vater. »Ich hab immer gedacht, du und deine Freunde hätten vor so etwas keine Angst. Ich hab geglaubt, ihr seid Draufgänger, und Vergewaltigung ist für euch ungefähr das gleiche wie einen Luftballon fliegen zu lassen.«

»Ach, red doch nicht so!« sagte Arnolds Mutter und sah ganz entsetzt aus. »Warum mußt du so mit ihnen reden?«

»Ich wünschte mir, du gingest ins Bett«, sagte Arnolds Vater. »Um es genau zu sagen: Ich befehle dir, schlafen zu gehen. Du wirst dich erkälten.«

»Ist er nicht schrecklich?« sagte Arnolds Mutter und lächelte dabei Miss Goering an. »Selbst wenn Besuch im Haus ist, kann er seine Löwennatur nicht bändigen. Er *hat* die Natur eines Löwen, so wie der den ganzen Tag in der Wohnung herumbrüllt, und er regt sich furchtbar auf über Arnold und seine Freunde.«

Arnolds Vater stampfte aus dem Zimmer, und sie hörten hinten im Flur eine Tür zuknallen.

»Entschuldigen Sie«, sagte Arnolds Mutter zu Miss Goering, »ich wollte das Beisammensein nicht stören.«

Miss Goering war sehr verärgert, denn sie fand den alten Herrn recht anregend, während Arnold sie mehr und mehr deprimierte.

»Ich zeige Ihnen jetzt am besten, wo Sie schlafen werden«, sagte Arnold und stand vom Sofa auf, wobei ihm einige Zeitschriften vom Schoß auf den Boden glitten. »Kommen Sie«, sagte er, »hier entlang. Ich bin ziemlich müde, und das Ganze geht mir auf die Nerven.«

Zögernd folgte Miss Goering Arnold auf den Flur.

»Du lieber Himmel«, seufzte sie, »ich bin, ehrlich gesagt, überhaupt nicht müde. Etwas Schlimmeres kann einem wohl nicht passieren, oder?«

»Nein, das ist furchtbar«, sagte Arnold. »Ich persönlich könnte mich direkt hier auf den Teppich fallen lassen und dort bis morgen mittag liegenbleiben, ich bin total erschöpft.«

Miss Goering fand diese Bemerkung nicht sehr gastfreundlich und bekam es ein bißchen mit der Angst zu tun. Arnold mußte den Schlüssel für das Gästezimmer suchen gehen, und Miss Goering blieb eine Zeitlang allein vor der Tür stehen.

»Nimm dich zusammen«, sagte sie leise vor sich hin, denn ihr Herz begann heftig zu pochen. Sie fragte sich, wie sie es überhaupt hatte zulassen können, sich so weit von ihrem Zuhause und Miss Gamelon zu entfernen. Schließlich kehrte Arnold mit dem Schlüssel zurück und öffnete die Tür.

Es war ein winziges Zimmer und viel kälter als der Raum, in dem sie gesessen hatten. Miss Goering glaubte, daß Arnold deshalb nun höchst verlegen werden müsse, doch obwohl er bibberte und sich die Hände rieb, sagte er nichts. Das Fenster war ohne Vorhänge, aber es hatte ein gelbes Rollo, das schon heruntergezogen war. Miss Goering ließ sich aufs Bett fallen.

»So, meine Liebe«, sagte Arnold, »gute Nacht. Ich gehe jetzt schlafen. Vielleicht sehen wir uns morgen einige Gemälde an, oder ich besuche Sie, wenn Sie wollen, in Ihrem

Haus.« Er legte die Arme um ihren Hals, küßte sie ganz leicht auf den Mund und verließ das Zimmer.

Sie war so wütend, daß ihr die Tränen in die Augen schossen. Arnold blieb eine Weile vor der Tür stehen. Nach ein paar Minuten ging er.

Miss Goering setzte sich vor die Kommode und stützte den Kopf in die Hände. In dieser Haltung verweilte sie lange, obwohl sie vor Kälte zitterte. Schließlich klopfte jemand leise an die Tür. Sie hörte ebenso abrupt auf zu weinen, wie sie angefangen hatte, und eilte zur Tür. Vor ihr im schlecht beleuchteten Flur stand Arnolds Vater. Er trug einen rosagestreiften Schlafanzug und verbeugte sich leicht zum Gruß. Dann stand er regungslos da und wartete offensichtlich darauf, daß Miss Goering ihn zum Eintreten aufforderte.

»Kommen Sie rein, kommen Sie«, sagte sie zu ihm, »ich bin entzückt, Sie zu sehen. Dem Himmel sei Dank! Ich hab mich so verlassen gefühlt.«

Arnolds Vater trat ein, plazierte sich aufs Fußende des Bettes und baumelte mit den Füßen. Er zündete sich mit großer Geste seine Pfeife an und sah auf die Tapete.

»Nun, meine Dame«, sagte er zu ihr, »sind Sie auch eine Künstlerin?«

»Nein«, sagte Miss Goering. »Als ich jung war, wollte ich eigentlich Predigerin werden, aber jetzt wohne ich in meinem Haus und versuche, nicht allzu unglücklich zu sein. Eine Freundin lebt mit mir, was es einfacher macht.«

»Was halten Sie von meinem Sohn?« fragte er mit einem Augenzwinkern.

»Ich habe ihn doch gerade erst kennengelernt«, sagte Miss Goering.

»Sie werden's schon früh genug herausfinden«, sagte Arnolds Vater, »daß er ziemlich mittelmäßig ist. Er hat keine Vorstellung, was es heißt, zu kämpfen. Ich kann mir nicht denken, daß Frauen das sehr mögen. Um die Wahrheit zu sagen, ich glaube nicht, daß Arnold viele Frauen in seinem Leben gehabt hat. Verzeihen Sie mir, daß ich Ihnen diese Information weitergebe. Ich selbst bin es gewohnt zu kämpfen. Ich habe mein Leben lang meine Nachbarn bekämpft statt, wie Arnold, Tee mit ihnen zu trinken. Und meine Nachbarn haben sich wie Tiger gewehrt. Doch das ist nicht Arnolds Sache. Es ist immer mein Ehrgeiz im Leben gewesen, eine Astgabel höher auf dem Baum zu sitzen als die

Nachbarn, und ich war bereit, auch die schändlichste Niederlage einzugestehen, wenn ich mal eine Astgabel niedriger sitzen mußte als irgend jemand sonst, den ich kannte. Ich gehe seit mehreren Jahren nicht mehr aus. Niemand besucht mich, und ich besuche auch niemanden. Bei Arnold und seinen Freunden fängt nie mal was richtig an oder hört auf. Sie sind für mich wie Fische im trüben Wasser. Wenn ihnen das Leben irgendwie nicht gefällt und niemand sie in der Nähe haben mag, dann ziehen sie woanders hin. Vergnügen machen und Vergnügen haben, das ist ihre Parole. Darum ist es so leicht, ihnen von hinten eins auf den Schädel zu geben, denn sie haben niemals in ihrem Leben ernsthaft gehaßt.«

»Was für eine seltsame Doktrin!« sagte Miss Goering.

»Das ist keine Doktrin«, sagte Arnolds Vater. »Das sind meine eigenen Ideen, die ich aufgrund meiner persönlichen Erfahrungen entwickelt habe. Ich halte sehr viel von persönlicher Erfahrung. Sie etwa nicht?«

»Oh, doch«, sagte Miss Goering, »und ich bin fest davon überzeugt, daß Sie recht haben mit Arnold.« Sie hatte eine merkwürdige Lust daran, Arnold schlechtzumachen.

»Arnold nun«, fuhr sein Vater fort, der beim Reden lebhafter zu werden schien, »Arnold könnte es nie ertragen, wenn jemand ihn dabei ertappte, wie er auf der untersten Astgabel sitzt. Jeder weiß, wie groß Ihr Haus ist; und diejenigen, die willens sind, ihr Glück auf so etwas zu gründen, sind Männer aus Eisen.«

»Arnold ist sowieso kein Künstler«, warf Miss Goering ein.

»Nein, das ist es ja gerade«, sagte Arnolds Vater und wurde immer aufgeregter. »Genau das! Er hat weder den Mumm noch die Nerven noch die Ausdauer, um ein guter Künstler zu sein. Ein Künstler braucht Stärke, Schneid und Charakter. Arnold gleicht meiner Frau«, setzte er hinzu. »Ich habe sie geheiratet, als sie zwanzig war, gewisse Geschäftsinteressen spielten da mit. Jedesmal, wenn ich sie daran erinnere, fängt sie an zu heulen. Sie ist auch so ein Dummkopf. Sie liebt mich zwar nicht im geringsten, aber allein der Gedanke, daß es so ist, ängstigt sie so, daß sie weint. Sie ist blind vor Eifersucht; und wie eine Pythonschlange hat sie sich um ihre Familie und um ihren Haushalt geschlungen, auch wenn sie es hier wahrlich nicht gerade schön hat. Ihr Leben ist wirklich verkorkst, geb ich ja zu. Arnold schämt sich ihrer, und ich nörgele den ganzen Tag an ihr herum. Aber obwohl sie ein furchtsamer Mensch ist, kann sie durchaus ein gewisses Maß an Heftigkeit und Stärke zeigen. Vermutlich, weil sie, genau wie ich auch, einem Ideal treu ist.«

An dieser Stelle pochte es deutlich an der Tür. Arnolds Vater sagte nichts, aber Miss Goering rief mit lauter Stimme: »Wer ist da?«

»Ich bin's, Arnolds Mutter«, kam die Antwort. »Bitte, laßt mich sofort rein.«

»Augenblick«, sagte Miss Goering, »ich mach gleich auf.«

»Nein«, sagte Arnolds Vater. »Öffnen Sie nicht die Tür. Sie hat kein Recht, jemandem zu befehlen, die Tür zu öffnen.«

»Es ist besser, du öffnest die Tür«, sagte seine Frau. »Sonst ruf ich die Polizei, das ist mein voller Ernst. Du weißt, ich hab das bisher noch nie angedroht.«

»Doch, du hast schon einmal damit gedroht«, sagte Arnolds Vater; er sah richtig beunruhigt aus.

»Warum soll ich nicht – so wie mein Leben aussieht – alle Welt zur Tür reinlassen, und jeder würde Zeuge meiner Schande!«

»Das letzte, was sie je tun würde«, sagte Arnolds Vater. »Sie schwätzt so dumm daher, wenn sie wütend ist.«

»Ich lasse sie rein«, sagte Miss Goering und ging zur Tür. Sie hatte keine sonderliche Angst, denn nach der Stimme zu urteilen, schien Arnolds Mutter eher traurig als wütend zu sein. Doch als Miss Goering die Tür öffnete, überraschte es sie, daß Arnolds Mutter ganz im Gegenteil bleich vor Wut aussah und ihre Augen nur noch schmale Schlitze waren.

»Warum tust du immer so, als würdest du ganz tief schlafen?« fragte Arnolds Vater. Das war das einzige, was ihm einfiel, und ihm war klar, wie unangemessen das in den Ohren seiner Frau klingen mußte.

»Sie sind eine Hure«, sagte Arnolds Mutter zu Miss Goering. Miss Goering war zutiefst schockiert über diese Bemerkung, und zwar zu ihrer größten Verwunderung, denn sie hatte immer gemeint, diese Dinge seien ihr ganz gleichgültig.

»Ich fürchte, Sie sind da völlig auf der falschen Spur«, sagte Miss Goering, »und ich glaube, daß wir eines Tages die besten Freunde sein werden.«

»Ich wäre Ihnen dankbar, wenn Sie die Wahl meiner

Freunde mir überließen«, erwiderte Arnolds Mutter. »Übrigens habe ich bereits Freunde, wenn Sie's wissen wollen, und ich glaube nicht, daß noch weitere hinzukommen, am allerwenigsten Sie.«

»Das können Sie doch noch gar nicht wissen«, sagte Miss Goering matt, wich etwas zurück und versuchte, sich lässig an die Kommode zu lehnen. Dummerweise hatte Arnolds Mutter dadurch, daß sie Miss Goering eine Hure nannte, ihrem Mann das Stichwort zugespielt, das er zu seiner Verteidigung brauchte.

»Wie kannst du es wagen!« sagte er. »Wie kannst du es wagen, jemanden, der in unserem Hause weilt, eine Hure zu nennen! Du verletzt die Gesetze der Gastfreundschaft auf eine Weise, die ich mir nicht bieten lasse.«

»Versuch nicht, mich einzuschüchtern«, sagte Arnolds Mutter. »Sie muß auf der Stelle verschwinden, oder ich mache einen Skandal, daß du es noch bereuen wirst.«

»Schauen Sie, meine Liebe«, sagte Arnolds Vater zu Miss Goering. »Vielleicht ist es besser, wenn Sie gehen, in Ihrem eigenen Interesse. Es dämmert schon, so daß Sie wirklich keine Angst zu haben brauchen.«

Arnolds Vater sah sich nervös um und ging dann, gefolgt von seiner Frau, eilig aus dem Zimmer und den Flur hinunter. Miss Goering hörte das Zuschlagen einer Tür und stellte sich vor, wie die beiden jetzt unter vier Augen weiterstritten.

Sie rannte Hals über Kopf durch den Flur und aus dem Haus. Nach einer Weile fand sie ein Taxi, und schon wenige Minuten später war sie auf der Fahrt eingeschlafen.

Am nächsten Tag schien die Sonne; Miss Gamelon und Miss Goering saßen auf dem Rasen und stritten miteinander. Miss Goering hatte sich im Gras ausgestreckt. Miss Gamelon schien die Unzufriedenere von beiden zu sein. Mit gerunzelter Stirn blickte sie über die Schulter auf das Haus hinter ihnen. Miss Goering hatte die Augen geschlossen und lächelte amüsiert.

»Also wirklich«, sagte Miss Gamelon und wandte sich wieder um. »Sie haben so wenig Ahnung von dem, was Sie da tun, daß es gegenüber der Gesellschaft geradezu ein Verbrechen ist, Sie über Grund und Boden verfügen zu lassen. Eigentum sollte in den Händen derer sein, die es auch zu würdigen wissen.«

»Ich glaube«, sagte Miss Goering, »ich schätze es mehr als die meisten Menschen. Es gibt mir ein angenehmes Gefühl der Sicherheit, wie ich Ihnen mindestens schon ein dutzendmal erklärt habe. Um jedoch meinen ganz persönlichen kleinen Heilsplan auszuführen, ist es meiner Überzeugung nach notwendig, daß ich weniger protzig wohne, und, was besonders wichtig ist, daß ich in einem Haus wohne, in dem ich nicht geboren bin.«

»Meiner Meinung nach«, sagte Miss Gamelon, »können Sie Ihr Seelenheil bequem zu bestimmten Tageszeiten ausarbeiten, ohne gleich alles radikal ändern zu müssen.«

»Nein«, widersprach Miss Goering, »das stünde nicht in Einklang mit dem Zeitgeist.«

Miss Gamelon rutschte unruhig auf ihrem Stuhl hin und her.

»Der Zeitgeist, was immer das sein soll«, sagte sie, »kann sicherlich bestens ohne Sie zurechtkommen – wahrscheinlich ist ihm das sogar lieber.«

Miss Goering lächelte und schüttelte den Kopf.

»Der Witz besteht darin«, sagte Miss Goering, »daß wir uns aus eigenem Entschluß und in Übereinstimmung mit unseren Eingebungen ändern, bevor diese uns völlig willkürliche Änderungen aufzwingen.«

»Ich habe keine solchen Eingebungen«, sagte Miss Gamelon, »und ich finde das schon ein starkes Stück, daß Sie sich überhaupt mit jemand identifizieren. Eines jedenfalls ist sicher: Wenn Sie dieses Haus hier verlassen, werde ich Sie als hoffnungslos verrückt aufgeben. Ich bin schließlich nicht darauf aus, mit einer Verrückten zusammenzuleben, und das geht wohl allen so.«

»Wenn ich Sie aufgegeben habe«, sagte Miss Goering und setzte sich auf, wobei sie den Kopf exaltiert nach hinten warf, »wenn ich Sie aufgegeben habe, werde ich mehr als mein Haus hier aufgegeben haben, Lucy.«

»Das ist wieder eine Ihrer Gemeinheiten«, sagte Miss Gamelon. »Bei mir geht das ins eine Ohr rein und aus dem anderen wieder raus.«

Miss Goering zuckte mit den Achseln und ging ins Haus.

Sie stand eine Weile im Salon und ordnete die Blumen in einer Vase von neuem und wollte gerade auf ihr Zimmer gehen und sich hinlegen, als Arnold erschien.

»Hallo«, sagte Arnold, »ich hatte eigentlich vor, Sie eher

aufzusuchen, aber das hat nicht geklappt. Wir hatten eines unserer endlosen Familienessen. Ich finde, die Blumen machen sich herrlich in diesem Zimmer.«

»Wie geht's Ihrem Vater?« erkundigte sich Miss Goering.

»Oh«, sagte Arnold, »dem geht's vermutlich gut. Wir haben nur sehr wenig miteinander zu tun.« Miss Goering bemerkte, daß er wieder schwitzte. Offensichtlich war er schrecklich aufgeregt, sie in ihrem Hause aufzusuchen, denn er hatte vergessen, seinen Strohhut abzunehmen.

»Das ist wirklich ein wunderschönes Haus«, begann er von neuem. »Es hat etwas von einer vergangenen Pracht an sich, die mich fasziniert. Schon der Gedanke, es aufzugeben, muß Ihnen verhaßt sein. Was Vater angeht, so haben Sie, scheint's, eine Eroberung gemacht. Daß er nur ja nicht zu eingebildet wird! Er glaubt nämlich, daß die Frauen verrückt nach ihm sind.«

»Ich hänge aufrichtig an ihm«, sagte Miss Goering.

»Ich hoffe doch«, sagte Arnold, »daß Ihre Anhänglichkeit nicht unsere Freundschaft beeinträchtigt. Ich habe nämlich die Absicht, Sie recht häufig zu sehen, vorausgesetzt natürlich, daß Ihnen das recht ist.«

»Aber gerne«, sagte Miss Goering, »wann immer Sie Lust dazu haben.«

»Ich glaube, mir wird es hier bei Ihnen gefallen, und Sie brauchen das nicht als Belastung zu empfinden. Ich bin ganz zufrieden, wenn ich allein dasitzen und nachdenken kann, denn Sie wissen ja, mir liegt sehr viel daran, meinem Leben eine andere Richtung zu geben; so wie es augenblicklich aussieht, ist es unbefriedigend für mich. Sie können sich ja jetzt leicht vorstellen, daß ich nicht mal ein Abendessen für ein paar Freunde geben kann, weil sich weder Vater noch Mutter jemals aus dem Haus rühren, solang ich daheim bleibe.«

Arnold setzte sich auf einen Stuhl am großen Erkerfenster und streckte die Beine aus.

»Kommen Sie her!« sagte er zu Miss Goering, »und sehen Sie sich an, wie der Wind durch die Wipfel streicht. Es gibt nichts Lieblicheres auf der Welt.« Er sah zu ihr auf und forschte eine Weile eindringlich in ihrem Gesicht.

»Haben Sie Milch und Brot und Marmelade da?« fragte er sie. »Zwischen uns wird es hoffentlich keine Förmlichkeiten geben.«

Miss Goering war überrascht, daß Arnold so bald nach seinem Mittagessen wieder Hunger hatte, und sagte sich, daß dies zweifellos der Grund sein müsse, warum er so dick war.

»Ganz bestimmt haben wir was«, sagte sie freundlich und ging hinaus, um dem Dienstmädchen Anweisung zu geben.

Inzwischen hatte Miss Gamelon sich entschlossen, ins Haus zu gehen und wenn möglich das Streitgespräch mit Miss Goering fortzuführen. Als Arnold sie erblickte, war ihm klar, daß sie die Hausgenossin war, von der Miss Goering am Abend zuvor gesprochen hatte.

Er erhob sich auf der Stelle, da er zu dem Schluß gekommen war, daß es für ihn überaus wichtig sei, sich mit Miss Gamelon zu befreunden.

Miss Gamelon war sehr erfreut, ihn zu sehen, da sie selten Besuch hatten, und es machte ihr weitaus mehr Vergnügen, mit jedem anderen zu plaudern als mit Miss Goering.

Sie machten sich miteinander bekannt, und Arnold zog für Miss Gamelon einen Stuhl neben den seinen.

»Sie sind also Miss Goerings Hausgenossin«, sagte er zu Miss Gamelon. »Ich finde das herrlich.«

»Das finden Sie herrlich?« fragte Miss Gamelon. »Wirklich sehr interessant.«

Arnold lächelte glücklich über ihre Bemerkung und saß eine Weile da, ohne etwas zu sagen.

»Dieses Haus ist höchst geschmackvoll eingerichtet«, erklärte er schließlich, »und voller Ruhe und Frieden.«

»Es hängt ganz davon ab, wie Sie es betrachten«, sagte Miss Gamelon schnell, warf den Kopf herum und schaute aus dem Fenster.

»Es gibt gewisse Menschen«, sagte sie, »die den Frieden von ihrer Tür verscheuchen wie einen roten Drachen, der Feuer aus seinen Nüstern speit; und es gibt Menschen, die nicht einmal Gott in Ruhe lassen können.«

Arnold beugte sich vor und bemühte sich, interessiert und diskret zugleich auszusehen.

»Ich glaube«, sagte er in ernstem Tonfall, »ich glaube, ich verstehe, was Sie ausdrücken wollen.«

Dann schauten sie beide gleichzeitig aus dem Fenster und sahen in der Ferne Miss Goering; sie hatte ein Cape über den Schultern und führte ein Gespräch mit einem jungen Mann, den sie kaum erkennen konnten, da er direkt gegen die Sonne stand.

»Das ist der Agent«, sagte Miss Gamelon. »Vermutlich gibt es von nun an nichts mehr, worauf man sich freuen kann.«

»Was für ein Agent?« fragte Arnold.

»Der Agent, über den sie ihr Haus verkaufen will«, sagte Miss Gamelon. »Läßt sich so was überhaupt in Worte fassen?«

»Oh, das tut mir leid«, sagte Arnold. »Ich glaube, das ist sehr dumm von ihr, aber ich denke, das geht mich nichts an.«

»Wir werden in einem Holzhaus mit vier Zimmern wohnen«, fügte Miss Gamelon hinzu, »und selbst kochen. Auf dem Land ist das, und rundherum nichts als Wälder.«

»Das klingt ja düster«, sagte Arnold. »Aber wieso hat sich Miss Goering dazu entschlossen?«

»Sie behauptet, das sei erst der Anfang eines ungeheuren Plans.«

Arnold machte einen sehr niedergeschlagenen Eindruck. Er sagte kein Wort mehr zu Miss Gamelon, sondern spitzte den Mund und starrte zur Decke.

»Ich nehme an, das Wichtigste auf der Welt sind Freundschaft und Verständnis«, sagte er nach einer Weile. Fragend blickte er Miss Gamelon an. Es schien, als habe er etwas aufgegeben.

»Nun, Miss Gamelon«, begann er wieder, »stimmen Sie mir nicht zu, daß Freundschaft und Verständnis das Wichtigste auf der Welt sind?«

»Ja«, sagte Miss Gamelon, »und auch den Kopf nicht zu verlieren.«

Kurz darauf kam Miss Goering mit einem Stoß von Papieren unterm Arm herein.

»Das hier«, sagte sie, »sind die Verträge. Mein Gott, sind die vielleicht langatmig, aber der Agent ist, glaube ich, ein reizender Mann. Er hat gesagt, er fände das Haus wunderschön.« Sie hielt die Verträge zuerst Arnold hin, dann Miss Gamelon.

»Ich nehme doch an«, sagte Miss Gamelon, »daß Sie jetzt nicht unbedingt in den Spiegel schauen wollen, weil Sie Angst haben, daß Ihnen da etwas Wildes, Absonderliches entgegenblickt. Ich jedenfalls möchte mir diese Verträge nicht anschauen müssen. Bitte nehmen Sie die sofort von meinem Schoß. Jesus, Allmächtiger!«

Miss Goering sah in der Tat ein wenig verstört aus, und Miss Gamelon hatte mit ihrem wachsamen Blick sofort bemerkt, daß die Hand, in der sie die Verträge hielt, zitterte.

»Und wo befindet sich Ihr Häuschen, Miss Goering?« erkundigte sich Arnold und versuchte, einen ungezwungeneren Ton in das Gespräch zu bringen.

»Auf einer Insel«, sagte Miss Goering, »mit der Fähre nicht weit von der Stadt. Ich erinnere mich, wie ich als Kind auf der Insel war und sie nie mochte, weil man auch noch beim Spazierengehen im Wald und auf der Wiese den Gestank der Leimfabriken auf dem Festland riechen konnte. Das eine Ende der Insel ist zwar dicht besiedelt, aber in den Geschäften bekommt man nur drittklassige Ware. Weiter im Innern ist die Insel ursprünglicher, nicht so zivilisiert; immerhin gibt es einen Bummelzug, der regelmäßig Anschluß an die Fähre hat und einen zum anderen Ende bringt. Man steigt in einem Städtchen aus, das einen desolaten und üblen Eindruck macht, und man erschrickt ein bißchen, glaube ich, wenn man sieht, daß das Festland auf der gegenüberliegenden Seite genauso heruntergekommen ist wie die Insel und einem nicht die geringste Sicherheit bietet.«

»Sie haben die Lage anscheinend sorgfältig und von allen Seiten studiert«, sagte Miss Gamelon. »Meinen Glückwunsch!« Sie winkte Miss Goering von ihrem Platz aus zu, aber es war nur zu offensichtlich, daß ihr ganz und gar nicht leicht ums Herz war.

Arnold rutschte unbehaglich auf seinem Stuhl hin und her, hüstelte und sprach dann im liebenswürdigsten Ton zu Miss Goering:

»Ich bin überzeugt davon, daß die Insel auch gewisse Vorzüge hat, die Ihnen sicherlich bekannt sind, aber vielleicht ziehen Sie es vor, uns damit zu überraschen, als es zu riskieren, uns zu enttäuschen.«

»Im Augenblick weiß ich keinen«, sagte Miss Goering. »Warum? Wollen Sie mit uns kommen?«

»Ich glaube, ich würde gern einige Zeit mit Ihnen da draußen verbringen; das heißt, wenn Sie mich einladen.«

Arnold war traurig und beunruhigt, hatte aber zugleich das Gefühl, er müsse um jeden Preis in Miss Goerings Nähe bleiben, wo auch immer sie sich aufzuhalten gedachte.

»Wenn Sie mich einladen«, wiederholte er, »ich würde mich jedenfalls freuen, eine Zeitlang zu Ihnen nach draußen zu ziehen, und wir werden sehen, wie's läuft. Ich könnte meinen Wohnungsanteil bei meinen Eltern behalten, ohne ständig dort sein zu müssen. Aber ich rate Ihnen, verkaufen Sie nicht Ihr herrliches Haus; vermieten Sie es doch oder vernageln Sie es, solange Sie fort sind. Wer weiß, vielleicht besinnen Sie sich eines anderen und wollen zurückkehren.«

Miss Gamelon errötete vor Vergnügen.

»Das wäre in ihren Augen etwas zu Menschliches, als daß es in Betracht käme«, sagte sie, wobei sie aber schon hoffnungsvoller dreinblickte.

Miss Goering schien zu träumen und den beiden nicht zuzuhören.

»Wollen Sie ihm nicht antworten?« sagte Miss Gamelon. »Er hat gesagt: Warum nicht das Haus vernageln oder es vermieten, und wenn Sie sich dann anders besinnen, könnten Sie zurück.«

»Oh nein«, protestierte Miss Goering. »Vielen Dank, aber das könnte ich nicht. Das wäre nicht sehr sinnvoll.«

Arnold hustete, um seine Verlegenheit zu überspielen, daß er Miss Goering etwas so offensichtlich Unangenehmes vorgeschlagen hatte.

Ich darf mich nicht, sagte er sich, ich darf mich nicht zu sehr auf die Seite von Miss Gamelon stellen, sonst wird Miss Georing glauben, ich sei vom selben Kaliber.

»Vielleicht ist es doch besser«, sagte er laut, »alles zu verkaufen.«

2

Mr. und Mrs. Copperfield standen auf dem Vorderdeck des Schiffes, als es in Colón, dem Hafen von Panama, einlief. Mrs. Copperfield war überglücklich, endlich Land zu sehen.

»Jetzt gibst du wohl zu«, sagte sie zu Mr. Copperfield, »Land ist doch schöner als Meer.« Sie hatte eine Heidenangst vor dem Ertrinken.

»Es ist nicht nur die Angst vorm Wasser«, fuhr sie fort, »das Meer ist so eintönig. Immer dasselbe. Obwohl die Farben schön sind.«

Mr. Copperfield studierte die Küstenlinie.

»Wenn du stehenbleibst und zwischen den Gebäuden der Hafenanlage hindurchschaust«, sagte er, »kannst du die grünen Züge vollbeladen mit Bananen sehen. Sie scheinen alle Viertelstunde zu fahren.«

Seine Frau gab keine Antwort, sondern setzte sich statt dessen den Tropenhelm auf, den sie in der Hand gehalten hatte.

»Spürst du nicht allmählich die Hitze? Ich jedenfalls tu's«, sagte sie schließlich. Da sie keine Antwort bekam, ging sie weiter an der Reling entlang und schaute ins Wasser hinunter.

Sofort kam eine untersetzte Frau, deren Bekanntschaft sie auf dem Schiff gemacht hatte, auf sie zu, um mit ihr zu reden. Mrs. Copperfields Gesicht strahlte.

»Sie haben sich Ihr Haar locken lassen!« rief Mrs. Copperfield aus. Die Frau lächelte.

»Denken Sie ja dran«, ermahnte sie Mrs. Copperfield, »sobald Sie Ihr Hotelzimmer haben, legen Sie sich hin und ruhen sich aus. Lassen Sie sich ja nicht durch die Straßen schleppen, egal, was für tolle Unterhaltung die Ihnen versprechen. Das sind sowieso alles nur Herumtreiber auf den Straßen. Es gibt nicht einen gutaussehenden Menschen in der ganzen Stadt, der nicht was mit der amerikanischen Armee zu tun hätte, und die Amerikaner sind ziemlich auf ihr eigenes Viertel fixiert. Das amerikanische Viertel heißt Cristóbal. Es ist abgetrennt von Colón. In Colón wimmelt es nur so von Mestizen und Faulenzern. Cristóbal ist hübsch.

Jeder in Cristóbal hat seine eigene kleine abgeschirmte Veranda. Die würden nicht im Traum dran denken, sich abzuschirmen, diese Affen in Colón. Sie spüren's nicht mal, wenn ein Moskito sie sticht, und selbst wenn, würden sie kaum den Arm heben, um ihn zu verscheuchen. Essen Sie viel Obst und seien Sie vorsichtig mit den Geschäften. Die meisten gehören Hindus. Die sind wie die Juden, verstehen Sie. Sie tricksen Sie aus, wo sie nur können.«

»Mir liegt nichts dran, irgend etwas zu kaufen«, sagte Mrs. Copperfield, »aber könnte ich Sie nicht besuchen, wenn ich in Colón bin?«

»Ich *mag* Sie, Herzchen«, antwortete die Frau, »aber wenn ich hier bin, möchte ich jede Minute mit meinem Kerl verbringen.«

»In Ordnung«, sagte Mrs. Copperfield.

»Natürlich ist das in Ordnung. Sie haben ja Ihren gutaussehenden Mann.«

»Das nützt auch nichts«, sagte Mrs. Copperfield, doch kaum hatte sie es gesagt, war sie über sich selbst entsetzt.

»Na, so was, haben Sie sich gestritten?« fragte die Frau.

»Nein.«

»Dann sind Sie aber eine ganz Schlimme, wenn Sie so über Ihren Mann reden«, sagte sie und ging davon. Mrs. Copperfield ließ den Kopf hängen, ging zurück und stellte sich neben Mr. Copperfield.

»Warum unterhältst du dich mit einer solchen Trulla?« fragte er.

Seine Frau gab keine Antwort.

»Egal«, sagte er, »schau dir um Himmels willen jetzt mal die Gegend an, ja?«

Sie stiegen in ein Taxi, und Mr. Copperfield bestand darauf, zu einem Hotel mitten im Stadtzentrum zu fahren. Gewöhnlich übernachteten alle Touristen, selbst die, die nur wenig Geld hatten, im Hotel Washington, einige Kilometer außerhalb von Colón, mit Blick aufs Meer.

»Ich halte nichts davon«, sagte Mr. Copperfield zu seiner Frau, »ich halte nichts davon, Geld für Luxus auszugeben, der mir allerhöchstens eine Woche gehört. Ich finde, es macht mehr Spaß, mir etwas zu kaufen, von dem ich vielleicht ein Leben lang was habe. Wir finden bestimmt ein Hotel in der Stadt, das komfortabel ist. Danach steht es uns frei, unser Geld für aufregendere Dinge auszugeben.«

»Für mich ist das Zimmer, in dem ich schlafe, so wichtig«, sagte Mrs. Copperfield. Es klang wie ein Aufstöhnen.

»Meine Liebe, ein Zimmer ist wirklich nur der Ort, wo man schläft und sich an- und auszieht. Wenn es ruhig ist und das Bett bequem, haben wir alles, was wir brauchen. Bist du nicht auch meiner Meinung?«

»Du weißt ganz genau, daß ich darüber anders denke.«

»Wenn du dich elend fühlst, gehen wir eben ins Hotel Washington«, sagte Mr. Copperfield. Mit einem Schlag verlor er seine Würde. Seine Augen trübten sich, und er schmollte. »Aber ich kann dir nur versichern, daß ich dort todunglücklich sein werde. Stinklangweilig wird's sein.« Er war wie ein kleines Kind, und Mrs. Copperfield sah sich gezwungen, ihn zu trösten. Er stellte es immer so raffiniert an, daß sie sich schuldig fühlte.

Schließlich ist es ja hauptsächlich mein Geld, sagte sie sich. Ich trage den Hauptanteil der Ausgaben für diese Reise. Auch wenn sie sich das ins Gedächtnis rief, hatte sie kein Machtgefühl dabei. Mr. Copperfield beherrschte sie uneingeschränkt, wie fast jeder, mit dem sie Kontakt hatte. Und dennoch, einige Menschen, die sie näher kannten, behaupteten, sie sei fähig, völlig unerwartet ganz radikal und selbständig zu handeln, ohne daß ihr jemand dabei den Rücken stärkte.

Sie sah aus dem Taxifenster und bemerkte, welch ungeheure Geschäftigkeit auf den Straßen um sie herum herrschte. Die Leute, in der Mehrheit Schwarze und Matrosen aus aller Herren Länder, rannten hin und her und machten solch einen Lärm, daß sich Mrs. Copperfield fragte, ob nicht irgendein Festtag sei.

»Es ist hier wie in einer Stadt, die dauernd geplündert wird«, sagte ihr Mann.

Die Häuser waren in hellen Farben gestrichen, die oberen Stockwerke hatten breite Veranden, die von hohen Holzpfosten getragen wurden und so eine Art Arkadengang bildeten, der die Passanten auf der Straße vor der Sonne schützte.

»Diese Architektur ist genial«, bemerkte Mr. Copperfield. »Auf der Straße wär's nicht auszuhalten, wenn man da gehen müßte, ohne was über sich zu haben.«

»Einfach unerträglich, Mister«, sagte der Taxifahrer, »wenn man nichts überm Kopf hätte.«

»Wie auch immer«, sagte Mrs. Copperfield, »suchen wir nur schnell ein Hotel und gehen rein!«

Sie fanden eines mitten im Bordellviertel und einigten sich darauf, einige Zimmer im fünften Stock anzuschauen. Der Hoteldirektor hatte ihnen gesagt, daß diese bestimmt die am wenigsten lauten seien. Mrs. Copperfield, die Angst vor Aufzügen hatte, entschloß sich, die Treppen zu Fuß hinaufzusteigen und auf ihren Mann zu warten, der mit dem Gepäck nachkommen wollte. Als sie den fünften Stock erreichte, sah sie zu ihrer Überraschung, daß in der Haupthalle an die hundert Eßzimmerstühle mit gerader Rückenlehne standen, und nichts sonst. Während sie sich weiter umsah, wuchs ihr Ärger, und sie konnte es kaum erwarten, bis Mr. Copperfield im Aufzug nachfolgte, sie wollte ihm sagen, was sie von ihm hielt. Ich muß unbedingt zum Hotel Washington, sagte sie sich.

Endlich tauchte Mr. Copperfield auf; er ging neben einem Jungen, der das Gepäck trug. Sie rannte ihm entgegen.

»So etwas Häßliches habe ich noch nie gesehen«, sagte sie.

»Moment mal, laß mich bitte die Gepäckstücke zählen; ich möchte sichergehen, daß alles da ist.«

»Von mir aus könnte es auf dem Meeresgrund liegen – und zwar alles.«

»Wo ist meine Schreibmaschine?« fragte Mr. Copperfield.

»Du sprichst jetzt sofort mit mir«, sagte seine Frau, außer sich vor Wut.

»Macht es dir was aus, ob du ein Bad für dich hast oder nicht?« fragte Mr. Copperfield.

»Nein, nein. Das ist mir ganz egal. Es geht überhaupt nicht um den Komfort. Es geht um etwas viel Wichtigeres.«

Mr. Copperfield kicherte. »Du bist so verrückt«, sagte er nachsichtig lächelnd. Er war begeistert, endlich in den Tropen zu sein, und er war mehr als zufrieden mit sich, daß es ihm gelungen war, seine Frau davon abzubringen, in dem lächerlich teuren Hotel abzusteigen, wo sie nur von Touristen umgeben gewesen wären. Ihm war klar, daß das hier ein finsteres Etablissement war, aber genau das mochte er.

Sie folgten dem Hotelboy in eines der Zimmer, und kaum waren sie eingetreten, begann Mrs. Copperfield, die Tür in den Angeln zu drehen. Sie ließ sich nach beiden Seiten öffnen, und man konnte sie nur mit einem kleinen Haken sichern.

»Jeder kann hier in das Zimmer einbrechen«, sagte Mrs. Copperfield.

»Klar, doch sehr wahrscheinlich ist das nicht, oder?« Mr. Copperfield hatte es sich zum Prinzip gemacht, seine Frau niemals zu beruhigen. Er schenkte ihren Ängsten genau die Beachtung, die sie verdienten. Er bestand jedoch nicht auf dem Zimmer, und sie entschieden sich für ein anderes mit einer stabileren Tür.

Mrs. Copperfield war erstaunt, wie unternehmungslustig ihr Mann war. Nachdem er sich gewaschen hatte, war er ausgegangen, um eine Papaya zu kaufen.

Sie lag auf dem Bett und dachte nach.

Also damals, ging es ihr durch den Kopf, als die Menschen an Gott glaubten, trugen sie Ihn von einem Ort zum andern. Sie trugen Ihn durch den Dschungel und über den Polarkreis hinaus. Gott wachte über jeden, und alle Menschen waren Brüder. Jetzt dagegen gibt es nichts mehr, was man von einem Ort zum anderen bei sich tragen kann, und von mir aus könnten die hier alle Känguruhs sein; aber irgendwie muß es hier doch irgend jemanden geben, der mich an irgendwas erinnert ... Ich muß versuchen, ein warmes Nest zu finden in dieser Fremde.

Für Mrs. Copperfield war das einzige Lebensziel, glücklich zu sein; Leute allerdings, die ihr Verhalten über einige Zeit hin beobachtet hatten, wären angesichts einer solchen Feststellung überrascht gewesen.

Sie stand vom Bett auf und holte Miss Goerings Geschenk, ein Necessaire, aus ihrer Reisetasche. »Erinnerung«, flüsterte sie. »Erinnerung an Dinge, die ich seit meiner Kindheit geliebt habe. Mein Mann ist ein Mensch ohne Erinnerungen.« Ein heftiger Schmerz überfiel sie, als sie an diesen Menschen dachte, den liebsten von allen; an diesen Mann, dem alles Neue, das es noch zu entdecken gab, Freude machte. Für sie war alles, was sie nicht wie im Traum kannte, ein Greuel. Sie legte sich wieder hin und versank in einen tiefen Schlaf.

Als sie aufwachte, stand Mr. Copperfield am Fußende des Bettes und aß eine Papaya.

»Du mußt mal probieren«, sagte er. »Das stärkt ungemein und schmeckt außerdem köstlich. Willst du nicht was haben?« Er sah sie verlegen an.

»Wo bist du gewesen?« fragte sie.

»Nur so durch die Straßen gelaufen. Bestimmt ein paar Meilen. Du solltest wirklich mal raus. Ein richtiges Irrenhaus. Die Straßen sind voller Soldaten und Matrosen und Huren. Die Frauen tragen alle lange Kleider . . ., unglaublich billige Fähnchen. Alle sprechen dich an. Komm doch mit raus.«

Sie spazierten Arm in Arm durch die Straßen. Mrs. Copperfields Stirn brannte, aber ihre Hände waren kalt. Sie spürte ein Rumoren in ihrer Magengrube. Wenn sie geradeaus sah, schien sich die Straße am äußersten Ende zu krümmen und dann wieder geradeaus weiterzulaufen. Sie machte Mr. Copperfield darauf aufmerksam; er sagte, das komme daher, daß sie erst seit kurzem das Schiff verlassen hätten. Über ihren Köpfen hüpften die Kinder auf den Holzveranden auf und ab und ließen die Häuser erzittern. Jemand rempelte Mrs. Copperfield gegen die Schulter und hätte sie beinah umgerannt. Sofort fiel ihr der intensive Duft von Rosenparfum auf. Eine Negerin in einem rosaseidenen Abendkleid war mit ihr zusammengestoßen.

»Ich bitte tausendmal um Vergebung. Tausendmal«, sagte sie zu ihnen. Dann sah sie sich unschlüssig um und begann zu summen.

»Hab ich dir nicht gesagt, wie im Irrenhaus«, sagte Mr. Copperfield zu seiner Frau.

»Hören Sie«, sagte die Negerin, »gehen Sie die nächste Straße runter, das ist eher was für Sie. Ich muß meinen Freier drüben in der Bar treffen.« Sie zeigte ihnen wo. »Das ist eine wunderschöne Bar. Alle Welt geht da hin.« Sie kam noch näher. »Sie kommen mit mir, Herzchen«, sagte sie nur zu Mrs. Copperfield hin, »und ich verspreche Ihnen die glücklichste Zeit Ihres Lebens. Ich bin bestimmt Ihr Typ. Kommen Sie.«

Sie nahm Mrs. Copperfields Hand und versuchte sie von Mr. Copperfield wegzuzerren. Sie überragte sie beide.

»Ich glaube nicht, daß sie gleich jetzt in eine Bar will«, sagte Mr. Copperfield. »Wir würden zuerst noch gern etwas die Stadt erforschen.«

Die Negerin strich Mrs. Copperfield mit der glatten Hand übers Gesicht. »Wollen Sie das, mein Liebling, oder wollen Sie mit mir kommen?« Ein Polizist blieb ganz in ihrer Nähe stehen. Die Negerin ließ Mrs. Copperfields Hand los und hüpfte lachend über die Straße.

»Hast du schon mal so was erlebt?« fragte Mrs. Copperfield atemlos.

»Besser, Sie lassen sich nicht darauf ein«, sagte der Polizist. »Warum spazieren Sie nicht in die andere Richtung und schauen sich die Geschäfte an? Jeder bummelt durch die Einkaufsviertel. Kaufen Sie etwas für Ihren Onkel oder Ihre Cousine.«

»Nein, das habe ich nicht vor«, sagte Mrs. Copperfield.

»Na, dann sehen Sie sich eben einen Film an«, riet der Polizist und ging davon.

Mr. Copperfield lachte hysterisch. Er hielt sich sein Taschentuch vor den Mund. »Genau so was liebe ich«, brachte er heraus. Sie spazierten weiter und bogen dann in eine andere Straße ein. Die Sonne ging unter, und die Luft war heiß und unbewegt. In der Straße gab es keine Veranden, nur kleine einstöckige Häuser. Vor jeder Tür saß mindestens eine Frau. Mrs. Copperfield ging zu einem Fenster und blickte hinein. Das Zimmer war fast ganz von einem riesigen Doppelbett mit einer stark gewellten Matratze ausgefüllt, über die eine Spitzendecke gebreitet war. Eine elektrische Birne unter einem lavendelfarbenen Lampenschirm aus Chiffon warf einen grellen Lichtschein über das Bett, und auf dem Kissen lag entfaltet ein Fächer mit der Aufschrift »Panama City«.

Die Frau, die sich auf einem Hocker vor das Haus gesetzt hatte, war ziemlich alt. Sie hatte die Arme auf die Knie gestützt. Mrs. Copperfield, die sich der Frau zugewandt hatte, um sie anzusehen, vermutete, daß sie von den Westindischen Inseln kam. Sie hatte eine flache Brust und einen groben Körperbau, mit sehr muskulösen Armen und Schultern. Ihr längliches, mißmutig aussehendes Gesicht und ein Teil ihres Halses waren sorgfältig mit einem hellen Gesichtspuder bedeckt, Brust und Arme dagegen behielten ihre dunkle Hautfarbe. Mrs. Copperfield stellte amüsiert fest, daß ihr Kleid aus lavendelfarbener Theaterspitze war. In ihrem Haar hatte sie eine attraktive graue Strähne.

Die Negerin drehte sich zu ihnen herum, und als sie bemerkte, daß beide, Mr. Copperfield und Mrs. Copperfield, sie anschauten, stand sie auf und strich sich die Falten ihres Kleides glatt. Sie war riesengroß.

»Für Sie beide einen Dollar«, sagte sie.

»Einen Dollar«, wiederholte Mrs. Copperfield. Mr. Copperfield, der bisher am Bordstein gestanden hatte, kam näher.

»Frieda«, sagte er, »laß uns doch noch durch andere Straßen bummeln.«

»Ach bitte!« sagte Mrs. Copperfield. »Warte einen Augenblick.«

»Ein Dollar ist der beste Preis, den ich Ihnen machen kann«, sagte die Negerin.

»Wenn du hierbleiben willst«, schlug Mr. Copperfield vor, »schau ich mich ein bißchen um und komme dich nach einer Weile abholen. Vielleicht besser, wenn du etwas Geld bei dir hast. Hier sind ein Dollar und 35 Cents, für den Fall ...«

»Ich möchte mit ihr reden«, sagte Mrs. Copperfield und starrte ins Leere.

»Bis nachher dann. Ich muß mich bewegen«, verkündete Mr. Copperfield und ging davon.

»Ich liebe es, frei zu sein«, sagte Mrs. Copperfield zu der Frau, nachdem er gegangen war. »Sollen wir in Ihr kleines Zimmer gehen? Ich habe es schon durchs Fenster bewundert. ...«

Bevor sie noch den Satz beendet hatte, schob die Frau sie mit beiden Händen durch die Tür und ins Zimmer hinein. Auf dem Boden lag kein Teppich, und die Wände waren kahl. Die einzigen Verschönerungen waren die, welche sie von der Straße aus hatte sehen können. Sie setzten sich aufs Bett.

»Ich hatte mal ein kleines Grammophon, da drüben in der Ecke«, sagte die Frau. »Einer von einem Schiff hat es mir geliehen. Sein Freund kam und hat es wieder mitgenommen.«

»Ti-ta-ta-ti-ta-ta«, sagte sie, wobei sie einen Moment lang mit den Absätzen den Takt klopfte. Sie nahm Mrs. Copperfields Hände in die ihren und zog sie vom Bett herunter. »Komm her, mein Schatz.« Sie drückte Mrs. Copperfield an sich. »Du bist so furchtbar klein und ganz reizend. Ja, *wirklich* reizend, und vielleicht bist du einsam.« Mrs. Copperfield legte ihre Wange auf die Brust der Frau. Der Duft aus der Theatergaze erinnerte sie an ihre erste Rolle in einer Schulaufführung. Sie lächelte zu der Negerin hinauf, und ihr Gesichtsausdruck konnte nicht zärtlicher und weicher sein.

»Was tun Sie eigentlich an Ihren Nachmittagen?« fragte sie die Frau.

»Karten spielen, ins Kino gehen ...«

Mrs. Copperfield wich zurück. Ihre Wangen waren feuerrot. Sie lauschten beide auf die Schritte der Passanten. Sie konnten jetzt jedes Wort verstehen, das vor dem Fenster draußen gesprochen wurde. Die Negerin runzelte die Stirn. Sie sah sehr beunruhigt drein.

»Zeit ist Gold, mein Schatz«, sagte sie zu Mrs. Copperfield, »aber vielleicht bist du zu jung, um dir das klarzumachen.«

Mrs. Copperfield schüttelte den Kopf. Beim Anblick der Negerin wurde sie traurig. »Ich habe Durst«, sagte sie. Plötzlich hörten sie eine Männerstimme:

»Du hast mich wohl nicht so schnell zurückerwartet, was, Podie?« Ein paar Mädchen lachten hysterisch auf. Die Augen der Negerin wurden lebendig.

»Gib mir einen Dollar! Gib mir einen Dollar!« kreischte sie erregt. »Deine Zeit hier ist sowieso um.« Mrs. Copperfield gab ihr rasch einen Dollar, und die Negerin stürzte auf die Straße hinaus. Mrs. Copperfield folgte ihr nach.

Vor dem Haus hatten sich einige Mädchen an einen wuchtigen Mann in einem zerknitterten Leinenanzug gehängt. Als er Mrs. Copperfields Negerin in dem lavendelfarbenen Kleid entdeckte, machte er sich von den anderen frei und legte die Arme um sie. Die Negerin rollte vergnügt mit den Augen und führte ihn ins Haus, ohne Mrs. Copperfield zum Abschied auch nur zuzunicken. Kurz darauf stoben die anderen Mädchen die Straße hinunter, und Mrs. Copperfield blieb allein zurück. Auf beiden Seiten gingen Leute an ihr vorbei, doch sie interessierte sich jetzt für niemanden. Sie hingegen erregte bei allen große Aufmerksamkeit, besonders bei den Frauen, die vor ihren Türen saßen, und bald schon wurde sie von einem Mädchen mit Kraushaar angesprochen.

»Kauf mir was, Momma«, sagte das Mädchen.

Als Mrs. Copperfield nichts darauf antwortete, sondern dem Mädchen nur einen langen traurigen Blick zuwarf, sagte es:

»Momma, du kannst es selbst aussuchen. Auch wenn's nur eine Feder ist, das ist mir gleich.« Mrs. Copperfield schauderte. Sie glaubte zu träumen.

»Wie denn das, eine Feder? Was meinst du damit?«

Das Mädchen wand sich vor Vergnügen.

»O je, Momma«, sagte es mit sich überschlagender Stimme. »O Momma. Du bist vielleicht komisch! So was von komisch! Ich weiß nicht, was eine Feder ist; kauf mir irgendwas, was von Herzen kommt, verstehst du.«

Sie gingen die Straße runter bis zu einem Laden und kamen mit einem Puderdöschen heraus. Das Mädchen verabschiedete sich und entschwand mit einigen Freundinnen um die Ecke. Und wieder war Mrs. Copperfield allein. Taxis mit Touristen fuhren vorbei. Touristen, hatte Mrs. Copperfield in ihr Tagebuch geschrieben, sind im allgemeinen Wesen, die von der Wichtigkeit und Unveränderlichkeit ihrer eigenen Lebensweise so überzeugt sind, daß sie unfähig sind, beim Durchfahren der phantastischsten Gegenden mehr als einen optischen Eindruck mitzunehmen. Die abgebrühteren Touristen behaupten, ein Ort sei wie der andere.

Kurz danach kam Mr. Copperfield zurück und schloß sich ihr an. »Hast du dich gut amüsiert?« erkundigte er sich.

Sie schüttelte den Kopf und sah ihn an. Mit einem Mal fühlte sie sich so müde, daß sie in Tränen ausbrach.

»Heulsuse«, sagte Mr. Copperfield.

Jemand blieb hinter ihnen stehen. Eine leise Stimme fragte: »Hat sie sich verlaufen?« Als sie sich umdrehten, stand ein intelligent aussehendes Mädchen mit ausgeprägten Gesichtszügen und krausem Haar dicht vor ihnen. »Ich würde sie an Ihrer Stelle hier nicht allein auf der Straße lassen«, fügte sie hinzu.

»Sie hat sich nicht verlaufen; sie war nur etwas deprimiert«, erklärte Mr. Copperfield.

»Wäre es sehr zudringlich, wenn ich Sie auffordern würde, zu einem netten Restaurant mitzukommen, wo wir drei zu Abend essen könnten?« fragte das Mädchen. Sie war wirklich ausgesprochen hübsch.

»Gehn wir«, sagte Mrs. Copperfield lebhaft. »Ja, unbedingt.« Sie war jetzt aufgeregt; sie hatte das Gefühl, dieses Mädchen werde sie nicht enttäuschen. Wie die meisten Menschen wollte sie einfach nicht glauben, daß auf eine häßliche Geschichte unmittelbar eine zweite folgen würde.

Nett war das Restaurant eigentlich nicht. Es war stockdunkel, sehr in die Länge gezogen, und noch dazu menschenleer.

»Würden Sie nicht lieber woanders essen gehen?« fragte Mrs. Copperfield das Mädchen.

»O nein! Ich gehe nie woanders hin. Ich will's Ihnen gestehen, aber: nicht wütend werden. Ich krieg ein bißchen Geld, wenn ich Leute zum Essen mitbringe.«

»Gut, dann geb ich Ihnen das Geld, und wir gehen in ein anderes Lokal. Ich geb Ihnen genausoviel, wie Sie auch sonst bekommen würden«, bot ihr Mrs. Copperfield an.

»Das ist doch dumm«, sagte das Mädchen darauf. »Richtig dumm.«

»Ich habe gehört, daß es in dieser Stadt ein Restaurant gibt, wo man herrlichen Hummer essen kann. Könnten wir nicht dahin gehen?« Mrs. Copperfield flehte das Mädchen jetzt regelrecht an.

»Nein – das ist dumm.« Sie rief einen Kellner, der gerade mit einigen Zeitungen unterm Arm erschienen war.

»Adalberto, bring uns Fleisch und Wein. Das Fleisch zuerst«, bestellte sie auf Spanisch.

»Sie sprechen so gut Englisch!« sagte Mr. Copperfield.

»Ich bin immer sehr gern mit Amerikanern zusammen, wenn es sich ergibt«, sagte das Mädchen.

»Finden Sie, daß die freigebig sind?« fragte Mr. Copperfield.

»Klar«, sagte das Mädchen. »Na klar sind die freigebig. Sie sind es, wenn sie das Geld haben. Und noch freigebiger sind sie, wenn sie ihre Familie dabeihaben. Ich habe mal einen Mann gekannt. Einen Amerikaner. Waschecht, und der hat im Hotel Washington gewohnt. Wissen Sie, das schönste Hotel auf der ganzen Welt. Seine Frau machte jeden Tag ihren Mittagsschlaf. Er kam dann schnell mit dem Taxi nach Colón, war aber so aufgeregt und ängstlich, nicht wieder rechtzeitig bei seiner Frau zu sein, daß er mich nie mit auf ein Zimmer genommen hat, statt dessen ging er mit mir zu einem Laden und sagte immer: ›Schnell, schnell – such dir was aus – alles, was du willst, aber beeil dich damit.‹«

»Wie fürchterlich!« sagte Mrs. Copperfield.

»Das war wirklich schrecklich«, sagte das spanische Mädchen. »Es machte mich immer so nervös, daß ich einmal wirklich durchdrehte und zu ihm sagte: ›Gut, ich möchte diese Pfeife für meinen Onkel kaufen.‹ Ich mag meinen Onkel gar nicht, aber ich mußte sie ihm schenken.«

Mr. Copperfield brüllte vor Lachen.

»Wirklich komisch, nicht?« sagte das Mädchen. »Ich sag Ihnen was, wenn der je zurückkommt, werde ich garantiert keine zweite Pfeife für meinen Onkel kaufen, wenn er mich zu dem Laden mitnimmt. Sie sieht nicht schlecht aus.«

»Wer?« fragte Mr. Copperfield.

»Ihre Frau.«

»Ich sehe heute abend schrecklich aus«, sagte Mrs. Copperfield.

»Egal, das macht nichts, weil Sie ja schon verheiratet sind. Sie brauchen sich um nichts Sorgen zu machen.«

»Sie wird wütend auf Sie, wenn Sie ihr mit so was kommen«, sagte Mr. Copperfield.

»Warum sollte sie wütend sein? Es ist das Schönste auf der Welt, wenn man sich keine Sorgen zu machen braucht.«

»Darin besteht die Schönheit bestimmt nicht«, warf Mrs. Copperfield ein. »Was hat denn ein sorgenfreies Leben mit Schönheit zu tun?«

»Alles hat es damit zu tun, alles. Wenn Sie morgens aufwachen und zum ersten Mal die Augen aufschlagen und nicht wissen, wer Sie sind und was Ihr bisheriges Leben war – das ist schön. Wenn Ihnen dann einfällt, wer Sie sind und was Ihnen am Tag so bevorsteht, und Sie dann immer noch glauben, Sie schwebten wie ein glücklicher Vogel durch die Luft – das ist schön. So ist das eben, wenn Sie keine Sorgen haben. Sie können mir nicht weismachen, Sie würden sich gern ängstigen.«

Mr. Copperfield lächelte dösig. Nach dem Essen fühlte er sich auf einmal todmüde und schlug vor, heimzugehen, aber Mrs. Copperfield war viel zu angespannt, und so fragte sie das spanische Mädchen, ob es ihr etwas ausmache, noch eine Weile in ihrer Gesellschaft zu bleiben. Das Mädchen willigte ein unter der Bedingung, daß Mrs. Copperfield sie zu ihrem Hotel begleitete.

Sie verabschiedeten sich von Mr. Copperfield und machten sich auf den Weg.

Die Wände des Hotels de las Palmas waren aus Holz und leuchtend grün angestrichen. Zahlreiche Vogelbauer standen in den Korridoren oder hingen von der Decke. Einige waren leer. Das Zimmer des Mädchens befand sich im zweiten Stock, und die Holzwände waren genauso farbenfroh wie die auf den Gängen.

»Diese Vögel da singen den ganzen Tag«, sagte das Mädchen und winkte Mrs. Copperfield, sich neben sie aufs Bett zu setzen. »Manchmal sage ich mir: Ihr Dummerchen, was singt ihr den lieben langen Tag in euren Käfigen? Und dann denke ich: Pacifica, du bist genauso dumm wie die Vögel. Du bist auch in einen Käfig gesperrt, weil du kein Geld hast. Gestern abend hast du drei Stunden lang mit einem Deutschen herumgealbert, bloß weil er dir ein paar Getränke spendiert hat. Und eigentlich fandest du ihn dämlich. Ich lache in meinem Käfig, und die singen in ihrem.«

»Also, ich seh nun wirklich keine Beziehung zwischen den Vögeln und uns«, sagte Mrs. Copperfield.

»Sie glauben das nicht?« fragte Pacifica erregt. »Ich sage Ihnen aber, daß es stimmt.«

Sie streifte sich das Kleid über den Kopf und stand im Unterrock vor Mrs. Copperfield.

»Sagen Sie mir, was halten Sie von den herrlichen Seidenkimonos, die die Hindus in ihren Geschäften verkaufen? Wenn ich so einen reichen Mann hätte wie Sie, würde ich ihn bitten, mir einen zu kaufen. Sie wissen gar nicht, was Sie für ein Glück haben. Ich an Ihrer Stelle würde jeden Tag mit ihm in die Läden gehen, damit er mir hübsche Dinge kauft, statt herumzustehen und wie ein kleines Kind zu heulen. Männer mögen keine heulenden Frauen. Denken Sie etwa, die sehen so was gern?«

Mrs. Copperfield zuckte mit den Schultern. »Ich kann's mir nicht denken«, sagte sie.

»Da haben Sie recht. Die mögen, wenn die Frauen lachen. Frauen müssen den ganzen Abend lang lachen. Beobachten Sie mal ein hübsches Mädchen. Wenn die lacht, ist sie gleich zehn Jahre älter. Das kommt vom vielen Lachen. *Sie* wirken auch um zehn Jahre älter, wenn Sie lachen.«

»Stimmt«, bestätigte Mrs. Copperfield.

»Seien Sie doch nicht so bedrückt«, sagte Pacifica. »Ich mag Frauen sehr gern. Manchmal mag ich Frauen lieber als Männer. Ich mag meine Großmutter und meine Mutter und meine Schwestern. Wir haben uns immer gut zusammen amüsiert, die Frauen bei mir zu Hause. Ich war immer die beste. Ich war die schlauste und diejenige, die am meisten gearbeitet hat. Jetzt wünsch ich mir, ich wär wieder in meinem schönen Zuhause und zufrieden. Aber ich möchte noch so viele Dinge, verstehen Sie. Ich bin faul, aber ich hab ein furchtbares Temperament. Die Männer, die ich kennenlerne, gefallen mir sehr. Manchmal erzählen sie mir, was sie später mal im Leben tun wollen, wenn sie abmustern. Ich wünsche ihnen immer, daß das möglichst bald passiert. Diese verfluchten Schiffe! Wenn die mir erzählen, sie wollen ihr Leben lang auf dem Schiff um die Welt fahren, sag ich ihnen: ›Du weißt ja gar nicht, was dir durch die Lappen geht. Du bist für mich erledigt, Junge.‹ Ich kann sie nicht ausstehn, wenn sie so sind. Aber jetzt bin ich in diesen netten Mann verliebt, der geschäftlich hier zu tun hat. Meistens kann er mir die Miete bezahlen. Allerdings nicht jede Woche. Er ist sehr glücklich, mich zu haben. Viele Männer sind sehr glücklich, wenn sie mich haben. Deshalb bin ich noch lange nicht hochnäsig. Es kommt ja von Gott.« Pacifica bekreuzigte sich.

»Ich war mal in eine ältere Frau verliebt«, sagte Mrs. Copperfield lebhaft. »Sie war nicht mehr schön, doch habe ich in ihrem Gesicht Spuren von Schönheit gefunden, die für mich viel aufregender waren als irgendeine voll erblühte Schönheit. Wer hat denn nicht schon mal jemand Älteren geliebt? Weiß Gott!«

»Sie mögen Dinge, die andere Menschen nicht mögen, nicht? Ich würde gern mal Erfahrungen in der Liebe mit einer älteren Frau machen. Ich glaube, das ist sehr angenehm, ich bin nur leider ständig in irgendeinen netten Mann verliebt. Glück für mich, mein ich. Einige der Mädchen können sich nicht mehr verlieben. Sie denken bloß ans Geld, Geld und nochmals Geld. Sie denken nicht soviel ans Geld, oder?« fragte sie Mrs. Copperfield.

»Nein.«

»Ruhen wir uns jetzt ein wenig aus, ja?« Das Mädchen legte sich aufs Bett und winkte Mrs. Copperfield, sich neben ihr auszustrecken. Sie gähnte, umschloß Mrs. Copperfields Hand mit der ihren und schlief fast auf der Stelle ein. Mrs. Copperfield dachte bei sich, sie könne sich eigentlich auch etwas Schlaf gönnen. In diesem Augenblick fühlte sie sich ganz friedlich.

Sie wurden durch ein fürchterliches Klopfen an die Tür aufgeweckt. Mrs. Copperfield öffnete die Augen und wurde im selben Moment von wilder Panik ergriffen. Sie sah Pacifica an, und das Gesicht ihrer Freundin verriet keinen Deut mehr Gelassenheit.

»Cállate!« flüsterte sie zu Mrs. Copperfield in ihrer Muttersprache.

»Was ist los? Was ist denn los?« fragte Mrs. Copperfield schroff. »Ich versteh kein Spanisch.«

»Sei still«, wiederholte Pacifica auf Englisch.

»Ich kann hier nicht liegenbleiben und keinen Ton sagen. Das kann ich einfach nicht. Was bedeutet das Ganze?«

»Betrunkener. In mich verliebt. Ich kenn ihn gut. Er tut mir verdammt weh, wenn ich mit ihm schlafe. Sein Schiff ist wieder eingelaufen.«

Das Klopfen wurde zudringlicher, und sie hörten eine Männerstimme:

»Ich weiß, daß du da drin bist, Pacifica, mach diese Scheißtür auf.«

»Mach doch auf, Pacifica!« flehte Mrs. Copperfield und sprang vom Bett auf. »Nichts ist schlimmer als diese Ungewißheit.«

»Sei nicht verrückt. Vielleicht ist er so besoffen, daß er weggeht.«

Mrs. Copperfields Augen waren fast glasig. Allmählich wurde sie hysterisch.

»Nein, nein – ich hab mir geschworen, die Tür zu öffnen, wenn jemand versucht, mit Gewalt einzudringen. Dann ist er nicht mehr so feindselig. Je länger er da draußen bleibt, desto wütender wird er. Das erste, was ich ihm sagen werde, wenn ich aufmache, ist: ›Wir sind deine Freunde‹, und vielleicht ist er dann nicht mehr so wütend.«

»Wenn du mich noch verrückter machst, als ich es schon bin, dann weiß ich überhaupt nicht mehr, was ich machen soll«, antwortete Pacifica. »Warten wir's ab, ob er weggeht. Wir könnten die Kommode da gegen die Tür rücken. Hilfst du mir?«

»Ich kann jetzt nichts schieben!« Mrs. Copperfield war so kraftlos, daß sie an der Wand entlang auf den Boden rutschte.

»Ich muß diese gottverdammte Tür wohl einschlagen!« schimpfte der Mann.

Mrs. Copperfield zog sich hoch, taumelte zur Tür und öffnete sie.

Der Mann, der hereinkam, hatte ein scharfgeschnittenes Gesicht und war riesig. Er hatte offensichtlich eine ganze Menge getrunken.

»Hallo, Meyer«, sagte Pacifica. »Kannst du mich nicht mal ein bißchen schlafen lassen?« Sie wartete einen Augenblick, und als er ihr nicht antwortete, begann sie von neuem. »Ich hab versucht, ein Auge zuzutun.«

»Ich war fest eingeschlafen«, sagte Mrs. Copperfield. Ihre Stimme war höher als sonst, und ihr Gesicht strahlte. »Tut mir leid, daß wir Sie nicht sofort gehört haben. Wir müssen Sie ganz schön lang haben warten lassen.«

»Niemand hat mich je lang warten lassen«, sagte Meyer, und sein Gesicht wurde immer röter. Pacificas Augen verengten sich. Langsam verlor sie die Geduld.

»Raus aus meinem Zimmer«, befahl sie Meyer.

Als Antwort darauf ließ sich Meyer quer übers Bett fallen, und sein Körper war so schwer, daß fast die Bettlatten brachen.

»Nur schnell raus hier!« flehte Mrs. Copperfield Pacifica an. Sie war nicht mehr in der Lage, Haltung zu bewahren. Einen Augenblick lang hatte sie gehofft, der Feind werde plötzlich in Tränen ausbrechen, wie es manchmal in Träumen geschah, aber nun war sie sicher, daß dies bei Meyer nicht passieren würde. Pacifica wurde immer wütender.

»Hör mir gefälligst zu, Meyer«, sagte Pacifica. »Du gehst jetzt sofort auf die Straße zurück, denn ich werde gar nichts mit dir machen, es sei denn, dir eins auf die Rübe geben, wenn du nicht abhaust. Wärst du nicht so hitzig, könnten wir uns alle unten zusammensetzen und ein Glas Rum trinken. Ich habe Hunderte von Freunden, die sich einfach nur mit mir unterhalten und mit mir trinken, bis sie stocksteif unterm Tisch liegen. Aber du willst ja nichts anderes als mich ärgern. Ein Gorilla bist du. Laß mich in Frieden!«

»Wer zum Teufel schert sich um dein Haus!« brüllte Meyer. »Ich könnte all deine Häuser in einer Reihe aufstellen und sie wie Enten abknallen. Ein Schiff ist immer noch besser als ein Haus! Jederzeit! Egal, ob's regnet oder die Sonne scheint! Oder die Welt untergeht!«

»Niemand schwätzt was von Häusern, nur du«, sagte Pacifica und stampfte mit dem Fuß auf, »und ich will mir dein saublödes Gerede nicht länger anhören.«

»Und warum habt ihr dann die Tür abgesperrt, wenn ihr nicht in diesem Haus wohnt? Ihr kommt euch wohl wie die Gräfinnen vor, die Tee trinken und den Herrgott anflehen, daß ja keiner von uns je wieder an Land kommt! Ihr hattet wohl Angst, ich würde euch die Möbel ruinieren und den Boden versauen. Meine Mutter hatte ein Haus, aber ich habe immer im Nachbarhaus geschlafen. Da seht ihr's wie kalt mich Häuser lassen!«

»Das mißverstehen Sie«, sagte Mrs. Copperfield mit zittriger Stimme. Sie wollte ihn möglichst sacht daran erinnern, daß dies kein Haus, sondern ein Hotelzimmer war. Doch sie hatte nicht nur Angst, diesen Einwand zu machen, sie schämte sich auch.

»Mein Gott! Wie mich das ankotzt!« sagte Pacifica zu Mrs. Copperfield, ohne im geringsten die Stimme zu senken.

Meyer schien das nicht zu hören, er beugte sich statt dessen mit einem Lächeln über den Bettrand und streckte einen Arm nach Pacifica aus. Es gelang ihm, den Saum ihres Unterrocks zu erwischen und sie zu sich zu ziehen.

»Nur über meine Leiche!« schrie Pacifica ihn an, aber er hatte schon seine Arme um ihre Taille geschlungen, kniete sich aufs Bett und zog sie an sich.

»Hausfrau«, sagte er lachend, »ich wette, wenn ich dich mit auf See nähme, würdest du kotzen. Das Schiff wär ein Saustall. Leg dich jetzt da hin und hör auf zu quatschen.«

Pacifica sah Mrs. Copperfield einen Augenblick lang finster an. »Also gut«, sagte sie, »gib mir erst das Geld, ich trau dir nicht. Ich schlaf mit dir nur wegen meiner Miete.«

Er schlug sie mit voller Wucht auf den Mund und riß ihr dabei die Lippe auf. Das Blut floß ihr übers Kinn.

Mrs. Copperfield stürzte aus dem Zimmer. »Ich hole Hilfe, Pacifica«, schrie sie gellend über die Schulter. Sie rannte den Korridor entlang und die Treppe hinunter, in der Hoffnung, auf jemanden zu treffen, dem sie von Pacificas Notlage berichten könnte, aber sie wußte, daß sie nicht den Mut hatte, sich an irgendeinen Mann zu wenden. Im Parterre entdeckte sie eine Frau in mittleren Jahren, die bei halboffener Tür strickend in ihrem Zimmer saß; Mrs. Copperfield rannte zu ihr hinein.

»Kennen Sie Pacifica?« stieß sie hervor.

»Sicher kenne ich Pacifica«, antwortete die Frau. Sie sprach wie eine Engländerin, die viele Jahre lang unter Amerikanern gelebt hat. »Ich kenne jeden, der hier mehr als zwei Nächte verbracht hat. Ich bin die Besitzerin dieses Hotels.«

»Gut, dann tun Sie schnell was! Mr. Meyer ist da drin, er ist ziemlich betrunken.«

»Ich kümmere mich überhaupt nicht um Meyer, wenn der betrunken ist.« Die Frau sagte eine Weile nichts, dann kam ihr die Vorstellung, sich um Meyer zu kümmern, komisch vor, und sie kicherte. »Stellen Sie sich das doch mal vor«, sagte sie: »›Mr. Meyer, würden Sie so freundlich sein, das Zimmer zu verlassen? Pacifica ist Ihrer überdrüssig. Ha-ha-ha – *Pacifica* ist Ihrer überdrüssig.‹ Nehmen Sie Platz, meine Dame, und beruhigen Sie sich. Da drüben in der geschliffenen Karaffe neben den Avocados ist Gin. Möchten Sie einen?«

»Verstehen Sie, ich bin solche Gewalttätigkeiten nicht gewohnt«, sagte Mrs. Copperfield, goß sich Gin ein und wiederholte, sie sei Gewalttätigkeiten nicht gewohnt. »Wie kann ich diesen Abend bloß jemals vergessen? Die Hartnäkkigkeit dieses Mannes! Wie ein Wahnsinniger.«

»Meyer ist nicht wahnsinnig«, sagte die Hotelbesitzerin. »Da gibt es viel Schlimmere. Er hat mir gesagt, daß er sehr an Pacifica hängt. Ich bin immer anständig zu ihm gewesen, und er hat mir nie irgendwelchen Ärger gemacht.«

Vom oberen Stockwerk hörten sie Schreie. Mrs. Copperfield erkannte Pacificas Stimme.

»Ach bitte, holen wir doch die Polizei«, flehte Mrs. Copperfield.

»Sind Sie verrückt?« sagte die Frau. »Pacifica will nichts mit der Polizei zu tun haben. Eher würde sie sich beide Beine abhacken lassen. Glauben Sie mir, das ist die Wahrheit.«

»Dann gehen *wir* eben rauf«, sagte Mrs. Copperfield. »Ich bin zu allem bereit.«

»Bleiben Sie sitzen, Mrs. –, wie heißen Sie? Mein Name ist Mrs. Quill.«

»Ich bin Mrs. Copperfield.«

»Schön. Hören Sie, Mrs. Copperfield, Pacifica kann viel besser auf sich achtgeben, als wir das können. Je weniger Leute in eine Sache verwickelt sind, desto besser für jeden. Das ist ein Gesetz hier in diesem Hotel.«

»Ist gut«, sagte Mrs. Copperfield, »aber inzwischen könnte sie ermordet werden.«

»So schnell bringen sich die Leute nicht um. Es gibt 'ne Menge Schlägereien, das ja, aber umbringen . . . Ich hatte hier einige Morde, aber so viele waren's auch nicht, und ich hab herausgefunden, daß es meistens gut ausgeht. Aber manchmal gab's schon ein böses Ende.«

»Ich wünschte mir, ich hätte was von Ihrer Gelassenheit.

Ich versteh nicht, wie Sie hier so ruhig sitzen können, und ich versteh auch nicht, wie Pacifica so was überhaupt ertragen kann, ohne im Irrenhaus zu landen.«

»Sie hat reichlich Erfahrung mit solchen Männern. Ich glaube nicht, daß sie wirklich Angst hat. Sie ist viel robuster als wir. Wenn's hoch kommt, ist sie beunruhigt. Was sie will, ist, ihr eigenes Zimmer haben und tun, wozu sie Lust hat. Manchmal glaube ich, Frauen wissen gar nicht, was sie eigentlich wollen. Pacifica hat vielleicht eine heimliche Schwäche für Meyer, meinen Sie nicht?«

»Wie denn das? Ich verstehe nicht, was Sie sagen wollen.«

»Sehen Sie, dieser Knabe, in den sie angeblich verliebt ist, also, ich glaube nicht, daß sie den wirklich mag. Sie hat unzählige wie den gehabt, einen nach dem andern, wie nichts. Alles nette Trottel. Die beten den Boden an, auf dem sie wandelt. Meiner Meinung nach wird sie eifersüchtig und nervös, wenn Meyer weg ist, so daß sie sich gern vorspielt, sie hätte diese anderen Kerle lieber. Wenn Meyer wieder zurück ist, bildet sie sich ein, sie sei wütend auf ihn, weil er seine Nase in ihre Angelegenheiten steckt. Also, kann sein, daß ich recht habe, kann sein, daß ich falsch liege, aber ich glaube schon, so läuft's.«

»Das scheint mir ganz unmöglich. Er hätte es dann doch nicht nötig, sie zu schlagen, damit sie mit ihm ins Bett geht.«

»Aber klar doch«, sagte Mrs. Quill, »ich versteh mich allerdings nicht auf so was. Wie auch immer, Pacifica ist ein nettes Mädchen. Und sie kommt aus einer netten Familie.«

Mrs. Copperfield trank mit Genuß ihren Gin.

»Sie wird bald runterkommen und mit uns plaudern«, sagte Mrs. Quill. »Die Atmosphäre ist hier sehr locker, und die Mädchen amüsieren sich. Sie unterhalten sich und trinken was und gehen mit jemandem ins Bett; sie machen Ausflüge; gehen ins Kino und manchmal tanzen, die ganze Nacht hindurch ... Ich bin nie allein, es sei denn, ich will's sein ... Ich kann immer mit ihnen tanzen gehen, falls mir danach zumute ist. Ich hab einen Verehrer, der mich zum Tanzen ausführt, wann ich Lust drauf habe, und ich kann mich immer den Mädchen anschließen. Ich liebe das hier. Würde nicht mal für'n Riesenbündel Blauer zurück nach Haus gehen. Manchmal ist es heiß, meistens jedoch erträglich, und niemand hat Eile. Sex interessiert mich nicht, und ich schlafe wie ein Baby. Ich werde nie von Träumen heimgesucht, außer ich esse was, das mir schwer im Magen liegt. Man muß schon eine Stange Geld zahlen, wenn man sich verwöhnen will. Sehen Sie, ich bin schrecklich wild auf Hummer à la Newburg. Dabei weiß ich genau, was ich tue, wenn ich so was esse. Ich geh so etwa einmal im Monat mit diesem Verehrer in Bill Greys Restaurant.«

»Und weiter«, sagte Mrs. Copperfield, die mit Vergnügen zuhörte.

»Also, wir bestellen Hummer à la Newburg. Ich kann Ihnen sagen, das Köstlichste auf der Welt ...«

»Mögen Sie Froschschenkel?« fragte Mrs. Copperfield.

»Für mich nur Hummer à la Newburg.«

»Klingt so froh und zufrieden, was Sie sagen, daß ich Lust habe, mich auf der Stelle in diesem Hotel einzuquartieren. Was hielten Sie davon?«

»Dein Leben ist dein Leben, tu damit, was du willst. Das ist mein Motto. Wie lang wollen Sie denn bleiben?«

»Hm, weiß ich noch nicht«, sagte Mrs. Copperfield. »Glauben Sie, daß es mir hier Spaß macht?«

»Mordsspaß«, sagte die Hotelbesitzerin. »Tanzen, trinken ..., alles, was angenehm ist auf dieser Welt. Wissen Sie, Sie brauchen nicht viel Geld. Die Männer kommen von den Schiffen mit prallen Taschen. Ich sag Ihnen, das hier ist eine Stadt Gottes, aber vielleicht auch eine des Teufels.« Sie lachte herzlich.

»Ein Mordsspaß«, wiederholte sie. Sie erhob sich schwerfällig und ging zu einem kastenähnlichen Grammophon, das in der Zimmerecke stand. Nachdem sie es aufgezogen hatte, legte sie ein Cowboylied auf.

»Das können Sie sich immer anhören«, sagte sie zu Mrs. Copperfield, »wann immer es Ihrem Herzchen gefällt. Da sind die Nadeln und die Platten; alles, was Sie tun müssen, ist, das Grammophon aufzuziehen. Wenn ich nicht da bin, können Sie sich in diesen Schaukelstuhl setzen und Musik hören. Ich habe berühmte Sänger auf den Platten, Sophie Tucker und Al Jolson aus den USA, und ich behaupte, diese Musik ist ein Ohrenschmaus.«

»Und Lesen ist vermutlich auch äußerst angenehm in diesem Zimmer – während man das Grammophon laufen hat«, sagte Mrs. Copperfield.

»Lesen – soviel Sie nur wollen.«

Eine Zeitlang saßen sie da und hörten Platten und tranken

Gin. Nach etwa einer Stunde sah Mrs. Quill, daß Pacifica den Korridor entlangkam. »Schauen Sie«, sagte sie zu Mrs. Copperfield, »da kommt Ihre Freundin.«

Pacifica hatte ein kleines Seidenes an und Pantoffeln. Sie hatte sich ihr Gesicht sorgfältig zurechtgemacht und sich parfümiert.

»Seht mal, was Meyer mir gekauft hat«, sagte sie beim Näherkommen und zeigte ihnen eine riesige Armbanduhr mit einem Leuchtzifferblatt. Sie schien in bester Stimmung zu sein.

»Hier habt ihr also miteinander geplaudert«, sagte sie freundlich lächelnd zu ihnen. »Wie wäre es, wenn wir alle drei rausgingen und ein Bier tränken oder sonstwas.«

»Das wäre schön«, sagte Mrs. Copperfield. Sie fing an, sich um Mr. Copperfield Sorgen zu machen. Er haßte es, wenn sie für längere Zeit verschwunden war, denn das brachte ihn aus dem Gleichgewicht und beeinträchtigte seinen Schlaf. Sie nahm sich fest vor, im Hotel vorbeizuschauen und ihm Bescheid zu geben, daß sie noch ausgehen wolle, aber allein schon der Gedanke, das Hotel zu sehen, ließ sie schaudern.

»Beeilt euch, Mädchen«, sagte Pacifica.

Sie gingen wieder zu dem ruhigen Restaurant, in das Pacifica Mr. und Mrs. Copperfield zum Essen geführt hatte. Gegenüber befand sich ein hellerleuchteter Tanzschuppen. Eine zehn Mann starke Kapelle spielte, und es war so voll, daß die Leute auf der Straße tanzten.

Mrs. Quill sagte: »Junge, Junge, Pacifica! Da könntest du dich heute abend toll amüsieren: Guck nur mal, wie *die* sich amüsieren.«

»Nein, Mrs. Quill«, sagte Pacifica. »Wir können's auch hier schön haben. Das Licht ist nicht so grell, und es ist nicht so laut, und später gehen wir ins Bett.«

»Ja«, sagte Mrs. Quill, wobei sie ein langes Gesicht machte. Mrs. Copperfield glaubte, in Mrs. Quills Augen einen äußerst gequälten und enttäuschten Ausdruck wahrzunehmen.

»Ich werde morgen abend hingehen«, sagte Mrs. Quill sanft. »Es macht gar nichts. Da ist jeden Abend Tanz. Weil eben ständig Schiffe einlaufen. Die Mädchen sind auch nie müde«, sagte sie zu Mrs. Copperfield. »Sie können tagsüber schlafen, soviel sie wollen. Sie können genausogut am Tag wie in der Nacht schlafen. Sie werden nicht müde. Warum auch? Tanzen macht einen ja auch nicht müde. Die Musik trägt einen.«

»Reden Sie nicht so dumm«, sagte Pacifica. »Die sind doch alle ewig müde.«

»Was stimmt denn nun?« fragte Mrs. Copperfield.

»Ach«, sagte Mrs. Quill, »Pacifica sieht immer nur die Schattenseiten des Lebens. Sie ist der größte Miesepeter, den ich kenne.«

»Ich seh nicht die Schattenseite, ich seh die Wirklichkeit. Sie sind manchmal ein klein bißchen dumm, Mrs. Quill.«

»Sprich nicht so mit mir, du weißt doch ganz genau, wie gern ich dich habe«, sagte Mrs. Quill, und ihre Lippen fingen an zu zittern.

»Tut mir leid, Mrs. Quill«, sagte Pacifica ernst.

Pacifica hat etwas sehr Liebenswertes, dachte Mrs. Copperfield. Ich glaube, sie nimmt jeden ganz ernst.

Sie nahm Pacificas Hand.

»Gleich werden wir was Schönes zu trinken bekommen«, sagte sie lächelnd zu Pacifica. »Freust du dich?«

»Ja, ich find's schön, jetzt etwas zu trinken«, sagte Pacifica höflich; aber Mrs. Quill sah ihr die Vorfreude an. Sie rieb sich die Hände und sagte: »Ich bin mit von der Partie.«

Mrs. Copperfield sah auf die Straße hinaus und entdeckte Meyer. Er war in Begleitung von zwei Blondinen und einigen Matrosen.

»Da geht Meyer«, sagte sie. Die beiden anderen Frauen sahen hinaus, und alle beobachteten sie, wie er verschwand.

Mr. und Mrs. Copperfield waren für zwei Tage nach Panama City hinübergefahren. Am ersten Tag schlug Mr. Copperfield nach dem Mittagessen einen Spaziergang zu den Randbezirken der Stadt vor. Es war immer das erste, was er tat, wenn er sich in einer Gegend nicht auskannte. Mrs. Copperfield haßte es, ihre Umgebung näher kennenzulernen, denn stets stellte es sich heraus, daß alles noch seltsamer war, als sie befürchtet hatte.

Sie gingen schon eine ganze Weile. Die Straßen sahen nun alle gleich aus. Auf der einen Seite stiegen sie leicht bergan, auf der anderen fielen sie steil ab zu den Sumpfgebieten an der Küste. In der gleißenden Sonne wirkten die Steinhäuser wie ohne jede Farbe. Die Fenster waren alle schwer vergittert; kaum irgendwo ein Lebenszeichen. Sie stießen auf drei nackte Jungen, die sich mit einem Fußball abmühten, und wandten sich dann hügelabwärts dem Meer zu. Eine Frau in schwarzem Seidenkleid kam ihnen langsam entgegen. Als sie an ihr vorbei waren, drehte die Frau sich um und starrte ihnen schamlos nach. Sie schauten mehrmals über die Schulter zurück und konnten sehen, wie sie noch immer an derselben Stelle stand und sie beobachtete.

Es war Ebbe. Sie stapften über den schlammigen Strand. Hinter ihnen ragte ein riesiges Hotel auf, das man vor eine niedrige Felswand gebaut hatte, so daß es jetzt bereits Schatten abbekam. Die Schlammbänke und das Wasser lagen noch im Sonnenlicht. Sie gingen weiter, bis Mr. Copperfield einen großen flachen Felsbrocken entdeckte, auf den sie sich setzten.

»Ist das schön hier«, sagte er.

Zu ihren Füßen lief eine Krabbe im Krebsgang durch den Schlamm.

»Sieh mal!« sagte Mr. Copperfield. »Die magst du doch?«

»Ja, doch, ich mag sie«, antwortete Mrs. Copperfield, aber sie konnte das beklemmende Gefühl nicht unterdrücken, das sie beschlich, als sie sich die Gegend genauer anschaute. Jemand hatte in grünen Buchstaben die Worte *Cerveza – Beer* auf die Hotelfassade gepinselt.

Mr. Copperfield krempelte die Hosenbeine hoch und fragte, ob sie nicht Lust habe, barfuß mit ihm bis ans Wasser zu gehen.

»Ich glaube, ich bin schon weit genug gelaufen«, sagte sie.

»Bist du müde?« fragte er sie.

»Ach nein. Müde nicht.« Sie machte ein derart gequältes Gesicht, daß er sich erkundigte, was denn los sei.

»Ich bin unglücklich«, sagte sie.

»Schon wieder? Was ist es denn diesmal?« fragte Mr. Copperfield.

»Ich fühl mich so verloren und so weit weg von allem, und ich fürchte mich so.«

»Was gibt's denn hier zum Fürchten?«

»Ich weiß nicht. Es ist alles so seltsam, und es hat keine Verbindung mit irgendwas.«

»Mit Panama ist es verbunden«, bemerkte Mr. Copperfield bissig. »Wirst du das denn nie kapieren?« Er machte eine Pause. »Ich glaube, es lohnt sich wirklich nicht, dir irgendwas begreiflich zu machen ... Ich geh jetzt jedenfalls zum Wasser. Du verdirbst mir den ganzen Spaß. Es gibt einfach nichts, was man mit dir unternehmen kann.« Er schmollte.

»Ja, ich weiß. Geh du nur ans Wasser. Vielleicht bin ich doch müde.« Sie beobachtete, wie er sich zwischen den Kieseln einen Weg suchte, wobei er die Arme wie ein Seiltänzer ausgestreckt hatte, um das Gleichgewicht zu halten, sie wünschte sich, sie könnte ihn begleiten, da sie ihn sehr gern hatte. Ihr wurde ein wenig leichter zumute. Es wehte ein heftiger Wind, und ein paar schnittige Segelboote schossen in Küstennähe vorbei. Sie warf den Kopf zurück, schloß die Augen und hoffte, ihre Stimmung würde sich noch so heben, daß sie zu ihrem Mann hinunterlaufen und mit ihm gehen konnte. Aber der Wind wehte noch nicht heftig genug, und im Geiste sah sie Pacifica und Mrs. Quill vor dem Hotel de las Palmas stehen. Sie hatte sich von ihnen verabschiedet und aus der altmodischen Droschke herausgewinkt, die sie gemietet hatte, um zum Bahnhof zu fahren. Mr. Copperfield hatte es vorgezogen, zu Fuß zu gehen, und sie war mit ihren beiden Freundinnen allein gewesen. Pacifica hatte einen Kimono aus Satin angehabt, den ihr Mrs. Copperfield gekauft hatte, dazu Pantoffeln mit Pompons. Sie hatte sich mit zusammengekniffenen Augen an die Hotelwand gedrückt und gequengelt, daß sie bloß mit einem Kimono bekleidet auf der Straße stehen müsse, aber Mrs. Copperfield hatte nur einen Augenblick Zeit, ihnen auf Wiedersehn zu sagen, und sie wollte nicht aussteigen.

»Pacifica und Mrs. Quill«, sagte sie zu ihnen und lehnte sich aus dem Fond der Kutsche heraus, »ihr könnt euch nicht vorstellen, was für Ängste ich ausstehe, daß ich euch jetzt verlassen muß, und wenn's auch bloß für zwei Tage ist. Ich weiß ehrlich nicht, wie ich das aushalten soll.«

»Hör zu, Copperfield«, hatte Mrs. Quill daraufhin gesagt, »Sie werden sich in Panama bestens amüsieren. Denken Sie ja nicht an uns, kein Sekündchen! Haben Sie mich verstanden? Du lieber Gott, wenn ich noch jung wäre und mit meinem Mann nach Panama City fahren könnte, würde ich anders dreinschauen als Sie jetzt.«

»Das heißt doch gar nichts, mit dem Ehemann nach Panama City reisen«, hatte Pacifica mit Nachdruck gesagt. »Das heißt nicht, daß sie glücklich ist. Jeder mag eben was anderes. Vielleicht geht Copperfield lieber angeln oder ein Kleid kaufen.« Mrs. Copperfield hatte Pacifica dankbar angelächelt.

»Also«, hatte Mrs. Quill ohne Überzeugung entgegnet, »ich bin mir sicher, du wärst glücklich, Pacifica, wenn du mit deinem Mann nach Panama City fahren würdest ... Da drüben ist es herrlich.«

»Egal«, hatte Pacifica erwidert, »sie war ja schon in Paris.«

»Versprecht mir, daß ihr hier seid, wenn ich zurückkomme«, hatte Mrs. Copperfield sie angefleht. »Ich habe furchtbare Angst, ihr könntet auf einmal verschwinden.«

»Denk dir doch nicht solche Geschichten aus, meine Liebe; das Leben ist schon hart genug. Wohin sollten wir denn überhaupt?« hatte Pacifica gähnend zu ihr gesagt und sich zum Gehen gewandt. Vom Hoteleingang aus hatte sie Mrs. Copperfield dann zum Abschied eine Kußhand zugeworfen.

»Es macht Spaß, mit ihnen zusammen«, sagte Mrs. Copperfield laut und öffnete die Augen. »Sie sind mir ein großer Trost.«

Mr. Copperfield kam zu dem flachen Felsen zurück, auf dem seine Frau saß. Er hielt einen seltsam geformten und gemaserten Stein in der Hand. Er lächelte, als er bei ihr ankam.

»Sieh mal«, sagte er, »ist der nicht komisch? Wirklich ein wunderschöner Stein. Ich hab gedacht, den würdest du dir gern ansehen, darum hab ich ihn mitgebracht.« Mrs. Copperfield untersuchte den Stein und sagte: »Ja, der ist schön und sehr eigenartig. Tausend Dank.« Sie schaute den Stein auf ihrer Handfläche an. Auf einmal drückte Mr. Copperfield ihre Schulter und sagte: »Guck dir den Riesendampfer an, wie er die Wellen pflügt. Siehst du's?« Er drehte ihr leicht den Kopf, damit sie in die gewünschte Richtung blickte.

»Ja, ich seh's. Das ist auch schön ... Ich glaub, wir sollten uns auf den Heimweg machen. Es wird bald dunkel.«

Sie verließen den Strand und gingen die Straßen zurück. Es dämmerte bereits, aber nun standen mehr Leute draußen. Sie ließen sich ungeniert über Mr. und Mrs. Copperfield aus, als diese vorbeispazierten.

»Das war ein herrlicher Tag heute!« sagte Mr. Copperfield. »Dir muß es auch gefallen haben, wir haben so unglaubliche Dinge gesehen.« Mrs. Copperfield drückte seine Hand immer fester.

»Ich bin nicht so beflügelt beim Laufen wie du«, sagte sie. »Da mußt du mir verzeihen. Ich kann mich nicht mit solcher Leichtigkeit bewegen. Mit dreiunddreißig habe ich bestimmte Gewohnheiten.«

»Das ist schlimm«, erwiderte er. »Natürlich habe ich auch meine festen Gewohnheiten – Eßgewohnheiten, Schlaf- und Arbeitsgewohnheiten –, aber das meinst du wohl nicht damit?«

»Reden wir nicht darüber. Das war wirklich nicht damit gemeint, nein.«

Am darauffolgenden Tag schlug Mr. Copperfield vor, hinauszufahren und den Dschungel anzusehen. Mrs. Copperfield meinte, sie hätten nicht die angemessene Ausrüstung dazu, worauf er erklärte, er habe damit nicht sagen wollen, daß sie den Dschungel erforschen sollten, sondern nur, daß sie am Rand spazierengehen könnten, wo es Pfade gab.

»Laß dir von dem Wort ›Dschungel‹ keine Angst einjagen«, sagte er. »Schließlich heißt das nichts anderes als Tropenwald.«

»Wenn mir nicht danach zumute ist, komme ich nicht mit. Aber das ist doch egal. Heute abend fahren wir nach Colón zurück, nicht?«

»Hm, vielleicht sind wir zu müde und müssen noch eine Nacht hierbleiben.«

»Aber ich habe Pacifica und Mrs. Quill versprochen, daß wir heute abend zurückkommen. Sie werden enttäuscht sein, wenn wir nicht da sind.«

»Nimmst du etwa Rücksicht auf *die?* ...Ich bitte dich, Frieda! Abgesehen davon glaub ich nicht, daß die es krummnehmen. Sie werden's schon verstehen.«

»Oh, nein, werden sie nicht«, entgegnete Mrs. Copperfield. »Sie werden enttäuscht sein. Ich hab ihnen gesagt, ich sei vor Mitternacht zurück und wir würden dann ausgehen und feiern. Ich bin absolut sicher, daß Mrs. Quill sich richtig im Stich gelassen fühlt. Sie feiert so gern.«

»Wer um Himmels willen ist Mrs. Quill?«

»Mrs. Quill ... Mrs. Quill und Pacifica.«

»Ja, ich weiß, aber es ist doch lächerlich. Ich habe gedacht, nach einem Abend hättest du die Nase voll von ihnen. Was das für Leute sind, hat man doch wohl in kürzester Zeit heraus.«

»Oh, ich weiß schon, wie sie sind, aber ich unterhalte mich so köstlich mit ihnen.« Mr. Copperfield sagte nichts.

Sie verließen das Hotel und spazierten durch die Straßen, bis sie zu einem Platz kamen, wo die Busse standen. Sie erkundigten sich nach den Abfahrtszeiten und stiegen in einen Bus mit der Aufschrift »Shirley Temple«. Die Innenseiten der Türen waren mit Mickymaus-Bildern bemalt. Der Fahrer hatte sich über seinem Kopf Postkarten von Heiligen und der Mutter Gottes auf die Windschutzscheibe geklebt. Er trank gerade eine Coca-Cola, als sie einstiegen.

»En que barco vinieron?« fragte der Fahrer.

»Venimos de Colón«, antwortete Mr. Copperfield.

»Was ist los?« fragte Mrs. Copperfield.

»Er fragt, mit welchem Schiff wir gekommen sind, und ich habe gesagt, wir kämen gerade von Colón. Die meisten Leute hier kommen eben vom Schiff. Es ist genauso, wie wenn man in anderen Ländern Leute nach ihrem Wohnort fragt.«

»J'adore Colón, c'est tellement ...«, begann Mrs. Copperfield. Mr. Copperfield war peinlich berührt. »Red doch nicht Französisch mit ihm. Das ist doch sinnlos. Red Englisch.«

»Ich schwärme für Colón.«

Der Fahrer verzog das Gesicht. »Dreckige Holzstadt. Ich bin sicher, Sie haben einen Riesenfehler gemacht. Sie werden schon sehen. Panama City wird Ihnen besser gefallen. Mehr Geschäfte, mehr Hospitäler, schöne Kinos, große, saubere Restaurants, hübsche Häuser aus Stein; Panama City ist großartig. Wenn wir durch Ancón fahren, zeig ich Ihnen, wie schön dort der Rasen ist und die Bäume und die Bürgersteige. Sie können mir in Colón nichts Derartiges zeigen. Wer mag denn schon Colón?« Er wandte sich über die Rücklehne des Fahrersitzes um, und da sie hinter ihm saßen, atmete er ihnen direkt ins Gesicht.

»Wissen Sie, wer Colón mag?« Er zwinkerte Mr. Copperfield zu. »Sie sind überall auf den Straßen. So ist das nun mal, sonst ist nicht viel los. Wir haben das hier auch, aber in einem abgetrennten Viertel. Wenn Sie dafür was übrig haben, können Sie ja hingehen. Wir haben hier alles.«

»Sie meinen die Huren?« fragte Mrs. Copperfield mit heller Stimme.

»Las putas«, übersetzte Mr. Copperfield ins Spanische. Er war entzückt über die Wendung, die das Gespräch genom-

men hatte, und hatte Angst, der Fahrer könnte womöglich nicht alles mitbekommen.

Der Fahrer hielt sich die Hand vor den Mund und lachte.

»Sie hat so was gern«, sagte Mr. Copperfield und stieß seine Frau an.

»Nein – nein!« sagte der Fahrer, »ganz unmöglich!«

»Sie waren alle ausgesprochen süß zu mir.«

»Süß!« Der Fahrer schrie fast. »Nicht mal so viel Süßes ist in denen.« Er machte mit Daumen und Zeigefinger einen winzigen Kreis in die Luft. »Nein, nicht süß – da hat Sie jemand für dumm verkauft. Er muß es wissen.« Er legte seine Hand auf Mr. Copperfields Bein.

»Ich fürchte, ich weiß gar nichts darüber«, erklärte Mr. Copperfield. Der Fahrer zwinkerte ihm wieder zu und sagte dann: »Sie denkt wohl, sie kennt *las*– ich will das Wort nicht sagen, aber sie hat noch nie eine kennengelernt.«

»Habe ich wohl. Ich habe sogar mit einer Siesta gehalten.«

»Siesta!« Der Fahrer brüllte vor Lachen. »Machen Sie bitte keine Witze, Lady. Hören Sie, das ist nicht sehr nett.« Mit einem Schlag sah er ganz ernüchtert aus. »Nein, nein, nein.« Er schüttelte traurig den Kopf.

Inzwischen war der Bus voll besetzt, und der Fahrer mußte abfahren. Jedesmal, wenn er anhielt, drehte er sich um und drohte Mrs. Copperfield mit dem Finger. Sie kamen durch Ancón und fuhren an mehreren langgezogenen niedrigen Gebäuden vorbei, die verstreut auf verschiedenen kleinen Hügeln lagen.

»Krankenhäuser«, ließ der Busfahrer Mr. und Mrs. Copperfield wissen. »Sie haben hier Ärzte für alles, was es so gibt auf der Welt. Die Armee kann umsonst rein. Die essen und schlafen und werden gesund, und alles umsonst. Einige Alte wohnen für den Rest ihres Lebens dort. Das wäre mein Traum, in der amerikanischen Armee zu sein, anstatt diesen Drecksbus zu fahren.«

»Ich fänd's abscheulich, in einem Regiment zu dienen«, sagte Mr. Copperfield mit Nachdruck.

»Die sind doch ständig nur auf Gesellschaften und Bällen, Bällen und Gesellschaften«, kommentierte der Fahrer. Auf den Rücksitzen wurde getuschelt. Die Frauen waren alle begierig darauf zu wissen, was der Fahrer gesagt hatte. Eine, die Englisch verstand, erklärte es rasch den anderen auf Spanisch. Die Frauen kicherten gut fünf Minuten lang. Der Fahrer begann »Over There« zu singen, und das Lachen steigerte sich bis zum hysterischen Gelächter. Sie waren jetzt fast schon auf dem Land und fuhren einen Fluß entlang. Jenseits des Flusses war eine ganz neue Straße zu sehen und dahinter ein ungewöhnlich dichter Wald.

»Schau mal«, sagte Mr. Copperfield und zeigte auf den Wald. »Siehst du den Unterschied? Siehst du, wie riesig die Bäume da werden und wie das Unterholz wuchert? Es ist schon von hier aus zu erkennen. Die Wälder weiter im Norden sehen lange nicht so üppig aus.«

»Das stimmt«, sagte Mrs. Copperfield.

Der Bus hielt schließlich an einem winzigen Landungssteg. Nur noch drei Frauen und die Copperfields blieben sitzen. Mrs. Copperfield sah zu ihnen hin und hoffte, daß sie auch zum Dschungel gehen würden.

Mr. Copperfield stieg aus, und Mrs. Copperfield folgte ihm zögernd. Der Fahrer stand bereits draußen neben Mr. Copperfield und rauchte. Er hoffte, wieder mit ihm ins Gespräch zu kommen, aber Mr. Copperfield war viel zu aufgeregt darüber, daß er nun ganz in der Nähe des Dschungels war, und konnte an nichts anderes denken. Die drei Frauen blieben im Bus sitzen. Sie unterhielten sich. Mrs. Copperfield schaute in den Bus und starrte sie mit verstörtem Gesicht an. Sie schien zu sagen: ›Bitte, kommt doch auch raus!‹ Die Frauen wurden verlegen und fingen wieder an zu kichern.

Mrs. Copperfield ging zum Fahrer und erkundigte sich: »Ist das die letzte Haltestelle?«

»Ja.«

»Und sie?«

»Wer?« fragte der Fahrer wortkarg.

»Die drei Damen hinten im Bus.«

»Die fahren mit. Das sind sehr nette Damen. Sie fahren nicht zum ersten Mal in meinem Bus.«

»Hin und zurück?«

»Aber ja«, sagte der Fahrer.

Mr. Copperfield nahm Mrs. Copperfields Hand und führte sie auf den Landungssteg. Eine kleine Fähre kam auf sie zu. Es schien niemand an Bord zu sein.

Plötzlich sagte Mrs. Copperfield zu ihrem Mann: »Ich will einfach nicht in den Dschungel. Der Tag gestern war schon seltsam und schrecklich genug. Wenn ich noch mal so einen

Tag erlebe, wird's mir hundsmiserabel. Bitte, laß mich mit dem Bus zurückfahren.«

»Aber«, sagte Mr. Copperfield, »wo du jetzt den ganzen Weg bis hierher mitgekommen bist, halte ich das wirklich für dumm und unsinnig. Ich bin ganz sicher, der Dschungel wird dich bestimmt interessieren. Ich bin schon früher mal dagewesen. Du siehst die merkwürdigsten Blätter und Blumen, ganz bizarr. Und so herrliche Geräusche. Einige Vögel in den Tropen haben Stimmen wie Xylophone, andere wie Glocken.«

»Ich hatte gedacht, daß mich das, wenn ich hier ankomme, vielleicht inspirieren würde, daß ich Lust hätte, in den Dschungel zu gehen. Aber es ist nicht so. Bitte reden wir nicht mehr darüber.«

»Ist gut«, sagte Mr. Copperfield. Er sah traurig und verlassen aus. Zu seinen größten Freuden zählte es, anderen Menschen die Dinge zu zeigen, die er am liebsten mochte. Er ging an den Pier und starrte gebannt über den Fluß hinweg auf das gegenüberliegende Ufer. Er sah sehr schlank aus und hatte einen schön geformten Kopf.

»Ach bitte, sei nicht traurig!« sagte Mrs. Copperfield und eilte ihm nach. »Ich erlaube dir nicht, traurig zu sein. Ich komm mir vor wie ein Hornochse. Wie ein Mörder. Aber ich würde dir drüben im Dschungel nur schrecklich lästig fallen. Wenn du erst mal dort bist, wird's dir gefallen, und außerdem kannst du ohne mich viel weiter hinein.«

»Ach, Liebste, das ist doch nicht schlimm ... Ich hoffe nur, du kommst mit dem Bus heil nach Hause. Weiß der Himmel, wann ich zurück bin. Vielleicht entschließe ich mich, doch noch weiter herumzustreifen ..., und du magst auch nicht gern allein in Panama sein.«

»Nun«, sagte Mrs. Copperfield, »angenommen, ich fahr mit dem Zug zurück nach Colón. Das ist ganz einfach, und ich habe nur eine Reisetasche bei mir. Du kannst dann heute abend nachkommen, wenn du rechtzeitig aus dem Dschungel kommst, und wenn nicht, dann fährst du eben morgen. Wir hatten die Rückreise ja ohnehin erst für morgen geplant. Du mußt mir aber dein Ehrenwort geben, daß du kommst.«

»Das ist alles so kompliziert«, sagte Mr. Copperfield. »Ich dachte, wir hätten einen schönen Tag im Dschungel. Morgen komm ich zurück. Das Gepäck ist in Colón, keine

Gefahr also, daß ich nicht zurückkomme. Auf Wiedersehn.« Er gab ihr die Hand. Die Fähre scheuerte am Pier.

»Hör zu«, sagte sie, »wenn du heute nacht nicht um zwölf Uhr zurück bist, übernachte ich im Hotel de las Palmas. Falls ich noch aus bin, rufe ich unser Hotel um 12 Uhr an, um zu sehen, ob du da bist.«

»Ich werde nicht vor morgen da sein.«

»Ich bin also im Hotel de las Palmas, wenn ich nicht daheim bin.«

»Gut, aber sei vernünftig und schlaf etwas.«

»Ja, natürlich.«

Er stieg aufs Schiff, und es dampfte davon.

Hoffentlich ist ihm der Tag nicht verdorben, sagte sie sich. Die Zärtlichkeit, die sie für ihn verspürte, überwältigte sie fast. Sie ging zurück, stieg in den Bus und starrte unentwegt aus dem Fenster, weil sie nicht wollte, daß irgend jemand ihre Tränen sah.

Mrs. Copperfield fuhr direkt zum Hotel de las Palmas. Als sie aus dem Wagen stieg, sah sie Pacifica allein auf sich zukommen. Sie zahlte den Fahrer und eilte ihr entgegen.

»Pacifica! Ich freu mich so, dich zu sehen!«

Pacifica hatte auf der Stirn einen Ausschlag und sah abgespannt aus.

»Ah, Copperfield«, sagte sie. »Mrs. Quill und ich haben nicht damit gerechnet, dich je wiederzusehen, und nun bist du zurück.«

»Aber Pacifica, wie kannst du nur so was annehmen? Ihr erstaunt mich beide. Ich hab euch doch versprochen, vor Mitternacht zurück zu sein und dann mit euch feiern zu gehen.«

»Ja schon, aber das sagen viele. Aber es regt sich sowieso niemand darüber auf, wenn die nicht mehr auftauchen.«

»Begrüßen wir jetzt erst mal Mrs. Quill.«

»Gut. Aber sie ist schon den ganzen Tag in miserabler Stimmung, heult nur noch und ißt nichts.«

»Was in aller Welt ist denn los?«

»Sie hat sich, glaub ich, mit ihrem Macker verkracht. Hat nichts für sie übrig. Hab ich ihr gleich gesagt, aber die will ja nicht hören.«

»Sie hat mir doch als erstes erzählt, daß Sex sie nicht interessiert.«

»Mit jemandem ins Bett zu gehen, darauf ist sie nicht besonders scharf, aber sie ist fürchterlich sentimental, wie eine Sechzehnjährige. Mir tut's weh, mitanzusehen, wie eine alte Frau sich so blöd verhalten kann.«

Pacifica trug immer noch ihre Pantöffelchen. Sie gingen an der Bar vorbei, die voller zigarrenrauchender und trinkender Männer war.

»Mein Gott! Wie die in einer Minute den Raum verpesten«, sagte Pacifica. »Ich wünschte, ich könnte mir irgendwo ein Häuschen mit Garten kaufen.«

»Ich werde hier wohnen, Pacifica, und wir werden uns alle mächtig amüsieren.«

»Die Zeit zum Amüsieren ist vorbei«, sagte Pacifica trübsinnig.

»Du wirst dich wohler fühlen, wenn wir alle was getrunken haben«, sagte Mrs. Copperfield.

Sie klopften an Mrs. Quills Tür.

Sie hörten, wie sie in ihrem Zimmer herumging und mit Papieren raschelte. Dann kam sie zur Tür und öffnete. Mrs. Copperfield bemerkte, daß sie nicht so robust wie sonst aussah.

»Kommt herein«, sagte sie, »auch wenn ich euch nichts anzubieten habe. Ihr könnt euch ein Weilchen hinsetzen.«

Pacifica stieß Mrs. Copperfield heimlich an. Mrs. Quill ging zu ihrem Schaukelstuhl zurück und nahm eine Handvoll Rechnungen auf, die in ihrer Nähe auf dem Tisch lagen.

»Ich muß die durchgehen. Entschuldigt mich, aber sie sind furchtbar wichtig.«

Pacifica wandte sich zu Mrs. Copperfield und sagte mit leiser Stimme:

»Sie kann sie nicht mal entziffern, weil sie ihre Brille nicht aufhat. Sie benimmt sich wie ein kleines Kind. Jetzt wird sie stinksauer auf uns sein, weil ihr sogenannter Freund sie sitzengelassen hat. Mich könnte man nicht lange so wie einen Hund behandeln.«

Mrs. Quill, die mitbekam, was Pacifica sagte, errötete. Sie wandte sich Mrs. Copperfield zu. »Haben Sie noch immer vor, sich hier im Hotel einzuquartieren?«

»Ja«, antwortete Mrs. Copperfield heiter, »um keinen Preis möchte ich woanders wohnen. Selbst wenn Sie mürrisch zu mir sind.«

»Wahrscheinlich ist es Ihnen nicht bequem genug.«

»Seien Sie nicht so mürrisch zu Copperfield«, warf Pacifica ein. »Erstens ist sie zwei Tage weggewesen, und zweitens kennt sie Sie nicht so wie ich.«

»Ich wäre dir dankbar, wenn du dein kleines ordinäres Maul halten würdest«, entgegnete Mrs. Quill unter geschäftigem Papierrascheln.

»Tut mir leid, daß ich Sie belästigt habe, Mrs. Quill«, sagte Pacifica, erhob sich und ging zur Tür.

»Ich habe Copperfield nicht angeschrien. Ich habe nur gesagt, ich glaube nicht, daß sie es hier komfortabel hätte.« Mrs. Quill legte die Rechnungen beiseite. »Meinst du etwa, daß sie es hier gemütlich hätte, Pacifica?«

»Ein gewöhnliches Dummerchen wie ich versteht nichts von solchen Fragen«, erwiderte Pacifica, ging aus dem Zimmer und ließ Mrs. Copperfield allein mit Mrs. Quill.

Mrs. Quill nahm einen Schlüsselbund von ihrer Frisierkommode und winkte Mrs. Copperfield, ihr zu folgen. Sie gingen über ein paar Flure und stiegen eine Treppenflucht hinauf, bis Mrs. Quill eins der Zimmer aufschloß.

»Ist es in der Nähe von Pacifica?« fragte Mrs. Copperfield.

Ohne etwas darauf zu antworten, führte Mrs. Quill sie die Flure zurück und blieb nicht weit von Pacificas Zimmer stehen.

»Das kostet mehr«, sagte Mrs. Quill, »aber es ist neben Miss Pacificas Zimmer, wenn Ihnen das gefällt und Sie der Lärm nicht stört.«

»Welcher Lärm?«

»Sobald die auf den Beinen ist, geht's los mit dem Gejammer und dem Herumgeschiebe von Möbelstücken. Der ist das schnuppe. Da kennt sie gar nichts. Die hat Nerven.«

»Mrs. Quill –«

»Ja.«

»Könnten Sie veranlassen, daß man mir eine Flasche Gin aufs Zimmer bringt?«

»Ich denk schon ... Ich hoffe nur, Sie fühlen sich wohl.« Mrs. Quill ging hinaus. »Ich lasse Ihnen Ihre Tasche hochbringen«, sagte sie und schaute über die Schulter zurück.

Mrs. Copperfield war über den Verlauf der Ereignisse entsetzt.

Und ich hab geglaubt, sagte sie sich, die Dinge liefen ewig so weiter. Jetzt muß ich Geduld haben und warten, bis alles wieder in Ordnung kommt. Je länger ich lebe, desto weniger kann ich was voraussehen. Sie legte sich aufs Bett, zog die Knie hoch und hielt die Knöchel umklammert.

»Sei lustig ... lustig ... lustig«, summte sie und wiegte sich auf dem Bett vor und zurück. Es klopfte an die Tür, und ein Mann in gestreifter Jacke betrat das Zimmer, ohne auch nur eine Antwort auf sein Anklopfen abzuwarten.

»Sie haben eine Flasche Gin bestellt?« fragte er.

»Das ist hundertprozentig richtig – hurra!«

»Und da ist das Gepäck. Ich stell's hierhin.«

Mrs. Copperfield zahlte, und der Mann ging.

»Und nun«, sagte sie und sprang vom Bett, »und nun ein Schlückchen Gin, damit ich meinen Kummer ertränke. Nichts, was besser hilft. An einem bestimmten Punkt schafft dir Gin alles vom Halse, und du kannst auf allen vieren kriechen wie ein Baby. Heute abend will ich ein Baby sein.« Sie trank ein Glas pur, und kurz danach ein zweites. Das dritte trank sie langsamer.

Die braunen Fensterläden standen weit offen, und eine Brise wehte den Geruch von Bratfett ins Zimmer. Sie trat ans Fenster und schaute hinunter auf die Gasse, die das Hotel de las Palmas von einigen Bruchbuden trennte.

Eine alte Dame saß auf ihrem Stuhl und aß zu Abend.

»Essen Sie alles ratzekahl leer!« sagte Mrs. Copperfield.

Die alte Dame blickte wie im Traum nach oben, gab aber keine Antwort.

Mrs. Copperfield legte die Hand auf ihr Herz. *»Le bonheur«*, flüsterte sie, *»le bonheur ...*, wie himmlisch ist doch ein glücklicher Augenblick – und wie schön ist es, einmal nicht um den inneren Frieden kämpfen zu müssen! Ich weiß ganz sicher, was auch passiert, ich werde Augenblicke erleben, wo ich ausgelassen bin. Keiner von meinen Freunden spricht mehr von Charakter – und was uns zweifellos am meisten interessiert, ist, herauszufinden, was wir eigentlich sind.«

»Copperfield!« Pacifica stürzte ins Zimmer. Ihr Haar war durcheinander, und sie schien außer Atem zu sein. »Komm runter und amüsier dich. Vielleicht ist das nicht grad die Sorte von Männern, mit denen du gern zusammen bist, aber wenn du sie nicht magst, verschwindest du einfach. Leg ein bißchen Rouge auf. Kann ich bitte was von deinem Gin haben?«

»Aber du hast doch eben noch gesagt, die Zeit zum Amüsieren sei vorbei!«

»Zum Teufel damit!«

»Du sagst es, zum Teufel damit«, sagte Mrs. Copperfield. »Das ist Musik in meinen Ohren ... Wenn du mich doch nur für alle Zeit vom Nachdenken abhalten könntest, Pacifica.«

»Du willst doch gar nicht aufhören zu denken. Je mehr du denken kannst, desto mehr bist du den anderen überlegen. Sei dem Herrgott dankbar, daß du denken kannst.«

Unten in der Bar wurde Mrs. Copperfield mit drei oder vier Männern bekanntgemacht.

»Das hier ist Lou«, sagte Pacifica, zog einen Hocker unter der Theke hervor und forderte sie auf, sich neben ihn zu setzen.

Lou war klein und über vierzig. Er trug einen leichten grauen Anzug, der ihm zu eng war, ein blaues Hemd und einen Strohhut.

»Sie will nicht mehr denken«, sagte Pacifica zu Lou.

»Wer will nicht mehr denken?« fragte Lou.

»Copperfield. Das kleine Mädchen da auf dem Barhocker, du Riesentrampel.«

»Selber ein Trampel. Du bist schon fast wie die Mädchen von New York«, sagte Lou.

»Nimm mich mit nach Nueva York, nimm mich mit nach Nueva York«, sagte Pacifica und hopste auf ihrem Hocker herum.

Mrs. Copperfield war entsetzt, wie kindisch sich Pacifica benahm.

»Denk an die Brustwarzen«, sagte Lou zu Pacifica.

»Die Brustwarzen! Die Brustwarzen!« Pacifica warf die Arme hoch und kreischte vor Vergnügen.

»Was ist mit den Brustwarzen?« fragte Mrs. Copperfield.

»Findest du nicht, daß sie urkomisch sind, die beiden Wörter? Brust und Warze – Brust und Warze – im Spanischen heißt es nur penzón.«

»*So* komisch finde ich das gar nicht. Aber wenn du lachen willst, bitte, lach doch«, sagte Lou, der nicht mal den Versuch machte, mit Mrs. Copperfield zu reden.

Mrs. Copperfield zupfte ihn am Ärmel. »Woher kommen Sie?« fragte sie ihn.

»Pittsburgh.«

»Von Pittsburgh weiß ich überhaupt nichts«, sagte Mrs. Copperfield. Aber Lou richtete seine Blicke bereits wieder in Pacificas Richtung.

»Brustwarzen«, sagte er auf einmal, ohne die Miene zu verziehen. Diesmal lachte Pacifica nicht. Sie schien ihn nicht gehört zu haben. Sie hatte sich auf die Fußleiste am Tresen gestellt und fuchtelte wild aufgeregt mit den Armen herum.

»Hört zu«, sagte sie, »wie ich sehe, hat noch niemand für Copperfield einen Drink bestellt. Bin ich hier unter erwachsenen Männern oder unter kleinen Jungs? Nein, nein ... Pacifica muß sich wohl andere Freunde suchen.« Sie stieg von der Fußleiste und forderte Mrs. Copperfield auf, mit ihr zu kommen. En passant stieß sie dem Mann, der ihr am nächsten saß, mit dem Ellbogen den Hut vom Kopf.

»Toby«, sagte sie zu ihm, »du solltest dich schämen.« Toby hatte ein feistes, schläfriges Gesicht und ein zertrümmertes Nasenbein. Er trug einen Anzug aus schwerem dunkelbraunem Tuch.

»Was ist? Wolltest du was trinken?«

»Na klar wollte ich was trinken.« Pacificas Augen blitzten.

Die Getränke wurden serviert, und Pacifica placierte sich wieder auf ihren Barhocker.

»Also los«, sagte sie, »was singen wir?«

»Ich bring nur einen Ton raus«, sagte Lou.

»Singen ist nicht mein Fall«, ließ sich auch Toby vernehmen.

Sie waren alle überrascht, als Mrs. Copperfield den Kopf zurückwarf, als hätte sie plötzlich die Begeisterung gepackt, und zu singen anfing:

»Und wenn die Welt zusammenkracht,
Und ganz New York jetzt Pleite macht:
Was kümmert's mich, was soll es?
Wenn du mich küßt wie'n Leinwandstar,
Dann fühl ich mich ganz wunderbar,
Und Leben ist was Tolles!«

»Prima, bravo ... und jetzt noch eins«, rief Pacifica ganz aus dem Häuschen.

»Haben Sie schon mal in einem Club gesungen?« fragte Lou Mrs. Copperfield. Ihre Wangen glühten.

»Das noch nicht. Aber wenn ich in Stimmung war in einem Eßlokal, dann habe ich lauthals losgesungen, und die Leute haben ganz hübsch geguckt.«

»Das letzte Mal, als ich in Colón war, waren Sie noch nicht so dick befreundet mit Pacifica.«

»Da war ich nicht hier. Ich war vermutlich in Paris.«

»Sie hat mir nichts davon erzählt, daß Sie in Paris waren. Spinnen Sie, oder waren Sie wirklich in Paris?«

»Ich war in Paris ... Schließlich sind schon seltsamere Dinge passiert.«

»Sie sind also 'ne Extravagante?«

»Was meinen Sie denn damit?«

»Extravagant ist, wer Extravagantes tut.«

»Wenn Sie sich geheimnisvoll geben wollen, ist das Ihr gutes Recht, aber mir sagt das Wort ›extravagant‹ nullkommanichts.«

»He«, sagte Lou zu Pacifica, »die versucht's wohl bei mir auf die arrogante Tour?«

»Nein, sie ist besonders intelligent. Im Gegensatz zu dir.«

Zum ersten Mal hatte Mrs. Copperfield das Gefühl, Pacifica sei stolz auf sie. Ihr wurde klar, daß Pacifica die ganze Zeit darauf gewartet hatte, sie ihren Freunden vorzuführen, und sie wußte nicht so recht, ob sie sich darüber freuen sollte. Lou wandte sich wieder an Mrs. Copperfield.

»Tut mir leid, Mylady. Pacifica sagt, Sie hätten was auf dem Kasten, und ich sollte Sie nicht anquatschen.«

Mrs. Copperfield langweilte sich mit Lou, darum sprang sie vom Barhocker herunter und stellte sich zwischen Toby und Pacifica. Toby redete mit gedämpfter heiserer Stimme auf Pacifica ein.

»Ich sag's dir, wenn die sich eine Sängerin hier reinholt und das Lokal ein bißchen aufmöbelt, könnte sie eine Stange Geld verdienen mit der Bude. Weiß doch jeder, das hier ist 'ne prima Absteige, nur Musik gibt's keine. Du bist hier, du hast 'ne Menge Freunde, du hast so was Gewisses ...«

»Toby, ich hab nichts im Sinn mit Musik und 'ner Menge Freunde. Ich bin 'ne ruhige Person ...«

»Du bist mir wahrlich 'ne Ruhige. Diese Woche bis du ruhig, und nächste Woche willst du vielleicht schon nicht mehr so viel Ruhe.«

»Ich ändere mich nicht so schnell, Toby. Ich hab einen festen Freund. Ich will hier nicht mehr lang bleiben, kapierst du?«

»Aber jetzt lebst du noch hier.«

»Ja.«

»Hör mal, du willst doch 'ne Kleinigkeit verdienen. Ich sag dir, mit etwas Geld könnten wir die Bruchbude herrichten.«

»Aber warum soll ich denn dabei sein?«

»Weil du die Beziehungen hast.«

»So'n Typ hab ich noch nicht erlebt. Redet die ganze Zeit nur von Geschäften.«

»Du selbst bist doch nicht ungeschickt damit. Ich hab gemerkt, wie du für deine Busenfreundin da was zum Trinken organisiert hast. Du kriegst doch deinen Anteil, oder nicht?«

Pacifica kickte mit dem Absatz nach Toby.

»Hör zu, Pacifica, ich hab gern meinen Spaß. Aber ich kann's nicht mit ansehen, wie jemand, der Geld wie Heu verdienen könnte, sich mit so läppischen Einnahmen begnügt.«

»Schluß mit dem Geschäftlichen.« Pacifica stieß ihm den Hut vom Kopf. Als ihm klar wurde, daß bei ihr nichts zu erreichen war, seufzte er.

»Wie geht's Emma?« fragte er lustlos.

»Emma? Ich habe sie seit dem Abend auf dem Schiff nicht mehr gesehen. Sie sah großartig aus, wie sie als Matrose aufgemacht war.«

»Frauen sehen phantastisch aus, wenn sie Männerkleider anziehen«, warf Mrs. Copperfield begeistert ein.

»Das meinen Sie«, sagte Toby. »Mir gefallen sie besser in Rüschen.«

»Sie hat das doch nur so *dahingesagt«*, sagte Pacifica.

»Für mich nicht«, widersprach Toby.

»Schon gut, Toby, vielleicht nicht für dich, ihr gefallen sie eben so.«

»Und ich hab doch recht. Das ist nicht bloß Geschmackssache.«

»Mathematisch beweisen kann man's ja wohl nicht«, sagte Mrs. Copperfield. Toby sah sie ohne Interesse an.

»Was soll das mit Emma?« fragte Pacifica. »Dich interessiert doch niemand so richtig. Stimmt's?«

»Du hast mich gebeten, über was anderes als Geschäfte zu reden, darum hab ich mich nach Emma erkundigt, um zu zeigen, wie umgänglich ich bin. Wir kennen sie beide. Waren zusammen auf 'ner Party. War das etwa 'ne verkehrte Frage? Was macht Emma? Wie geht's deiner Mama und deinem Papa? So ein Gelaber liegt dir doch. Kommt als nächstes die Familie dran und wie's der geht, und vielleicht erwähn ich noch einen gemeinsamen Bekannten, den wir beide vergessen haben, und dann stöhnen wir, daß die Preise steigen und daß 'ne Revolution kommt und wir alle gern Erdbeeren essen. Allerdings steigen die Preise, und wie, und darum hab ich auch gewollt, daß du Kapital aus diesem Bumslokal schlägst.«

»Mein Gott!« sagte Pacifica. »Mein Leben ist hart genug, und ich bin ganz allein, aber ich kann mich immer noch wie ein junges Mädchen amüsieren. *Du*, du bist ein alter Mann.«

»Dein Leben braucht deswegen nicht hart sein, Pacifica.«

»*Deins* jedenfalls ist immer noch ganz schön hart, und du bist ständig am Zappeln, es dir bequem zu machen. Und genau dieses Gezappel macht dein Leben so schrecklich anstrengend.«

»Ich brauch bloß ein bißchen Schwein. Bei meinen Ideen, und ein bißchen Schwein dazu, kann mein Leben über Nacht ganz anders werden.«

»Und was willst du dann tun?«

»So lassen oder vielleicht noch angenehmer machen. Ich hätt' dann jede Menge zu tun.«

»Du wirst nie Zeit für irgendwas haben.«

»Wofür braucht 'n Kerl wie ich denn Zeit – etwa zum Tulpenpflanzen?«

»Dir macht's keinen Spaß, mit mir zu reden, Toby.«

»Aber klar. Du bist nett und zum Anbeißen hübsch, du hast auch was im Köpfchen, abgesehen von ein paar spleenigen Ideen.«

»Und was ist mit mir? Bin ich auch nett und zum Anbeißen hübsch?« fragte Mrs. Copperfield.

»Ja, doch. Ihr seid alle nett und zum Anbeißen hübsch.«

»Copperfield, ich glaub, man hat uns gerade beleidigt«, sagte Pacifica und richtete sich auf.

Mrs. Copperfield marschierte in gespielter Wut auf den Ausgang zu, aber Pacifica dachte bereits an etwas anderes, und so fand sich Mrs. Copperfield in der peinlichen Lage einer Schauspielerin, die plötzlich ohne Publikum dasteht. Sie kam zum Tresen zurück.

»Hör zu«, sagte Pacifica, »geh rauf und klopf an Mrs. Quills Tür. Sag ihr, Mr. Toby ist ganz versessen darauf, sie zu sehen. Sag ihr nicht, Pacifica schickt dich. Sie wird's auch so schon wissen, und es wird einfacher für sie sein, wenn du's ihr nicht sagst. Sie brennt darauf, nach unten zu kommen. Das weiß ich hundertprozentig, als wär sie meine Mutter.«

»O ja, liebend gern, Pacifica«, sagte Mrs. Copperfield und rannte aus der Bar.

Als Mrs. Copperfield in Mrs. Quills Zimmer kam, ordnete diese gerade die oberste Schublade ihrer Frisierkommode. Es war ganz still in ihrem Zimmer und brütend heiß.

»Ich bringe es nie übers Herz, diese Sachen wegzuschmeißen«, sagte Mrs. Quill, drehte sich um und tätschelte ihr den Kopf. »Bestimmt haben Sie schon halb Colón kennengelernt«, sagte sie traurig und musterte Mrs. Copperfields erhitztes Gesicht.

»Nein, habe ich nicht, aber wollen Sie nicht mit runterkommen zu Mr. Toby?«

»Wer ist Mr. Toby, meine Liebe?«

»Ach bitte, kommen Sie, tun Sie's bitte mir zuliebe.«

»Ja, mach ich, meine Liebe, setzen Sie sich inzwischen hin und warten Sie, bis ich mir was Besseres angezogen habe.«

Mrs. Copperfield setzte sich. In ihrem Kopf drehte sich alles. Mrs. Quill holte ein langes, schwarzes Seidenkleid aus ihrem Schrank. Sie streifte es sich über den Kopf und suchte dann aus ihrem Schmuckkästchen eine schwarze Perlenschnur und eine Brosche mit einer Kamee heraus. Sie puderte sich sorgfältig das Gesicht und steckte sich noch ein paar Haarnadeln in die Frisur.

»Das Bad schenk ich mir«, sagte sie, als sie fertig war mit dem Zurechtmachen. »Glauben Sie wirklich, ich sollte diesen Mr. Toby kennenlernen, oder meinen Sie, ein anderes Mal wäre vielleicht besser?«

Mrs. Copperfield nahm Mrs. Quill bei der Hand und zog sie aus dem Zimmer. Mrs. Quills Auftritt in der Bar war der einer huldvollen Dame. Sie verstand es, aus der Kränkung, die ihr Beau ihr zugefügt hatte, für sich das Beste zu machen.

»Nun, meine Liebe«, sagte sie ruhig zu Mrs. Copperfield, »wer in dieser Runde ist Mr. Toby?«

»Der da drüben, er sitzt direkt neben Pacifica«, sagte Mrs. Copperfield zögernd. Sie hatte Angst, daß Mrs. Quill ihn völlig unattraktiv finden könnte und auf der Stelle kehrtmachte.

»Aha. Der beleibte Herr dort.«

»Hassen Sie dicke Menschen?«

»Ich beurteile Leute nicht nach ihrem Körper. Schon als

junges Mädchen mochte ich Männer wegen ihres Geistes. Jetzt, wo ich älter bin, sehe ich, wie recht ich damit hatte.«

»Ich war schon immer ein Körperverehrer«, sagte Mrs. Copperfield, »was aber nicht heißt, daß ich mich in Menschen verliebe, die einen schönen Körper haben. Mir haben schon Körper gefallen, die furchtbar waren. Kommen Sie, gehn wir zu Mr. Toby hinüber.«

Toby stand vor Mrs. Quill auf und zog den Hut.

»Setzen Sie sich zu uns und trinken Sie was.«

»Erst möchte ich die Lage peilen, junger Mann, ich muß mich erst mal umsehen.«

»Diese Bar gehört Ihnen, nicht?« fragte Toby und sah ganz beunruhigt aus.

»Ja, ja«, sagte Mrs. Quill sanft. Sie starrte auf Pacificas Kopf. »Pacifica«, sagte sie, »trink mir nicht zuviel. Ich muß auf dich achtgeben.«

»Keine Angst, Mrs. Quill. Ich paß schon seit langem selber auf mich auf.« Sie wandte sich zu Lou und sagte ernst: »Fünfzehn Jahre.« Pacifica war völlig unbefangen. Sie benahm sich so, als wäre zwischen ihr und Mrs. Quill nichts vorgefallen. Mrs. Copperfield war hingerissen. Sie schlang die Arme um Mrs. Quills Taille und drückte sie fest an sich.

»Ach«, sagte sie, »ihr macht mich so glücklich!«

Toby lächelte. »Der Kleinen geht's gut, Mrs. Quill. Wollen Sie jetzt nicht was zu trinken?«

»Ja, ein Glas Gin. Es macht mir Kummer, wie früh sich diese Mädchen von zu Hause lösen. Ich hatte mein Zuhause und meine Mutter und meine Geschwister, bis ich sechsundzwanzig war. Noch nach meiner Heirat fühlte ich mich wie ein Angsthase. So als müßte ich in die Welt hinaus. Mr. Quill war für mich wie eine Familie, sicher, und erst als er starb, kam ich wirklich hinaus ins Leben. Da war ich schon an die dreißig und ein noch größerer Angsthase. Pacifica ist schon viel länger draußen in der Welt als ich. Wissen Sie, sie ist wie ein alter Hochseekapitän. Manchmal komme ich mir richtig blöd vor, wenn sie mir von ihren Erfahrungen erzählt. Mir fallen fast die Augen aus dem Kopf. Es ist nicht so sehr eine Frage des Alters als eine Frage der Erfahrung. Der Herrgott hat mir mehr erspart als Pacifica. Ihr ist nichts erspart geblieben. Und doch ist sie lange nicht so nervös wie ich.«

»Hm, für 'ne Person mit so viel Erfahrung hat sie ein bißchen wenig Ahnung, wie man seine Schäfchen ins trockene bringt«, sagte Toby. »Sie hat keinen Riecher für das, was gut ist.«

»Ja, vermutlich haben Sie recht«, stimmte Mrs. Quill ihm zu und bekam Interesse an Toby.

»Klar hab ich recht. Aber sie hat haufenweise Freunde hier in Panama, nicht?«

»Ich möchte sagen, Pacifica hat etliche Freunde«, sagte Mrs. Quill.

»Na, sie hat doch haufenweise Freunde, stimmt's?«

Da Mrs. Quill ein Gesicht machte, als sei sie etwas irritiert über den drängenden Ton in seiner Stimme, beschloß Toby, die Dinge nicht zu überstürzen.

»Was soll's, verdammt noch mal«, sagte er und beobachtete sie dabei aus den Augenwinkeln. Das schien die richtige Wirkung auf Mrs. Quill zu haben, und Toby atmete erleichtert auf.

Mrs. Copperfield ging zu einer Bank, die in einer Ecke stand, und legte sich hin. Sie schloß die Augen und lächelte.

»Es ist das Beste für sie«, sagte Mrs. Quill zu Toby. »Sie ist eine reizende Frau, ein richtiger Schatz, und ein bißchen zuviel getrunken hat sie. Pacifica, die kann wirklich auf sich selbst achtgeben, wie sie sagt. Ich hab sie schon trinken sehen wie ein Mann, aber mit ihr da drüben ist das was anderes. Wie gesagt, sie hat Erfahrung in jeder Hinsicht. Aber Mrs. Copperfield und ich, wir müssen mehr auf uns aufpassen oder einen netten Mann haben, der das für uns tut.«

»Klar«, sagte Toby und drehte sich auf seinem Barhocker. »Barkeeper, noch einen Gin. Sie wollen doch auch einen, oder?« fragte er Mrs. Quill.

»Ja, wenn Sie auf mich achtgeben.«

»Aber sicher. Sogar auf den Armen trag ich Sie nach Hause, wenn Sie umfallen.«

»O nein.« Mrs. Quill kicherte und errötete. »Das würden Sie nicht versuchen, junger Mann. Ich bin schwer, wissen Sie.«

»Schon möglich ... Sagen Sie –«

»Ja?«

»Würden Sie mir etwas verraten?«

»Mit größtem Vergnügen, ich sag Ihnen alles, was Sie hören wollen.«

»Wieso haben Sie den Laden hier nicht mal ein bißchen auf Zack gebracht?«

»Sehn Sie, mein Lieber, das ist ganz schrecklich! Immer hab ich's vorgehabt, und nie bin ich dazu gekommen.«

»Keine Moneten?« fragte Toby. Mrs. Quill verzog keine Miene. »Haben Sie kein Geld zum Herrichten?« wiederholte er.

»O doch, hab ich.« Mrs. Quill schaute in der Bar herum. »Ich hab sogar ein paar Sachen oben, die ich immer hier an den Wänden aufhängen wollte. Alles ist so dreckig, ich schäm mich direkt.«

»Nein, nein«, sagte Toby ungeduldig. Er war jetzt quicklebendig. »Davon rede ich doch überhaupt nicht.«

Mrs. Quill lächelte ihn freundlich an.

»Hören Sie«, sagte Toby, »ich hab mein Leben lang Restaurants und Bars und Klubs und so was gemanagt, und die laufen auch.«

»Davon bin ich überzeugt.«

»Ich sag Ihnen, das klappt bei mir. Hören Sie, verschwinden wir von hier; gehn wir woanders hin, wo wir richtig reden können. Nennen Sie irgendein Restaurant in der Stadt, und ich führ Sie hin. Ist mir die Sache wert, und erst recht für Sie. Sie werden's schon sehen. Wir können noch was trinken und vielleicht was Kleines essen. Hören Sie« – er packte Mrs. Quill am Oberarm – »hätten Sie Lust, ins Hotel Washington zu gehen?«

Zuerst reagierte Mrs. Quill nicht darauf, aber als ihr bewußt wurde, was er gesagt hatte, antwortete sie mit vor Erregung zitternder Stimme: »Mit dem allergrößten Vergnügen.« Toby sprang vom Hocker, zog sich den Hut tief ins Gesicht und ging zur Tür. »Dann kommen Sie«, sagte er über die Schulter zu Mrs. Quill. Er sah verärgert aus, aber auch entschlossen.

Mrs. Quill nahm Pacificas Hand und sagte, sie gehe jetzt ins Hotel Washington.

»Wenn es nur möglich wäre, nähme ich dich mit, ganz bestimmt, Pacifica. Ich fühl mich so elend, daß ich ohne dich dahin gehe, aber ich weiß nicht, wie ich's anstellen soll. Du vielleicht?«

»Jetzt machen Sie sich mal keine Sorgen deshalb, Mrs. Quill. Ich komm hier voll auf meine Kosten«, sagte Pacifica mit unverkennbar weltmüder Stimme.

»Eindeutig ein Nepplokal«, sagte Lou.

»Aber nein«, widersprach Pacifica, »es ist ganz nett dort,

wunderschön. Es wird ihr da gefallen.« Pacifica zwickte Lou. »Das verstehst du nicht«, sagte sie zu ihm.

Mrs. Quill ging langsam aus der Bar hinaus zu Toby, der auf dem Bürgersteig stand. Sie stiegen in ein Taxi und fuhren zum Hotel. Toby schwieg. Er fläzte sich breit auf seinen Sitz und steckte sich eine Zigarre an.

»Ich finde es schade, daß man die Autos überhaupt erfunden hat«, sagte Mrs. Quill.

»Würd man ja verrückt werden, wenn man mal von hier nach dort will, und da gäb's die nicht.«

»Ach nein. Ich laß mir immer Zeit. Es gibt nichts, was nicht warten kann.«

»Meinen *Sie*«, sagte Toby mit mürrischer Stimme und in dem Gefühl, genau das habe er in Mrs. Quill noch zu bekämpfen. »Grad mit dieser Extrasekunde läuft Man O' War oder irgendein anderes Pferd als erstes durchs Ziel«, sagte er.

»Na, das Leben ist kein Pferderennen.«

»Genau das isses heutzutage.«

»Aber nicht für mich«, sagte Mrs. Quill.

Toby war empört.

Der Weg, der zur Terrasse des Washington Hotels führte, war von afrikanischen Dattelpalmen gesäumt. Das Hotelgebäude war imposant. Sie stiegen aus dem Auto. Toby blieb mitten auf dem Bürgersteig zwischen den dumpf rauschenden Palmen stehen und schaute zum Hotel hinüber. Es war hell erleuchtet. Mrs. Quill stellte sich neben Toby.

»Ich wette, die schröpfen einen da drin ganz schön für die Drinks«, sagte Toby. »Die machen garantiert einen zweihundertprozentigen Profit.«

»Bitte«, sagte Mrs. Quill, »wenn Sie meinen, Sie könnten sich's nicht leisten, dann nehmen wir doch ein Taxi und fahren zurück. Die Fahrt allein ist schon ein Vergnügen.« Ihr Herz klopfte wie wild.

»Seien Sie doch nicht blöd, verdammt noch mal!« fauchte Toby, und sie gingen auf das Hotel zu.

Der Fußboden in der Eingangshalle war aus imitiertem gelbem Marmor. In einer Ecke befand sich ein Zeitschriftenstand, an dem die Gäste außerdem Kaugummi und Ansichtskarten, Stadtpläne und Souvenirs kaufen konnten. Mrs. Quill hattte das Gefühl, als wäre sie gerade von einem Schiff gekommen. Sie ging mehrmals im Kreise, Toby hingegen schritt direkt auf den Mann im Zeitungsstand zu und erkundigte sich, wo man etwas zu trinken bekommen könne. Der Mann schlug Toby vor, auf die Terrasse hinauszugehen.

»Dort gehen alle hin«, sagte er.

Sie wurden an einen Tisch am Rande der Terrasse placiert, von wo aus sie einen wunderschönen Blick auf einen Teil des Strandes und das Meer hatten.

Auf dem Tisch zwischen ihnen brannte ein Lämpchen mit einem rosafarbenen Schirm. Toby begann sofort an ihm zu drehen. Seine Zigarre war inzwischen ganz kurz und feucht geworden.

Auf der Terrasse unterhielten sich da und dort leise einzelne Grüppchen.

»Ausgestorben!« sagte Toby.

»Oh, ich find's himmlisch«, sagte Mrs. Quill. Sie fröstelte ein wenig, da der Wind ihr über die Schulter wehte; und es war um einiges kühler als in Colón.

Ein Kellner erschien mit gezücktem Bleistift an ihrem Tisch und wartete auf ihre Bestellung.

»Was möchten Sie?« fragte Toby.

»Was würden Sie empfehlen, junger Mann, was wirklich köstlich schmeckt?« sagte Mrs. Quill und wandte sich an den Kellner.

»Früchtepunsch à la Washington Hotel«, sagte der Kellner wie aus der Pistole gschossen.

»Das klingt *wirklich* gut.«

»Okay«, sagte Toby, »bringen Sie einen und mir einen Whisky pur.«

Als Mrs. Quill schon reichlich an ihrem Getränk genippt hatte, begann Toby zu reden. »Die Kohle haben Sie also, aber sich nie drum gekümmert, es herzurichten.«

»Hmmmmm!« sagte Mrs. Quill. »Da sind wirklich alle Früchte dieser Welt drin in diesem Punsch. Ich fürchte, ich benehme mich wie ein Kind, aber es gibt niemanden, der die guten Dinge mehr liebt als ich. Und ich habe nie darauf verzichten müssen, wissen Sie.«

»Sie wollen doch nicht etwa sagen, so wie Sie leben, das wären die guten Dinge des Lebens, oder?« sagte Toby.

»Ich lebe viel besser, als Sie denken. Was wissen Sie eigentlich von meinem Leben?«

»Sie könnten zum Beispiel mehr Stil drin haben«, sagte Toby, »und zwar spielend. Ich meine, das Lokal könnte kinderleicht aufgemöbelt werden.«

»Wär wahrscheinlich bloß eine Kleinigkeit.«

»Hm.« Toby wartete ab, ob sie vielleicht von sich aus dazu etwas sagen wollte, bevor er wieder anfing.

»Sehen Sie sich mal die Leute hier an«, sagte Mrs. Quill. »Es sind nicht viele, aber man könnte doch meinen, die würden sich zusammentun, statt so zu zweit oder zu dritt zu bleiben. Wo die alle hier in diesem wunderbaren Hotel wohnen, könnte man doch glauben, sie wären in Abendrobe und amüsierten sich koste es was es wolle, statt hier von der Terrasse aus bloß rumzuschauen oder zu lesen. Jeder denkt doch, die seien ausstaffiert bis zum geht nicht mehr und flirteten miteinander, statt so gewöhnlich angezogen zu sein.«

»Sie sind halt sportlich gekleidet«, sagte Toby. »Sie haben keine Lust, sich fein zu machen. Wahrscheinlich kommen die Leute hierher, um ihre Ruhe zu haben. Wahrscheinlich Geschäftsleute. Manche gehören vielleicht zur feinen Gesellschaft. Die müssen auch mal ausspannen. Wo die wohnen, müssen die ständig irgendwo im Rampenlicht stehen.«

»Ich jedenfalls würde nicht so viel Geld zahlen, nur um mich auszuruhen. Ich würde zu Haus bleiben.«

»Ist denen Jacke wie Hose. Die haben's ja reichlich.«

»Nur zu wahr. Ist das nicht traurig?«

»Was soll daran traurig sein? Was ich traurig finde«, sagte Toby, beugte sich zu ihr vor und drückte heftig seine Zigarre im Aschenbecher aus, »was ich traurig finde, ist, daß Sie die Bar haben und das Hotel mit allem Drum und Dran und nicht mehr Geld rausholen.«

»Ja, schrecklich, nicht?«

»Ich mag Sie, und ich kann nicht mit ansehen, wie Sie nicht kriegen, was drinsteckt.« Er nahm fast behutsam ihre Hand. »Ich wüßte schon, was ich mit Ihrem Lokal machen würde. Hab ich ja schon gesagt. Erinnern Sie sich, was ich gesagt hab?«

»Hm, Sie haben mir so viel erzählt.«

»Ich wiederhol's noch einmal. Ich hab mein Leben lang mit Restaurants, Bars und Hotels zu tun gehabt und hab die Läden immer prima in Schuß gebracht. Ich sagte, prima in Schuß. Wenn ich jetzt gleich die Kohle hätte und nicht so knapp bei Kasse wär, weil ich meinem Bruder und seiner Familie aus einer Klemme helfen mußte, würde ich sofort mein eigenes Geld nehmen, bevor Sie nur Piep sagen könnten, und würd es in Ihren Schuppen stecken und den mal aufmöbeln. Ich weiß ja, ich krieg das sowieso zurück, ein Akt der Nächstenliebe wär das nicht.«

»Sicher nicht«, sagte Mrs. Quill. Sie bewegte den Kopf leicht von einer Seite zur anderen. Sie sah Toby mit glänzenden Augen an.

»Ich muß bis nächsten Oktober kurztreten, da kommt ein Riesenauftrag rein. Ein Auftrag mit 'ner Ladenkette. Ein bißchen Geld könnte ich jetzt schon gebrauchen, aber das isses nicht.«

»Sie müssen mir keine Erklärung abgeben, Toby«, sagte Mrs. Quill.

»Was wollen Sie damit sagen, Sie müssen keine Erklärung abgeben? Interessiert Sie das nicht, was ich Ihnen zu sagen habe?«

»Toby, mich interessiert jedes Wort, das Sie sagen. Aber Sie brauchen sich keine Sorgen wegen der Getränke zu machen. Ihre Freundin Flora Quill sagt Ihnen, das ist nicht nötig. Wir sind da, um uns zu amüsieren, und weiß der Himmel, das tun wir, nicht wahr, Toby?«

»Ja, ja, aber was ich noch sagen will. Ich glaub, der Grund, warum Sie nichts gemacht haben mit dem Lokal, ist, daß Sie vielleicht nicht wußten, wo anfangen. Stimmt's? Sie kennen sich eben nicht aus. Ich weiß genau, wie man eine Band und Zimmerleute und Kellner kriegt, und zwar billig. Da macht mir niemand was vor. Sie haben doch einen Namen, und die Leute kommen jetzt in Strömen, weil sie direkt von der Bar nach oben können. Pacifica ist ein Knüller, sie kennt jeden Kerl in der Stadt, und jeder mag sie und jeder traut ihr. Der Haken ist nur, daß Sie keine Atmosphäre da haben, keine Festbeleuchtung, nichts zum Tanzen. Nett ist es nicht sonderlich, und groß genug auch nicht. Die Leute gehn zuerst woanders hin und kommen dann später in Ihren Laden. Kurz bevor sie ins Bett gehn. Wenn ich Sie wäre, ich würd mich im Grab umdrehn. Die anderen kriegen die dicken Brocken. Sie kriegen nur ganz wenig. Was am Knochen übrigbleibt, verstehn Sie?«

»Das Fleisch am Knochen ist am zartesten«, sagte Mrs. Quill.

»He, red ich hier eigentlich für die Katz, oder sind Sie am Spinnen? Ich mein's ernst. Sie haben doch Geld auf der Bank. Sie haben's doch, oder?«

»Ja, ich habe Geld auf der Bank«, sagte Mrs. Quill.

»Na also. Dann lassen Sie mich mal ran, und ich mach Ihnen was aus dem Schuppen. Ich nehm Ihnen alles ab. Sie brauchen bloß die Hände in den Schoß zu legen und abzusahnen.«

»Unsinn«, sagte Mrs. Quill.

»Nun machen Sie schon«, sagte Toby, der allmählich wütend wurde. »Ich will doch nichts weiter von Ihnen, nur eine kleine Gewinnbeteiligung am Lokal vielleicht und ein bißchen Kleingeld, um die Unkosten zu decken für eine Weile. Ich kann alles billig und schnell erledigen, ich schmeiß den Laden für Sie, ohne daß es Sie viel mehr kostet als jetzt.«

»Das find ich herrlich, Toby. Find ich einfach herrlich.«

»Sie brauchen mir nicht zu erzählen, daß das herrlich ist. Ich weiß, es ist herrlich. Ach was, herrlich – Klasse ist das. Große Klasse. Wir dürfen keine Zeit verlieren. Trinken Sie noch was.«

»Ja, ja.«

»Für Sie gebe ich meinen letzten Cent aus«, sagte er leichtsinnig.

Mrs. Quill war mittlerweile betrunken, und sie nickte nur mit dem Kopf.

»Es lohnt sich aber.« Er lehnte sich zurück in seinen Stuhl und studierte den Horizont. In seinem Kopf stellte er eifrigst Berechnungen an. »Welchen Anteil an Ihrem Lokal sollte ich denn Ihrer Meinung nach bekommen? Vergessen Sie nicht, ein Jahr lang führ ich den Laden für Sie.«

»Ach, mein Lieber«, sagte Mrs. Quill, »ich hab wirklich nicht die geringste Ahnung.« Sie lächelte ihn selig an.

»Okay. Wieviel Vorschuß wollen Sie mir denn geben, damit ich erst mal bleiben kann, bis der Laden richtig läuft?«

»Ich weiß nicht.«

»Gut, wir könnten's folgendermaßen machen«, sagte Toby vorsichtig. Er war sich noch nicht sicher, ob er den richtigen Zug getan hatte. »Wir könnten's so machen: Ich verlang nicht, daß Sie sich verausgaben. Ich möchte mit Ihnen ins Geschäft kommen. Sie sagen mir, wieviel Geld Sie auf der Bank haben. Dann rechne ich aus, was Sie das Herrichten des Lokals im ganzen kosten wird, und dann, wieviel meiner Meinung nach das Minimum für mich ist. Wenn Sie nicht viel haben, werde ich Sie gewiß nicht an den Bettelstab bringen. Sind Sie ehrlich zu mir, bin ich ehrlich zu Ihnen.«

»Toby«, sagte Mrs. Quill ernst, »meinen Sie nicht, ich bin eine ehrliche Frau?«

»Verdammt noch mal«, sagte Toby, »glauben Sie etwa, ich würde Ihnen so einen Vorschlag machen, wenn ich annähme, Sie wären's nicht?«

»Nein, vermutlich nicht«, sagte Mrs. Quill traurig.

»Wieviel hamse?« wollte Toby wissen und sah sie gespannt an.

»Was?« fragte Mrs. Quill.

»Wieviel Geld Sie auf der Bank haben?«

»Ich zeig's Ihnen, Toby. Ich zeig's Ihnen gleich.« Sie begann in ihrem großen Geldbeutel aus schwarzem Leder zu kramen.

Toby preßte den Mund zusammen und wandte die Augen von Mrs. Quills Gesicht.

»Ein Durcheinander – was für ein Durcheinander«, murmelte Mrs. Quill. »Ich hab alles in diesem Geldbeutel, bis auf den Küchenherd.«

Es lag jetzt eine große Ruhe in Tobys Blick, als er zuerst aufs Meer schaute und dann auf die Palmen. Er glaubte fest, daß er schon gewonnen habe, und fragte sich bereits, ob sich das Ganze überhaupt lohnte.

»Du meine Güte«, sagte Mrs. Quill, »wie ein Zigeuner lebe ich: zweiundzwanzig fünfzig auf dem Konto, und das läßt mich auch noch kalt.«

Toby riß ihr das Kontobuch aus der Hand. Als er sah, daß der Kontostand mit zweiundzwanzig Dollars und fünfzig Cents angegeben war, sprang er auf, in der einen Hand die zerknüllte Serviette, in der anderen seinen Hut, und verschwand eilig von der Terrasse.

Nachdem Toby den Tisch so abrupt verlassen hatte, überkam Mrs. Quill tiefe Scham.

Er ist derart angewidert, sagte sie sich, daß er mir nicht mal ins Gesicht sehen kann, ohne daß ihm speiübel wird. Er meint halt, ich spinne, weil ich sorglos wie die Lerche herumschwirre, mit nur zweiundzwanzig fünfzig auf der Bank. Also gut, ich sollte mich wohl wirklich mal ein bißchen mehr drum kümmern. Wenn er zurückkommt, sag ich ihm, daß ich ein neues Leben anfangen werde.

Alle hatten inzwischen die Terrasse verlassen, mit Ausnahme des Kellners, der Mrs. Quill bedient hatte. Er stand da, die Hände auf dem Rücken, und starrte vor sich hin.

»Setzen Sie sich doch ein wenig und plaudern Sie mit mir«, sagte Mrs. Quill zu ihm. »Ich fühl mich einsam auf dieser blöden Terrasse hier im Dunkeln. Eine schöne Terrasse eigentlich. Sie könnten mir etwas über sich erzählen. Wieviel Geld haben Sie auf der Bank? Klar, Sie glauben, das ist eine zudringliche Frage, aber ich würde es liebend gern wissen.«

»Warum nicht?« antwortete der Kellner. »Ich hab ungefähr dreihundertfünfzig Dollar auf dem Konto.« Er setzte sich nicht.

»Woher haben Sie die?« fragte Mrs. Quill.

»Von meinem Onkel.«

»Das gibt Ihnen bestimmt ganz schön Sicherheit.«

»Nein.«

Mrs. Quill begann sich zu fragen, ob Toby nach all dem überhaupt noch zurückkommen werde. Sie preßte die Hände zusammen und erkundigte sich bei dem jungen Kellner, ob er wisse, wo der Herr, der neben ihr gesessen habe, hingegangen sei.

»Vermutlich nach Hause«, sagte der Kellner.

»Na, kommen Sie, schauen wir doch mal kurz in der Eingangshalle nach«, sagte Mrs. Quill nervös. Sie winkte dem Kellner, ihr zu folgen.

Sie gingen in die Eingangshalle, und gemeinsam forschten sie in den Gesichtern der Gäste, die in Gruppen beieinanderstanden oder aufgereiht in den Sesseln entlang der Wand saßen. Im Hotel ging es jetzt viel lebhafter zu als bei der Ankunft von Mrs. Quill. Sie war zutiefst beunruhigt und verletzt, daß sie Toby nirgends entdecken konnte.

»Es ist wohl besser, wenn ich nach Hause gehe und Sie noch etwas Schlaf kriegen«, sagte sie geistesabwesend zum Kellner, »aber nicht, bevor ich noch etwas für Pacifica gekauft habe ...« Sie hatte schon ein wenig gezittert, doch der Gedanke an Pacifica erfüllte sie mit Zuversicht.

»So was Schreckliches, Furchtbares, Elendes, allein auf der Welt zu sein, und wenn auch nur einen Augenblick«, sagte sie zum Kellner. »Begleiten Sie mich, und helfen Sie mir, etwas auszusuchen, eine Kleinigkeit, bloß ein Andenken an das Hotel.«

»Die sind alle gleich«, sagte der Kellner und folgte ihr nur widerstrebend. »Lauter Ramsch. Ich weiß ja nicht, was Ihre Freundin mag. Sie könnten ihr ein Notizbüchlein kaufen mit Panama draufgedruckt.«

»Nein, ich möchte, daß speziell der Name des Hotels draufsteht.«

»Na, so was«, sagte der Kellner, »die meisten Leute schwärmen nicht gerade für so Zeugs.«

»Du lieber Himmel«, sagte Mrs. Quill emphatisch, »muß man mir denn ständig damit kommen, was die andern tun? Ich kann's einfach nicht mehr hören.« Sie schritt zu dem Zeitschriftenstand und sagte zu dem jungen Verkäufer: »Ich suche etwas mit der Aufschrift »Hotel Washington«. Für eine Frau.«

Der Mann prüfte seinen Bestand und zog ein Taschentuch hervor, in dessen Ecke zwei Palmen und die Worte »Souvenir of Panama« aufgedruckt waren.

»Die meisten Leute ziehen allerdings das vor«, sagte er, holte einen Reisestrohhut unter dem Ladentisch hervor und setzte ihn auf.

»Sie sehen, er gibt genausoviel Schatten wie ein Schirm und ist sehr kleidsam.« Der Hut hatte keinerlei Aufschrift.

»Das Taschentuch da«, fuhr der junge Mann fort, »die meisten betrachten so was als – Sie verstehen ...«

»Nun hören Sie mal, junger Mann«, sagte Mrs. Quill, »ich habe Ihnen ausdrücklich gesagt, daß mein Geschenk den Aufdruck »Hotel Washington« haben soll, und wenn möglich auch ein Bild vom Hotel.«

»Aber, meine Dame, niemand mag so was. Die Leute wollen keine Bilder von Hotels auf ihren Andenken. Palmen, Sonnenuntergänge, manchmal auch Brücken, aber keine Hotels.«

»Haben Sie nun was mit »Hotel Washington« drauf oder nicht?« fragte Mrs. Quill mit lauter werdender Stimme.

Der Verkäufer begann ärgerlich zu werden. *»Selbstverständlich* habe ich so was da«, sagte er und funkelte mit den Augen, »wenn Sie bitte einen Augenblick warten wollen, Madam.« Er öffnete eine kleine Schranke und ging in die Halle. Im nächsten Augenblick war er zurück und brachte einen massigen schwarzen Aschenbecher, den er vor Mrs. Quill auf den Ladentisch stellte. Der Name des Hotels prangte in gelben Buchstaben auf der Innenseite des Aschenbechers.

»Ist es das, was Sie haben wollten?« fragte der Verkäufer.

»Aber ja«, sagte Mrs. Quill, »genau das.«

»Gut, Madam, kostet fünfzig Cent.«

»Der ist keine fünfzig Cent wert«, flüsterte der Kellner Mrs. Quill zu.

Mrs. Quill suchte in ihrem Portemonnaie; konnte aber nicht mehr als fünfundzwanzig Cent Kleingeld zusammenkriegen und nicht einen Schein.

»Hören Sie«, sagte sie zu dem jungen Mann, »ich bin die Besitzerin des Hotel de las Palmas. Ich zeige Ihnen mein Kontobuch, wo vorne meine Adresse draufsteht. Sie werden mir doch trauen mit dem Aschenbecher, dies eine Mal? Verstehen Sie, ich bin mit einem befreundeten Gentleman hierhergekommen, und wir hatten eine kleine Meinungsverschiedenheit, und er ist vor mir nach Hause gegangen.«

»Ich kann's nicht ändern, Madam«, sagte der Verkäufer.

Unterdessen hielt einer der Geschäftsführer, der die Gruppe am Zeitungsstand aus einer Ecke der Halle beobachtet hatte, den Zeitpunkt für gekommen, einzuschreiten. Mrs. Quill kam ihm äußerst verdächtig vor, sie schien ihm dem Niveau der anderen Gäste keinesfalls zu entsprechen, nicht einmal von ferne. Er fragte sich auch, was den Kellner wohl dazu brachte, so lange vor dem Zeitungsstand stehenzubleiben. Er ging zu ihnen hinüber und sah so ernst und nachdenklich drein wie möglich.

»Hier ist mein Kontobuch«, sagte Mrs. Quill gerade zu dem Verkäufer.

Der Kellner, der den Geschäftsführer herannahen sah, bekam es mit der Angst und präsentierte Mrs. Quill die Rechnung für die Getränke, die sie und Toby gemeinsam konsumiert hatten.

»Sie schulden mir von der Terrasse sechs Dollar«, sagte er zu Mrs. Quill.

»Hat er sie nicht bezahlt?« fragte sie. »Er war wohl furchtbar aufgebracht.«

»Kann ich Ihnen behilflich sein?« erkundigte sich der Geschäftsführer bei Mrs. Quill.

»Ganz bestimmt können Sie das«, sagte sie. »Ich bin die Eigentümerin vom Hotel de las Palmas.«

»Ich bedaure«, sagte der Geschäftsführer, »aber mir ist das Hotel de las Palmas nicht bekannt.«

»Nun denn«, sagte Mrs. Quill, »ich habe kein Geld bei mir. Ich bin mit einem Gentleman hierhergekommen, wir hatten eine Meinungsverschiedenheit, ich habe aber mein Kontobuch hier, das Ihnen beweisen wird, daß, sobald die

Bank morgen offen ist, ich das Geld bekomme. Ich kann keine Schecks ausstellen, weil die auf der Sparkasse sind.«

»Ich bedaure«, sagte der Geschäftsführer, »aber wir gewähren nur den Gästen Kredit, die in unserem Hotel wohnen.«

»Das halte ich auch so in meinem Hotel«, sagte Mrs. Quill, »es sei denn, was Außergewöhnliches passiert.«

»Wir machen es uns zur Regel, nie Kredit zu gewähren ...«

»Ich wollte diesen Aschenbecher für meine Freundin mitnehmen. Sie bewundert Ihr Hotel.«

»Dieser Aschenbecher hier ist Eigentum des Hotels«, sagte der Geschäftsführer und sah mit strengem Stirnrunzeln den Verkäufer an, der schnell sagte: »Sie wollte etwas mit der Aufschrift ›Hotel Washington‹. Ich hatte so was nicht da, darum hab ich gedacht, ich verkauf ihr eins von denen da – für fünfzig Cent«, fügte er hinzu und blinzelte dem Geschäftsführer zu, der mehr und mehr in die Defensive geriet.

»Diese Aschenbecher«, wiederholte er, »sind Eigentum des Hotels. Wir haben nur eine begrenzte Anzahl zur Verfügung, und jeder verfügbare Aschenbecher ist ständig in Gebrauch.«

Der Verkäufer, der nichts mehr mit dem Aschenbecher zu tun haben wollte, um nicht etwa seinen Arbeitsplatz zu verlieren, trug ihn zum Tisch zurück, von dem er ihn genommen hatte, und nahm wieder seine Stellung hinter dem Ladentisch ein.

»Wollen Sie nun das Taschentuch oder den Hut?« fragte er Mrs. Quill, als wäre nichts geschehen.

»Sie hat Hüte und Taschentücher in Hülle und Fülle«, sagte Mrs. Quill. »Ich glaube, ich geh jetzt besser nach Haus.«

»Wollen Sie bitte mit mir ins Büro kommen, um die Rechnung zu begleichen?« fragte der Geschäftsführer.

»Wenn Sie doch nur bis morgen warten könnten –«

»Ich fürchte, das ist strikt gegen die Regeln des Hotels, Madam. Wenn Sie mir bitte folgen würden.« Er wandte sich an den Kellner, der dem Gespräch aufmerksam zugehört hatte: »*Te necesitan afuera*, geh an deinen Platz.« Der Kellner wollte noch etwas sagen, unterließ es dann aber und schlenderte zur Terrasse. Mrs. Quill fing an zu weinen.

»Warten Sie einen Augenblick«, sagte sie und kramte ein

Taschentuch hervor. »Einen Augenblick – ich möchte gern meine Freundin Pacifica anrufen.«

Der Geschäftsführer wies in die Richtung der Telefonzellen, und sie lief eilig dorthin, das Gesicht im Taschentuch vergraben. Nach fünfzehn Minuten kehrte sie zurück, und schluchzte noch jämmerlicher als zuvor.

»Mrs. Copperfield holt mich hier ab – ich hab ihr alles erzählt. Ich glaub, ich setze mich irgendwohin und warte.«

»Verfügt Mrs. Copperfield über das nötige Geld, um Ihre Rechnung zu begleichen?«

»Das weiß ich nicht«, sagte Mrs. Quill und entfernte sich.

»Wollen Sie damit etwa sagen, Sie wissen nicht, ob sie Ihre Rechnung bezahlen kann?«

»Doch, doch, sie wird's schon bezahlen. Bitte sehr, ich möchte mich da drüben hinsetzen.«

Der Geschäftsführer nickte. Mrs. Quill ließ sich in einen Sessel fallen, der neben einer riesigen Palme stand. Sie bedeckte ihr Gesicht mit den Händen und schluchzte weiter.

Zwanzig Minuten später erschien Mrs. Copperfield. Trotz der Hitze trug sie ein Silberfuchscape, das sie für die höheren Regionen mitgenommen hatte.

Obwohl sie schwitzte und schlecht zurechtgemacht war, war sie davon überzeugt, daß die Hotelangestellten sie wegen des Silberfuchscapes mit einem gewissen Respekt behandeln würden.

Sie war vor einer Weile aufgewacht und wieder beschwipst. Sie stürzte auf Mrs. Quill zu und küßte sie auf die Stirn.

»Wo ist der Mann, der Sie zum Weinen gebracht hat?« fragte sie.

Mrs. Quill blickte mit tränenverschleierten Augen umher und zeigte auf den Geschäftsführer. Mrs. Copperfield winkte ihn mit dem Zeigefinger zu sich.

Er kam zu ihnen herüber, und sie fragte ihn, wo sie Blumen für Mrs. Quill bekommen könne.

»Bei Herzenskummer oder Krankheit geht nichts über Blumen«, erklärte sie ihm. »Sie ist schrecklich mitgenommen. Würden Sie bitte ein paar Blumen besorgen?« fragte sie und nahm einen Zwanzig-Dollarschein aus ihrer Geldbörse.

»Es gibt im Hotel keinen Blumenstand«, sagte der Geschäftsführer.

»Nicht gerade luxuriös hier«, sagte Mrs. Copperfield.

Er erwiderte nichts darauf.

»Also gut«, fuhr sie fort, »das Zweitbeste ist wohl, ihr etwas Gutes zum Trinken zu spendieren. Ich schlage vor, wir gehen alle in die Bar.«

Der Geschäftsführer lehnte höflich ab.

»Aber«, sagte Mrs. Copperfield, »ich bestehe darauf, daß Sie mitkommen. Ich möchte mit Ihnen über die Angelegenheit reden. Sie haben sich meiner Meinung nach scheußlich benommen.«

Der Geschäftsführer starrte sie an.

»Am scheußlichsten an Ihnen ist«, fuhr Mrs. Copperfield fort, »daß Sie jetzt genauso miesepetrig sind wie vorher, obwohl Sie doch wissen, Ihre Rechnung wird bezahlt. Kleinlich und ängstlich waren Sie vorher, und kleinlich und ängstlich sind Sie auch jetzt. Ihr Gesichtsausdruck hat sich nicht die Spur geändert. Ein Mensch, der mehr oder weniger gleich auf gute wie auf schlechte Nachrichten reagiert, ist gefährlich.«

Da er immer noch keine Anstalten machte zu sprechen, fuhr sie fort: »Sie haben nicht nur Mrs. Quill völlig grundlos todunglücklich gemacht, sondern auch mir den Spaß verdorben. Sie wissen ja nicht einmal, wie man die Reichen zufriedenstellt.« Der Geschäftsführer zog die Augenbrauen hoch.

»Sie werden's zwar nicht verstehen, ich sag's Ihnen aber trotzdem. Ich bin aus zwei Gründen hierhergekommen. Erstens natürlich, um meiner Freundin Mrs. Quill aus der Patsche zu helfen; und zweitens, um Ihr Gesicht zu sehen, wenn Ihnen klar wird, daß eine Rechnung, von der Sie angenommen haben, sie würde nie bezahlt, doch noch bezahlt wird. Ich hatte gehofft, den Übergang beobachten zu können. Sie verstehen, vom Feind zum Freund – das ist immer furchtbar aufregend. Das ist der Grund, weshalb der Held in guten Filmen die Heldin oft bis zum Schluß haßt. Aber Sie denken natürlich nicht im Traum dran, Ihre Ansprüche herunterzuschrauben. Sie meinen, es wäre unter Ihrem Niveau, sich in ein freundliches Wesen zu verwandeln. Nur weil Sie entdeckt haben, daß Geld da ist, wo Sie es mit Sicherheit nicht erwartet haben. Glauben Sie etwa, die Reichen kümmert das was? Die kriegen nie genug davon. Sie wollen auch wegen ihres Geldes gemocht werden. Sie sind nicht mal ein guter Hotelmanager. Sie sind schlicht und einfach ein Flegel, wie er im Buch steht.«

Der Geschäftsführer blickte mit Abscheu auf das zu ihm emporgewandte Gesicht von Mrs. Copperfield herunter. Er haßte ihr lebhaftes Gesicht und ihre hohe Stimme. Er fand sie noch widerlicher als Mrs. Quill. Frauen mochte er sowieso nicht.

»Sie haben keine Phantasie«, sagte sie, *»nicht die Bohne!* Es entgeht Ihnen einfach alles. Wo bezahl ich meine Rechnung?«

Auf dem ganzen Heimweg war Mrs. Copperfield traurig, weil Mrs. Quill würdevoll und distanziert tat und ihr nicht so überschwenglich dankte, wie sie es eigentlich erwartet hatte.

Früh am nächsten Morgen waren Mrs. Copperfield und Pacifica zusammen in deren Schlafzimmer. Der Himmel hellte sich bereits auf. Mrs. Copperfield hatte Pacifica noch nie so betrunken erlebt. Die Haare waren ihr weit aus der Stirn gerutscht, so daß die Frisur jetzt einer Perücke ähnelte, die der Trägerin eine Nummer zu klein ist. Ihre Pupillen waren riesig groß und leicht getrübt. Vorn auf ihrem karierten Rock hatte sie einen großen dunklen Fleck. Sie roch stark nach Whisky. Sie wankte zum Fenster hinüber und sah nach draußen. Im Zimmer war es noch ziemlich dunkel. Mrs. Copperfield konnte kaum die roten und purpurnen Karos in Pacificas Rock unterscheiden. Ihre Beine waren überhaupt nicht zu sehen, so dämmrig war es in dem Raum, aber ihr waren die gelben halbseidenen Strümpfe und die weißen Leinenschuhe vertraut.

»Ach, ist das herrlich«, sagte Mrs. Copperfield.

»Wunderbar«, sagte Pacifica und drehte sich um, »wunderbar.« Sie bewegte sich unsicher im Zimmer. »Hör mal«, sagte sie, »das Tollste wär jetzt, an den Strand zu gehen und zu schwimmen. Wenn du genug Geld hast, können wir uns ein Taxi nehmen und losfahren. Na, komm schon. Ja?«

Mrs. Copperfield war reichlich verdutzt, aber Pacifica zog schon eine Wolldecke vom Bett. »Bitte«, sagte sie. »Du weißt gar nicht, wieviel Spaß mir das machen würde. Nimm du dir das Handtuch da drüben.«

Bis zur Küste war es nicht allzuweit. Als sie ankamen, sagte Pacifica dem Taxifahrer, er solle sie in zwei Stunden wieder abholen.

Der Strand war mit Felsbrocken übersät, Mrs. Copperfield war enttäuscht. Sie bemerkte, daß die obersten Wedel der Palmen schwankten, obwohl nur ein leichter Wind wehte.

Pacifica zog sich aus und ging gleich ins Wasser. Eine Zeitlang stand sie mit weitgespreizten Beinen da, das Wasser reichte ihr kaum bis zum Schienbein. Mrs. Copperfield saß auf einem Felsen und versuchte, sich zu entscheiden, ob sie sich ebenfalls ausziehen sollte. Plötzlich war ein Klatschen zu hören, und Pacifica schwamm los. Zuerst schwamm sie auf dem Rücken, danach auf dem Bauch, und Mrs. Copperfield war sich sicher, daß sie Pacifica singen hörte. Als Pacifica schließlich keine Lust mehr hatte, sich weiter im Meer zu tummeln, stieg sie aus dem Wasser und kehrte zum Strand zurück. Sie machte Riesenschritte, und ihr Schamhaar hing triefend naß zwischen den Beinen. Mrs. Copperfield sah ein wenig verlegen aus, aber Pacifica ließ sich neben ihr mit einem Plumps fallen und fragte, warum sie nicht mit ins Wasser gehe.

»Ich kann nicht schwimmen«, sagte Mrs. Copperfield.

Pacifica schaute zum Himmel. Sie konnte jetzt sehen, daß es nicht den ganzen Tag schön bleiben würde.

»Was sitzt du hier auf diesem ungemütlichen Stein?« fragte Pacifica. »Mach schon, zieh dich aus, wir gehn ins Wasser. Ich bring dir das Schwimmen bei.«

»Ich hab's nie lernen können.«

»Ich bring's dir bei. Wenn du's nicht kapierst, laß ich dich untergehen. Nein, das war nur ein Scherz. Nimm's nicht ernst.«

Mrs. Copperfield zog sich aus. Sie war schneeweiß und dünn, man konnte ihre Wirbelsäule den ganzen Rücken entlang sehen. Pacifica schaute ihren Körper an, ohne etwas zu sagen.

»Ich weiß, ich habe eine schreckliche Figur«, sagte Mrs. Copperfield.

Pacifica antwortete nicht. »Komm«, sagte sie, stand auf und legte den Arm um Mrs. Copperfields Taille.

Sie standen bis zu den Schenkeln im Wasser, vor sich den Strand und die Palmen. Die Bäume schienen sich hinter einem Nebelschleier zu bewegen. Der Strand war farblos. Hinter ihnen klarte der Himmel zusehends auf, aber das Meer war noch fast schwarz. Mrs. Copperfield bemerkte eine Hitzepustel auf Pacificas Lippen. Wasser tropfte ihr vom Haar auf die Schultern.

Sie wandte sich vom Strand ab und zog Mrs. Copperfield weiter ins Meer hinaus.

Mrs. Copperfield umklammerte ganz fest Pacificas Hand. Bald reichte ihr das Wasser bis zum Kinn.

»Jetzt leg dich auf den Rücken. Ich halte deinen Kopf«, sagte Pacifica.

Mrs. Copperfield sah sich entsetzt um, gehorchte aber und ließ sich auf dem Rücken treiben, Pacificas flache Hand unter dem Kopf bewahrte sie vorm Untergehen. Sie konnte ihre eigenen schmalen Füße auf dem Wasser dahingleiten sehen. Pacifica begann zu schwimmen und zog Mrs. Copperfield nach. Da sie nur einen freien Arm zur Verfügung hatte, war ihr das Schwimmen äußerst anstrengend, und schon bald schnaufte sie wie ein Walroß. Die Berührung ihrer Hand unterm Kopf war nur ganz leicht – so leicht, daß Mrs. Copperfield Angst hatte, sie könne von einem Augenblick zum anderen alleingelassen sein. Sie sah auf. Der Himmel hatte sich mit grauen Wolken zugezogen. Sie wollte etwas zu Pacifica sagen, wagte aber nicht den Kopf zu drehen.

Pacifica schwamm wieder dem Strand zu. Plötzlich stand sie auf und packte Mrs. Copperfield mit beiden Händen im Kreuz. Mrs. Copperfield fühlte sich glücklich und elend zugleich. Sie wandte ihr Gesicht ab und streifte dabei mit ihrer Wange Pacificas schweren Bauch. Sie klammerte sich mit der ganzen Gewalt jahrelangen Kummers und immer neuer Enttäuschung an Pacificas Schenkel.

»Laß mich nicht allein«, schrie sie.

In diesem Augenblick erinnerte sich Mrs. Copperfield genau an einen Traum, den sie schon oft in ihrem Leben geträumt hatte. Ein Hund verfolgte sie einen kleinen Hügel hinauf. Auf der Anhöhe standen einige Kiefern und eine über zwei Meter große Schaufensterpuppe. Sie näherte sich der Puppe und stellte fest, daß sie aus Fleisch war, aber ohne Leben. Ihr Kleid war aus schwarzem Samt und verengte sich zum Saum hin. Mrs. Copperfield schlang einen Arm der Puppe eng um die eigene Taille. Sie war von der Dicke des Arms überrascht und zugleich angetan. Mit ihrer freien Hand richtete sie den anderen Arm der Puppe vom Ellbogen ab nach oben. Die Puppe begann zu schwanken, nach hinten und wieder nach vorn. Mrs. Copperfield klammerte sich nur noch fester an sie, und zusammen fielen sie um und rollten ein ziemliches Stück den Hügel hinunter, bis sie auf einem schmalen Weg landeten, wo sie ineinander verschlungen liegenblieben. Mrs. Copperfield mochte diesen Teil des Traums am liebsten; der Umstand, daß die Puppe den ganzen Abhang hinunter als Puffer gedient hatte zwischen ihr und all den Scherben und Steinchen, über die sie rollten, erfüllte sie mit ausgesprochener Zufriedenheit.

Pacifica hatte das warme Gefühl dieses Traums einen Moment lang wiedererstehen lassen, und das war, dachte Mrs. Copperfield, sicherlich auch der Grund für ihre eigene sonderbare Heiterkeit.

»Jetzt möchte ich«, sagte Pacifica, »wenn du nichts dagegen hast, eine Runde allein schwimmen.« Aber erst half sie Mrs. Copperfield auf die Beine und begleitete sie zum Strand, wo Mrs. Copperfield auf dem Sand zusammenklappte und den Kopf wie eine welke Blume hängen ließ. Sie zitterte vor Erschöpfung wie nach einem Liebeserlebnis. Sie sah zu Pacifica auf, die bemerkte, daß ihre Augen viel weicher und glänzender aussahen als sonst.

»Du solltest häufiger schwimmen gehen«, sagte Pacifica, »du hockst zuviel im Haus herum.«

Sie rannte ins Wasser zurück und schwamm viele Male hinaus und wieder zurück. Das Meer war jetzt blau und viel rauher als vorher. Nur einmal unterbrach Pacifica ihr Schwimmen und ruhte sich auf einem großen, flachen Felsen aus, den die zurückgehende Flut freigelegt hatte. Sie saß direkt in der Dunstbahn der matten Sonnenstrahlen. Mrs. Copperfield fiel es schwer, sie überhaupt auszumachen, und alsbald schlief sie ein.

Als sie im Hotel ankamen, verkündete Pacifica, sie werde wie ein Klotz schlafen. »Hoffentlich wache ich erst in zehn Tagen auf«, sagte sie.

Mrs. Copperfield sah, wie sie den hellen grünen Korridor entlangstolperte, gähnte und den Kopf zurückwarf.

»Zwei Wochen lang möchte ich schlafen«, wiederholte sie, ging dann in ihr Zimmer und schloß die Tür hinter sich. Als Mrs. Copperfield in ihrem eigenen Zimmer war, entschloß sie sich, Mr. Copperfield anzurufen. Sie ging nach unten und auf die Straße hinaus, die sich zu bewegen schien wie am ersten Tag ihrer Ankunft. Einige Leute saßen bereits auf ihrer Veranda und sahen zu ihr herunter. Ein spindeldürres

Mädchen in einem roten Seidenkleid, das ihr bis auf die Knöchel fiel, überquerte die Straße und kam auf sie zu. Sie sah überraschend jung und frisch aus. Als Mrs. Copperfield sich ihr näherte, merkte sie, daß die Dünne wohl eine Malaiin war. Sie war ziemlich verdutzt, als das Mädchen direkt vor ihr stehenblieb und sie in makellosem Englisch ansprach.

»Wo sind Sie gewesen, daß Ihr Haar so naß geworden ist?« fragte sie.

»Ich war mit meiner Freundin schwimmen. Wir – wir waren früh am Strand.« Mrs. Copperfield war nicht sehr nach Reden zumute.

»Was für ein Strand?« fragte das Mädchen.

»Ich weiß nicht«, sagte Mrs. Copperfield.

»Hm, sind Sie zu Fuß dahin oder gefahren?«

»Wir sind gefahren.«

»Es gibt keinen Strand, der so nah ist, daß man hinlaufen kann, glaub ich«, sagte das Mädchen.

»Nein, vermutlich nicht«, sagte Mrs. Copperfield aufseufzend und sah sich um. Das Mädchen ging neben ihr her.

»War das Wasser kalt?« forschte das Mädchen.

»Ja und nein«, sagte Mrs. Copperfield.

»Sind Sie mit Ihrer Freundin nackt geschwommen?«

»Ja.«

»Dann waren wohl keine anderen Leute da, oder?«

»Nein, keine Menschenseele. Kannst du schwimmen?« fragte Mrs. Copperfield.

»Nein«, antwortete das Mädchen, »ich geh nie ans Wasser.« Sie hatte eine schrille Stimme, helles Haar und helle Augenbrauen. Sie hätte von einem Elternteil her ohne weiteres Engländerin sein können. Mrs. Copperfield beschloß, sie nicht danach zu fragen. Sie wandte sich dem Mädchen zu.

»Ich muß anrufen. Wo ist das nächste Telefon?«

»Kommen Sie mit zu Bill Grey's Restaurant. Da ist es schön kühl. Im allgemeinen verbring ich dort den Morgen und sauf wie ein Loch. Wenn's Mittag ist, bin ich sternhagelvoll. Ich schockiere die Touristen. Ich bin halb irisch und halb javanisch. Sie schließen Wetten ab, was ich bin. Wer gewinnt, muß mir einen Drink spendieren. Raten Sie mal, wie alt ich bin.«

»Weiß der Himmel«, sagte Mrs. Copperfield.

»Sechzehn bin ich.«

»Gut möglich«, sagte Mrs. Copperfield. Das Mädchen schien beleidigt zu sein. Sie gingen schweigend bis zu Bill Greys Restaurant, wo das Mädchen Mrs. Copperfield durch die Tür drängte und den Gang entlangschob zu einem Tisch in der Mitte des Restaurants.

»Setzen Sie sich und bestellen Sie, was Sie wollen. Geht auf meine Rechnung«, sagte das Mädchen.

Ein elektrischer Ventilator drehte sich über ihren Köpfen.

»Ist es nicht herrlich hier drin?« fragte sie Mrs. Copperfield.

»Ich möchte telefonieren«, sagte Mrs. Copperfield, die Angst bekam, daß Mr. Copperfield vielleicht schon seit einigen Stunden zurück war und gerade jetzt ungeduldig auf ihren Anruf wartete.

»Telefonieren Sie, soviel Sie wollen«, sagte das Mädchen.

Mrs. Copperfield betrat die Zelle und telefonierte. Ihr Mann sagte, er sei erst seit kurzem zurück, sobald er gefrühstückt habe, werde er sich mit ihr in Bill Greys Restaurant treffen. Seine Stimme klang kühl und müde.

Das Mädchen hatte, während es begierig auf Mrs. Copperfields Rückkehr wartete, zwei Whisky-Cocktails bestellt. Mrs. Copperfield kam zum Tisch zurück und ließ sich auf ihren Platz plumpsen.

»Ich kann nie bis in die Puppen schlafen«, sagte das Mädchen. »Ich schlaf nicht mal nachts gern, wenn ich was Besseres zu tun hab. Meine Mutter hat gesagt, ich sei ein nervöses Huhn, aber kerngesund. Ich hab zwar Tanzstunden genommen, aber ich war zu faul, die Schritte zu lernen.«

»Wo wohnst du?« fragte Mrs. Copperfield.

»Ich wohne allein in einem Hotel. Ich hab 'ne Menge Geld. Einer aus der Army ist in mich verliebt. Er ist verheiratet, ich geh aber nur mit ihm. Er schenkt mir massenhaft Geld. Zu Hause hat er noch viel mehr davon. Ich kauf Ihnen, was Sie wollen. Erzählen Sie's aber niemandem hier in der Gegend, daß ich anderen was spendiere. Ich kauf ihnen nie was. Sie gehen mir auf die Nerven. Ihr Leben ist so furchtbar. So schäbig; so stupide; stupide bis zum Gehtnichtmehr! Nie sind sie mal ungestört. Ich habe zwei Zimmer. Wenn Sie wollen, können Sie eins davon benutzen.«

Mrs. Copperfield sagte sehr bestimmt, sie habe keinen Bedarf. Sie mochte das Mädchen überhaupt nicht.

»Wie heißen Sie?« fragte das Mädchen.

»Frieda Copperfield.«

»Ich heiße Peggy – Peggy Gladys. Sie haben einfach umwerfend ausgesehen mit Ihrem nassen Haar und Ihrem glänzenden Näschen. Darum habe ich Sie aufgefordert, mit mir was zu trinken.«

Mrs. Copperfield fuhr hoch. »Bitte, geh mir nicht auf die Nerven!« sagte sie.

»Ach, lassen Sie mich doch, Sie Bewundernswerte. Trinken Sie aus, und ich bestell Ihnen noch was. Vielleicht haben Sie Hunger und möchten ein Steak.«

Das Mädchen hatte die leuchtenden Augen einer unersättlichen Nymphomanin. Sie trug eine lächerlich kleine Uhr auf einem schwarzen Band um ihr Handgelenk.

»Ich wohne im Hotel de las Palmas«, sagte Mrs. Copperfield. »Ich bin eine Freundin der Besitzerin, Mrs. Quill, und von einem ihrer Gäste, Pacifica.«

»Das taugt nichts, das Hotel«, sagte Peggy. »Ich bin mal abends mit ein paar Typen zum Trinken reingegangen, und denen hab ich gesagt: ›Wenn wir nicht auf der Stelle kehrtmachen und dieses Hotel verlassen, erlaub ich euch nie mehr, mit mir auszugehen.‹ Es ist primitiv; einfach schrecklich; außerdem ekelhaft dreckig. Ich wundere mich, daß Sie dort wohnen. Mein Hotel ist viel schöner. Manchmal übernachten da auch Amerikaner, wenn sie von Bord gehen und nicht im Hotel Washington absteigen. Es heißt Hotel Granada.«

»Ja, das kenn ich, da haben wir uns zuerst einquartiert«, sagte Mrs. Copperfield. »Mein Mann ist jetzt noch dort. Für mich ist es der deprimierendste Ort, den ich je betreten habe. Ich finde, das Hotel de las Palmas ist millionenmal schöner.«

»Aber«, sagte das Mädchen mit vor Bestürzung weit geöffnetem Mund, »ich glaub, Sie haben sich nicht sehr gründlich umgeschaut. Ich habe natürlich in meinem Zimmer all meine Sachen aufgestellt, und das macht einen Riesenunterschied.«

»Wie lang wohnst du da schon?« fragte Mrs. Copperfield. Das Mädchen war ihr völlig rätselhaft und tat ihr ein wenig leid.

»Ich wohne dort seit anderthalb Jahren. Mir kommt's wie 'ne Ewigkeit vor. Ich bin, kurz nachdem ich den Mann aus der Army kennengelernt habe, da eingezogen. Er ist ausgesprochen nett zu mir, aber ich bin, glaub ich, schlauer als er. Weil ich eben ein Mädchen bin. Meine Mutter hat mir immer gesagt, Mädchen sind nie so dämlich wie Männer, darum tu ich einfach, was mir paßt, und schau weder links noch rechts.«

Das Gesicht des Mädchens war das eines lieblichen Kobolds. Sie hatte ein Kinngrübchen und eine Stupsnase.

»Ehrlich«, sagte sie, »ich schwimme im Geld. Ich kann immer noch mehr kriegen. Ich würde Ihnen schrecklich gern etwas kaufen, was Ihnen gefällt, weil ich bewundere, wie Sie reden und aussehen und sich bewegen. Sie sind elegant.« Sie kicherte und legte ihre trockene, rauhe Hand in die von Mrs. Copperfield.

»Bitte«, flehte sie, »sei doch nett zu mir. Ich treff nicht oft Menschen, die ich mag. Ich tu nie zweimal dasselbe, wirklich nicht. Ich hab in der ganzen Zeit noch nie jemanden auf mein Zimmer eingeladen, weil's mich nicht interessiert und weil sie alles verdrecken würden. Ich weiß, du würdest nichts dreckig machen, ich sehe ja, daß du aus einer feinen Familie kommst. Ich mag Leute mit guter Erziehung. Das finde ich herrlich.«

»Ich habe gerade den Kopf so voll«, sagte Mrs. Copperfield. »Mehr als sonst.«

»Dann vergiß es«, sagte das Mädchen gebieterisch. »Du bist mit Peggy Gladys zusammen, und die zahlt für deine Getränke. Denn sie möchte dich von Herzen einladen. Was für ein herrlicher Tag! Kopf hoch!« Sie packte Mrs. Copperfield am Ärmel und schüttelte sie.

Mrs. Copperfield war noch ganz im Zauber ihres Traums befangen und in Gedanken an Pacifica versunken. Sie fühlte sich unbehaglich, und der Ventilator schien seinen Luftstrom direkt auf ihr Herz zu blasen. Sie starrte vor sich hin und hörte überhaupt nicht zu, was das Mädchen redete.

Sie konnte nicht sagen, wie lang sie so vor sich hingeträumt hatte, als sie den Blick senkte und vor sich auf dem Teller einen Hummer liegen sah.

»Oh, das kann ich nicht essen. Ganz ausgeschlossen«, sagte sie.

»Aber ich hab's doch für dich bestellt«, sagte Peggy, »und es kommt auch noch Bier. Ich hab deinen Cocktail wegnehmen lassen, weil du nicht mal dran genippt hast.« Sie beugte sich über den Tisch vor und steckte eine Serviette unter Mrs. Copperfields Kinn fest.

»Bitte, iß doch, mein Liebling«, flehte Peggy, »du würdest mir damit eine Riesenfreude machen.«

»Was soll das eigentlich?« fragte Mrs. Copperfield verdrießlich. »Willst du etwa Mutter und Kind spielen?«

Peggy lachte. »Hör zu«, sagte Mrs. Copperfield, »nachher kommt mein Mann hierher, um uns zu treffen. Der denkt, wir sind total übergeschnappt, am Morgen Hummer zu essen. So was kann er nicht verstehn.«

»Dann essen wir's halt schnell auf«, schlug Peggy vor und sah Mrs. Copperfield traurig an. »Ich wollte, er käme nicht«, sagte sie. »Kannst du ihn nicht anrufen und sagen, er soll nicht kommen?«

»Nein, Herzchen, das wäre unmöglich. Außerdem hab ich gar keinen Grund, ihn darum zu bitten. Es liegt mir sogar sehr daran, ihn zu sehen.« Mrs. Copperfield konnte der Versuchung nicht widerstehen, zu Peggy Gladys ein klein wenig sadistisch zu sein.

»Natürlich, wenn du ihn sehen willst«, sagte Peggy und sah verschüchtert und ernst aus. »Ich verspreche dir, mucksmäuschenstill zu sein, während er da ist.«

»Genau das will ich nicht. Bitte, plaudere ruhig weiter, wenn er da ist.«

»Wird gemacht, mein Liebling. Sei nicht so nervös.«

Mr. Copperfield erschien, als sie den Hummer aßen. Er trug einen dunkelgrünen Anzug und sah blendend aus. Er kam mit einem freundlichen Lächeln auf sie zu.

»Hallo«, begrüßte ihn Mrs. Copperfield. »Ich freu mich sehr, dich zu sehen. Du siehst sehr gut aus. Das ist Peggy Gladys; wir haben uns gerade kennengelernt.«

Er gab ihr die Hand und schien recht angetan. »Um Himmels willen, was eßt ihr denn da?« fragte er.

»Hummer«, antwortete sie. Er runzelte die Stirn. »Aber«, sagte er, »ihr werdet Verdauungsstörungen bekommen, und ihr trinkt auch noch Bier! Gütiger Gott!« Er setzte sich.

»Ich will mich natürlich nicht einmischen«, sagte Mr. Copperfield, »aber das ist sehr ungesund. Habt ihr gefrühstückt?«

»Ich weiß nicht«, sagte Mrs. Copperfield absichtsvoll. Peggy Gladys lachte. Mr. Copperfield zog die Augenbrauen hoch.

»Das mußt du doch wissen«, murmelte er, »mach dich nicht lächerlich.«

Er erkundigte sich bei Peggy Gladys, wo sie her sei.

»Ich bin aus Panama«, teilte sie ihm mit, »aber ich bin halb irisch und halb javanisch.«

»Verstehe«, sagte Mr. Copperfield. Er lächelte immer noch.

»Pacifica schläft«, sagte Mrs. Copperfield auf einmal.

Mr. Copperfield blickte finster drein. »Willst du etwa wirklich dahin zurück?« fragte er.

»Was denkst denn du, was ich tun werde?«

»Ich halte es für sinnlos, länger hier zu bleiben. Ich meine, wir sollten packen. Ich habe schon was in Panama organisiert. Wir können morgen mit dem Schiff fahren. Ich muß deswegen noch heute abend telefonieren. Ich habe eine ganze Menge über die verschiedenen Länder in Mittelamerika herausgefunden. Vielleicht können wir auf so 'ner Art Ranch in Costa Rica wohnen. Ein Mann hat mir davon erzählt. Sie ist völlig abgelegen. Man muß mit einer Fähre übersetzen, um dorthin zu gelangen.«

Peggy Gladys sah gelangweilt aus.

Mrs. Copperfield legte den Kopf in die Hände.

»Stell dir vor, rote und blaue Guacamayos, die über das Vieh hinwegfliegen«, lachte Mr. Copperfield. »Texas in Lateinamerika. Es muß total verrückt sein.«

»Rote und blaue Guacamayos, die übers Vieh fliegen«, wiederholte Peggy Gladys. »Was sind Guacamayos?«

»Das sind riesige rote und blaue Vögel, ungefähr wie Papageien«, sagte Mr. Copperfield. »Solang ihr euren Hummer eßt, kann ich mir ja ein Eis mit Sahne bestellen.«

»Er ist sympathisch«, sagte Peggy Gladys.

»Hör mal«, sagte Mrs. Copperfield. »Mir ist schlecht. Ich glaube nicht, daß ich das Eisessen noch überstehe.«

»Das dauert nicht lange«, sagte Mr. Copperfield. Er sah sie an. »Es muß der Hummer sein.«

»Vielleicht ist es besser, wenn ich sie mit zu meinem Hotel Granada nehme«, schlug Peggy Gladys vor und sprang behend auf. »Sie wird's dort ganz bequem haben. Sie können nachkommen, wenn Sie Ihr Eis gegessen haben.«

»Das klingt vernünftig, was meinst du, Frieda?«

»Nein«, sagte Mrs. Copperfield heftig und umklammerte ihre Halskette. »Ich glaube, es ist besser, wenn ich auf der Stelle zurück ins Hotel de las Palmas gehe. Ich *muß* gehen. Ich muß sofort los ...« Sie war so aufgewühlt, daß sie vom Tisch aufstand, ihren Geldbeutel und ihren Schal vergaß und zum Ausgang rannte.

»Aber du hast ja alles liegengelassen«, rief ihr Mr. Copperfield nach.

»Ich nehm's mit«, rief Peggy Gladys. »Sie essen Ihr Eis und kommen nach.« Sie stürzte Mrs. Copperfield hinterher, und zusammen rannten sie die zum Ersticken heiße Straße in Richtung Hotel de las Palmas hinunter.

Mrs. Quill stand im Eingang und trank aus einer Flasche.

»Bis zum Essen bleib ich strikt bei meiner Kirschbrause«, sagte sie.

»Oh, Mrs. Quill, kommen Sie mit mir auf mein Zimmer!« sagte Mrs. Copperfield, schlang die Arme um sie und seufzte tief. »Mr. Copperfield ist zurück.«

»Kann *ich* nicht mit nach oben kommen?« fragte Peggy Gladys. »Ich hab deinem Mann versprochen, auf dich achtzugeben.«

Mrs. Copperfield drehte sich um. »Halt doch bitte den Mund«, schrie sie und sah Peggy Gladys fest an.

»Sachte, sachte«, sagte Mrs. Quill, »bringen Sie doch das kleine Mädchen nicht aus der Fassung. Wir müssen ihr wohl ein Honigbrötchen geben, damit sie sich beruhigt. Ich brauchte in ihrem Alter allerdings mehr als ein Honigbrötchen, um wieder friedlich zu werden.«

»Mir geht's gut«, sagte Peggy Gladys. »Würden Sie uns netterweise auf ihr Zimmer führen? Sie sollte ausgestreckt auf dem Rücken liegen.«

Das junge Mädchen setzte sich auf den Rand von Mrs. Copperfields Bett, die Hand auf deren Stirn.

»Tut mir leid«, sagte sie. »Du siehst richtig schlecht aus. Ich wünschte, du wärst nicht so unglücklich. Könntest du jetzt nicht aufhören, daran zu denken, und es auf ein anderes Mal verschieben? Manchmal, wenn man die Dinge auf sich beruhen läßt ... Ich bin nicht sechzehn, ich bin siebzehn. Ich fühl mich wie ein Kind. Ich kann scheint's nur reden, wenn die Leute mich für blutjung halten. Vielleicht magst du's nicht, daß ich so frei heraus bin. Du siehst grün und weiß im Gesicht aus. Gar nicht hübsch. Du hast vorher viel hübscher ausgesehen. Nachdem dein Mann hiergewesen ist, fahr ich dich im Auto spazieren, wenn du Lust hast. Meine Mutter ist tot«, fügte sie leise hinzu.

»Hör zu«, sagte Mrs. Copperfield. »Macht es dir etwas aus, wenn du jetzt gehst ...? Ich würde gern allein sein. Du kannst später wiederkommen.«

»Wann kann ich kommen?«

»Ich weiß nicht; komm halt später; kapierst du nicht? Ich weiß es nicht.«

»Ist gut«, sagte Peggy Gladys. »Vielleicht gehe ich einfach nach unten, rede mit der dicken Frau was oder trink was. Wenn du dann soweit bist, kommst du auch runter. Ich habe drei Tage lang nichts zu tun. Willst du wirklich, daß ich weggehe?«

Mrs. Copperfield nickte.

Peggy Gladys verließ zögernd das Zimmer.

Sobald sie die Tür hinter sich geschlossen hatte, begann Mrs. Copperfield zu zittern. Und zwar so heftig, daß das ganze Bett bebte. Sie litt wie nie zuvor, denn sie wollte nun das tun, was sie schon immer hatte tun wollen. Aber es würde sie nicht glücklich machen. Sie hatte nicht den Mut, von dem, was sie tun wollte, abzulassen. Sie wußte, es würde sie nicht glücklich machen, denn nur die Träume von Verrückten bewahrheiteten sich. Sie dachte, daß sie einzig und allein daran interessiert sei, ihren Traum von neuem lebendig werden zu lassen, dabei jedoch zwangsläufig zum Opfer eines Alptraums werden mußte.

Mr. Copperfield betrat geräuschlos ihr Zimmer. »Wie fühlst du dich jetzt?« fragte er.

»Mir geht's gut«, antwortete sie.

»Wer war das junge Mädchen? Sie ist außerordentlich hübsch – aus der Sicht des Bildhauers.«

»Sie heißt Peggy Gladys.«

»Sie hat sich sehr gut ausgedrückt. Oder täusch ich mich?«

»Sie hat sich blendend ausgedrückt.«

»Hast du eine schöne Zeit gehabt?«

»Ich hab die herrlichste Zeit meines Lebens gehabt«, sagte Mrs. Copperfield und war den Tränen nahe.

»Mir hat's auch Spaß gemacht, Panama City auszukundschaften. Mein Zimmer war nur so ungemütlich. Es war viel zu laut da. Ich konnte nicht schlafen.«

»Warum hast du dir nicht ein schöneres Zimmer in einem besseren Hotel genommen?«

»Du kennst mich doch. Ich hasse es, Geld auszugeben. Ich glaube nie, daß es sich lohnt. Wahrscheinlich hätte ich es tun sollen. Ich hätte auch was trinken sollen. Ich hätte mich besser unterhalten. Hab ich aber nicht.«

Sie schwiegen. Mr. Copperfield trommelte mit den Fingern auf die Kommode. »Ich glaube, wir sollten noch heute abend abreisen«, sagte er, »statt weiter zu bleiben. Es ist schrecklich teuer hier. So bald wird kein anderes Schiff fahren.«

Mrs. Copperfield sagte nichts darauf.

»Meinst du nicht, daß ich recht habe?«

»Ich will nicht weg«, sagte sie und wand sich auf dem Bett.

»Ich verstehe nicht«, sagte Mr. Copperfield.

»Ich kann nicht weg. Ich möchte hierbleiben.«

»Wie lange?«

»Ich weiß nicht.«

»Aber auf die Art kann man keine Reise planen. Vielleicht hast du gar nicht die Absicht, eine Reise zu machen.«

»O doch, ich hab's vor«, sagte Mrs. Copperfield unbestimmt.

»Wirklich?«

»Nein, ich will nicht.«

»Das ist deine Sache«, sagte Mr. Copperfield. »Ich denk nur, dir entgeht eine Menge, wenn du Mittelamerika nicht siehst. Du langweilst dich hier mit Sicherheit, es sei denn, du fängst das Trinken an. Du fängst bestimmt mit dem Trinken an.«

»Warum fährst du nicht allein los und kommst wieder, wenn du genug gesehen hast?« schlug sie vor.

»Ich komm nicht mehr zurück. Schon jetzt kann ich das nicht mehr ansehen mit dir«, sagte Mr. Copperfield. »Du bist schrecklich.« Bei diesen Worten nahm er einen leeren Krug von der Kommode, warf ihn aus dem Fenster auf die Gasse hinunter und verließ das Zimmer.

Eine Stunde später ging Mrs. Copperfield nach unten in die Bar. Sie war angenehm überrascht, Pacifica dort zu finden. Obwohl Pacifica ihr Gesicht überstark gepudert hatte, sah sie müde aus. Sie saß an einem kleinen Tisch und hielt das Geldtäschchen in der Hand.

»Pacifica«, sagte Mrs. Copperfield, »ich hatte keine Ahnung, daß du auf bist. Ich war sicher, du würdest noch schlafen. Ich freu mich so, dich zu sehen.«

»Ich konnte kein Auge zutun. Ich habe eine Viertelstunde geschlafen, und danach konnte ich kein Auge mehr zutun. Jemand wollte mich sprechen.«

Peggy Gladys kam zu Mrs. Copperfield herüber. »Hallo«, sagte sie und fuhr mit der Hand durch Mrs. Copperfields Haar. »Bist du schon bereit, die Fahrt zu machen?«

»Was für eine Fahrt?« fragte Mrs. Copperfield.

»Die mit mir im Wagen.«

»Nein, bin ich nicht«, sagte Mrs. Copperfield.

»Wann denn dann?« fragte Peggy Gladys.

»Ich kauf mir ein Paar Strümpfe«, sagte Pacifica. »Willst du mitkommen, Copperfield?«

»Ja. Gehn wir.«

»Dein Mann sah wütend aus, als er aus dem Hotel ging«, sagte Peggy Gladys. »Hoffentlich habt ihr euch nicht gestritten.«

Mrs. Copperfield ging mit Pacifica durch die Tür. »Entschuldige uns«, rief sie über die Schulter zu Peggy Gladys, die regungslos dastand und ihnen hinterherschaute wie ein verwundetes Tier.

Draußen war es so heiß, daß selbst die biedersten Touristinnen, Gesicht und Ausschnitt feuerrot, die Hüte abnahmen und sich mit dem Taschentuch die Stirn wischten. Um der Hitze zu entkommen, verzogen sich die meisten in die Hindu-Lädchen, wo ihnen der Geschäftsinhaber, wenn es gerade nicht zu voll war, einen kleinen Stuhl anbot, so daß sie sich, ohne müde zu werden, zwanzig bis dreißig Kimonos anschauen konnten.

»Qué calor!« stöhnte Pacifica.

»Zum Teufel mit den Strümpfen«, sagte Mrs. Copperfield, die sich einer Ohnmacht nahe glaubte. »Besorgen wir uns Bier.«

»Wenn du was willst, dann hol's dir selbst. Ich muß Strümpfe haben. Ich finde nackte Beine bei Frauen schrecklich.«

»Nein, ich komm mit dir.« Mrs. Copperfield legte ihre Hand in Pacificas.

»Huch!« rief Pacifica aus und machte sich los. »Wir sind beide zu feucht, Liebling. *Qué barbaridad!*«

Das Geschäft, zu dem Pacifica Mrs. Copperfield schleppte, war winzig. Drinnen war es noch heißer als auf der Straße.

»Du siehst, hier kann man alles mögliche kaufen«, sagte Pacifica. »Ich komm hierher, weil er mich kennt und ich meine Strümpfe für fast nichts bekomme.«

Während Pacifica sich ihre Strümpfe kaufte, schaute sich Mrs. Copperfield an, was es sonst noch in dem Kramladen gab. Pacifica brauchte so lange, daß sich Mrs. Copperfield anfing zu langweilen. Sie trat von einem Fuß auf den anderen. Pacifica feilschte und feilschte. Dunkle Schweißflecken bildeten sich unter ihren Armen, und ihre Nasenflügel glänzten feucht.

Als der Handel getätigt war und Mrs. Copperfield sah, daß der Verkäufer die Strümpfe einpackte, ging sie zu ihm hin und bezahlte. Er wünschte ihr Glück, und sie verließen den Laden.

Zu Hause erwartete sie ein Brief, den ihr Mrs. Quill überreichte.

»Das hat Mr. Copperfield für Sie hinterlassen«, sagte sie. »Ich habe versucht, ihn zum Bleiben zu bewegen und eine Tasse Tee oder ein Bier zu trinken, aber er hatte es eilig. Er sieht aber wirklich gut aus!«

Mrs. Copperfield nahm den Brief und wandte sich zur Bar.

»Hallo, mein Schatz«, sagte Peggy Gladys leise.

Mrs. Copperfield konnte sehen, daß Peggy Gladys völlig betrunken war. Das Haar hing ihr übers Gesicht, und ihre Augen blickten stumpf.

»Vielleicht bist du noch nicht soweit ... aber ich kann lange warten. Ich warte gern. Mir macht's nichts aus, allein zu sein.«

»Entschuldige mich einen Augenblick, ich möchte einen Brief lesen, den ich gerade von meinem Mann bekommen habe«, sagte Mrs. Copperfield. Sie setzte sich hin und riß den Umschlag auf.

Liebe Frieda (las sie),

ich habe nicht die Absicht, grausam zu sein, aber ich werde Dir genau sagen, was ich als Deine Fehler ansehe, und ich hoffe aufrichtig, daß das, was ich hier aufschreibe, etwas bewirkt. Wie die meisten Menschen bis Du nicht fähig, in Deinem Leben mehr als eine Angst zu bewältigen. Auch Du verbringst Deine Zeit damit, Deiner ersten Angst zu entfliehen und zu Deiner ersten Hoffnung zu flüchten. Gib acht, daß Du aufgrund solcher Manöver nicht immer wieder in derselben Ausgangsposition landest. Ich rate Dir, Dein Leben nicht damit zu verbringen, daß Du Dich mit den Dingen umgibst, von denen Du glaubst, sie seien für Deine Existenz notwendig, gleichgültig, ob sie objektiv gesehen an sich interessant sind oder Dir mit Deiner speziellen Mentalität nur so vorkommen. Ich glaube zutiefst, daß nur die Menschen verdienen, reif genannt zu werden, die jenes Stadium erreichen, das es ihnen ermöglicht, eine zweite innere Tragödie durchzustehen, und nicht bloß die erste noch einmal. Wenn Du glaubst, jemand kommt vorwärts, vergewissere Dich, ob er nicht in Wirklichkeit auf der Stelle tritt. Um vorwärtszukommen, muß man viele Dinge hinter sich lassen, wozu die meisten nicht bereit sind. Den ersten Schmerz trägt man wie einen Magneten in seinem Herzen, weil alle Zärtlichkeit von dort ausstrahlt. Man muß ihn sein Leben lang mit sich tragen, sollte aber nicht um ihn kreisen. Man darf nicht nach Zeichen suchen, die nur dazu dienen, einem seine Gegenwart zu vernebeln. Oft wird man die Illusion haben, die Zeichen seien grundverschieden und hätten nichts miteinander zu tun, aber sie bleiben immer dieselben. Wenn Dir nur an einem erträglichen Leben liegt, betrifft Dich dieser Brief vielleicht nicht. Herr im Himmel, ein Schiff, das ausläuft, ist immer noch ein wundervoller Anblick. J. C.

Mrs. Copperfields Herz schlug heftig. Sie zerknüllte den Brief in der Hand und schüttelte mehrmals den Kopf.

»Ich werde dich nie belästigen, es sei denn, du willst was von mir«, sagte Peggy Gladys. Sie schien sich an niemand Bestimmtes zu wenden. Ihre Blicke wanderten von der Dekke zu den Wänden. Sie lächelte vor sich hin.

»Liest gerade einen Brief von ihrem Mann«, sagte sie und ließ den Arm schwer auf den Tresen sinken. »Ich will keinen Mann – niemals – niemals – niemals ...«

Mrs. Copperfield stand auf.

»Pacifica!« schrie sie, *»Pacifica!«*

»Wer ist Pacifica?« fragte Peggy Gladys. »Ich möchte sie kennenlernen. Ist sie so schön wie du? Sag ihr, sie soll hierherkommen ...«

»Schön?« lachte der Barmixer auf. »Schön? Von denen ist keine schön. Sind beides alte Hennen. Du bist schön, auch wenn du sternhagelvoll bist.«

»Bring sie hierher, mein Liebling«, sagte Peggy Gladys und ließ den Kopf auf die Theke sacken.

»Hör mal, dein Spezi ist schon volle zwei Minuten weg von hier. Sie ist Pacifica suchen.«

3

Es war einige Monate später; Miss Goering, Miss Gamelon und Arnold wohnten schon fast vier Wochen in dem Haus, das Miss Goering ausgewählt hatte.

Das Ganze war noch viel düsterer, als Miss Gamelon es sich vorgestellt hatte. Sie hatte keine starke Phantasie, und die Wirklichkeit war für sie oft beängstigender als ihre wildesten Träume. Ihr Zorn auf Miss Goering war jetzt noch größer als vor dem Umzug, und ihre Stimmung war so schlecht, daß kaum eine Stunde verging, ohne daß sie sich bitter über ihr Leben beklagte oder damit drohte, auf Nimmerwiedersehen zu verschwinden. Hinter dem Haus gab es einen mit Gestrüpp bewachsenen Erdwall; wenn man ihn überquerte und einem schmalen Weg durchs Gebüsch folgte, erreichte man bald den Wald. Rechts vom Haus lag eine Wiese, die im Sommer mit Gänseblümchen übersät war und ein ganz angenehmer Anblick gewesen wäre, hätte nicht genau in der Mitte ein ausrangierter rostiger Automotor gelegen. Es gab kaum einen Platz zum Draußensitzen, da die Veranda verrottet war, und so hatten sich alle drei angewöhnt, sich vor dem Haus neben die Küchentür zu setzen, wo sie vor dem Wind geschützt waren. Miss Gamelon litt seit ihrer Ankunft unter der Kälte. Tatsächlich gab es im Haus keine Zentralheizung, sondern nur einige kleine Ölöfen; und wenn der Herbst auch gerade erst angefangen hatte, so war es an manchen Tagen doch schon recht frostig.

Arnold kehrte immer seltener zu seinen Eltern zurück, dagegen fuhr er immer häufiger von Miss Goerings Haus aus mit dem Bummelzug und der Fähre zur City und kam dann nach getaner Arbeit auf die Insel zurück, um hier zu essen und zu schlafen.

Miss Goering nahm Arnolds Anwesenheit kommentarlos hin. Er wurde noch nachlässiger in seiner Kleidung; und in der vergangenen Woche war er dreimal erst gar nicht ins Büro gefahren. Miss Gamelon hatte sich schrecklich darüber aufgeregt.

Eines Tages ruhte sich Arnold in einem der kleinen Schlafzimmer direkt unterm Dach aus, und sie und Miss

Goering saßen vor der Küchentür und wärmten sich in der Nachmittagssonne.

»Dieser Fettwanst da oben«, sagte Miss Gamelon, »wird es am Ende ganz und gar aufgeben, ins Büro zu gehen. Er wird hier mit Sack und Pack einziehen und nur noch essen und schlafen. In einem Jahr wird er schwer wie ein Elefant sein, und Sie werden ihn nie mehr loskriegen. Gott sei Dank bin ich dann wohl nicht mehr hier.«

»Glauben Sie wirklich, er wird in einem Jahr so unglaublich fett werden?« fragte Miss Goering.

»Mit Sicherheit!« sagte Miss Gamelon. Ein plötzlicher Windstoß öffnete die Küchentür. »Ach, wie ich das hasse«, sagte Miss Gamelon heftig und erhob sich, um die Tür zu schließen.

»Außerdem«, fuhr sie fort, »wer hat denn schon jemals von einem Mann gehört, der mit zwei Damen zusammen in einem Haus wohnt, das nicht einmal ein Gästezimmer besitzt, so daß er gezwungen ist, angezogen auf der Couch zu schlafen! Es reicht ja schon, daß es einem den Appetit verschlägt, wenn man durchs Wohnzimmer geht und ihn da von früh bis spät liegen sieht, die Augen zu oder offen, jedenfalls völlig interesselos. Nur ein Vielfraß bringt es fertig, so zu leben. Er ist sogar zu faul dazu, einer von uns den Hof zu machen, was, wie Sie zugeben müssen, völlig unnatürlich ist – sofern Sie überhaupt irgendeine Vorstellung von der männlichen Physis haben. Aber er ist ja auch kein Mann. Er ist ein Elefant.«

»So dick finde ich ihn nun auch wieder nicht«, sagte Miss Goering.

»Jedenfalls habe ich ihm gesagt, daß er sich in meinem Zimmer hinlegen kann, weil ich es nicht mehr aushalte, ihn da auf der Couch herumliegen zu sehen. Und was Sie angeht«, fügte Miss Gamelon hinzu, »meiner Meinung nach sind Sie der gefühlloseste Mensch, den ich je in meinem Leben kennengelernt habe.«

Miss Gamelon machte sich ernsthaft Sorgen – auch wenn sie es sich kaum eingestehen wollte –, daß Miss Goering den Verstand verlieren könnte. Miss Goering schien dünner und nervöser geworden zu sein, und sie bestand darauf, den größten Teil der Hausarbeit selbst zu erledigen. Sie putzte ständig im Haus herum, polierte die Türgriffe und das Silber und versuchte in vielerlei kleinen Dingen das Haus wohnlich zu machen, ohne auch nur irgend etwas von dem zu kaufen, was dafür wirklich nötig war; sie hatte in den letzten Wochen mit einem Mal einen ausgeprägten Geiz an den Tag gelegt und hob nur so viel Geld vom Konto ab, daß sie gerade recht und schlecht leben konnten. Gleichzeitig aber schien sie nichts davon zu halten, daß Arnold für sein Essen aufkam, denn er selbst bot fast nie an, irgend etwas zum Haushalt beizusteuern. Allerdings zahlte er weiterhin seinen Anteil an den Wohnungskosten seiner Familie, was ihm möglicherweise für andere Dinge nur noch wenig übrigließ. Miss Gamelon machte das wütend, denn wenn sie es auch nicht verstand, warum Miss Goering es für nötig hielt, von weniger als einem Zehntel ihres Einkommens zu leben, so hatte sie sich doch dem höchst bescheidenen Lebensstandard angepaßt und war verzweifelt bemüht, mit dem Geld so gut wie möglich auszukommen.

Einige Minuten blieben sie schweigend sitzen. Miss Gamelon dachte gerade intensiv über diese Dinge nach, als plötzlich ein Flacon an ihrem Kopf zerschellte, sie mit Parfum übergoß und ihr eine ziemlich tiefe Schnittwunde auf der Stirn beibrachte. Sie blutete heftig; und einen Augenblick lang saß Miss Gamelon regungslos mit den Händen vor den Augen da.

»Daß es blutet, war wirklich nicht meine Absicht«, sagte Arnold, der sich aus dem Fenster beugte. »Ich wollte ihr nur einen Schrecken einjagen.«

Miss Goering machte unwillkürlich eine mitleidige Bewegung zu ihrer Freundin hin, auch wenn sie immer mehr dazu neigte, in Miss Gamelon das personifizierte Böse zu sehen.

»O je, meine Liebe, ich hole Ihnen was, um die Wunde zu desinfizieren.« Sie lief ins Haus und kam in der Diele an Arnold vorbei. Er stand da mit der Hand auf der Eingangstür und war unschlüssig, ob er bleiben oder hinausgehen sollte. Als Miss Goering mit dem Desinfektionsmittel herunterkam, war Arnold verschwunden.

Es war beinahe Abend, und Miss Gamelon stand mit verbundenem Kopf vor dem Haus. Sie konnte von ihrem Platz aus die Straße zwischen den Bäumen sehen. Ihr Gesicht war leichenblaß und ihre Augen vom ausgiebigen Weinen verquollen. Sie weinte, weil sie zum ersten Mal in ihrem Leben tätlich angegriffen worden war. Je mehr sie darüber nachdachte, desto schlimmer fand sie es, und während sie so vor dem Haus stand, hatte sie zum ersten Mal im Leben Angst. Wie weit sie von zu Hause weg war! Zweimal hatte sie bereits ihre Taschen gepackt und zweimal sich wieder anders entschieden, nur weil sie es nicht übers Herz brachte, Miss Goering zu verlassen, denn auf ihre Art empfand sie, ohne daß es ihr recht bewußt war, eine tiefe Zuneigung für sie. Erst als es dunkel war, ging Miss Gamelon ins Haus.

Miss Goering war furchtbar in Sorge, weil Arnold noch nicht zurück war, obwohl sie sich nicht viel mehr aus ihm machte als am Anfang. Auch sie blieb fast eine Stunde in der Dunkelheit draußen, sie war so unruhig, daß sie es im Haus nicht aushalten konnte.

Unterdessen saß Miss Gamelon im Wohnzimmer am kalten Kamin und glaubte, Gottes allmächtiger Zorn habe sich auf ihr Haupt entladen. Die Welt und ihre Bewohner hatten sich plötzlich ihrem Verständnis entzogen, und sie fühlte sich in großer Gefahr, die ganze Welt ein für allemal zu verlieren – ein schwer zu erklärendes Gefühl.

Jedesmal, wenn sie über ihre Schulter in die Küche schaute und Miss Goerings dunkle Gestalt draußen vor der Tür stehen sah, schien ihr Herz einen Augenblick lang auszusetzen. Endlich kam Miss Goering herein.

»Lucy!« rief sie. Ihre Stimme war klar und deutlich und ein wenig höher als sonst. »Lucy! Gehn wir Arnold suchen.« Sie setzte sich Miss Gamelon gegenüber, ihr Gesicht sah ungewöhnlich strahlend aus.

»Ganz sicher nicht«, sagte Miss Gamelon.

»Aber er wohnt schließlich in meinem Haus«, sagte Miss Goering.

»Ja, in der Tat«, sagte Miss Gamelon.

»Und es ist nur rechtens«, sagte Miss Goering, »daß Leute, die im selben Haus wohnen, aufeinander aufpassen. Das macht man doch immer so, glaube ich, oder?«

»Gewöhnlich paßt man auch besser auf, wen man unter sein Dach läßt«, sagte Miss Gamelon und war hellwach.

»Ach nein, das glaube ich nicht«, sagte Miss Goering. Miss Gamelon seufzte tief und stand auf. »Macht nichts«, sagte sie, »bald werde ich sowieso wieder unter normalen Menschen sein.«

Sie brachen auf und kürzten den Weg zur nächsten Stadt durch den Wald ab; die Stadt lag zu Fuß ungefähr zwanzig

Minuten von ihrem Haus entfernt. Miss Goering kreischte bei jedem ungewohnten Geräusch auf und hielt sich den ganzen Weg an Miss Gamelons Strickjacke fest. Miss Gamelon war mürrisch und schlug vor, auf dem Rückweg die längere Strecke zu nehmen.

Schließlich traten sie aus dem Wald heraus und gingen ein kurzes Stück auf der Landstraße. Beiderseits der Straße befanden sich Restaurants, die hauptsächlich auf Fernfahrer eingestellt waren. Miss Goering entdeckte in einem dieser Restaurants Arnold, der an einem Tisch in der Nähe des Fensters saß und ein Sandwich aß.

»Da ist Arnold«, sagte Miss Goering. »Kommen Sie!« Sie nahm Miss Gamelons Hand und sprang fast in einem Satz zum Restaurant hinüber.

»Wirklich fast zu schön, um wahr zu sein«, sagte Miss Gamelon, »er ißt schon wieder.«

Drinnen war es unerträglich heiß. Sie zogen ihre Jacken aus und setzten sich an Arnolds Tisch.

»Guten Abend«, sagte Arnold. »Ich habe nicht damit gerechnet, Sie hier zu treffen.« Das sagte er zu Miss Goering. Er vermied es, in die Richtung von Miss Gamelon zu blicken.

»Nun«, sagte Miss Gamelon, »wollen Sie uns nicht eine Erklärung abgeben?«

Arnold hatte gerade ein Riesenstück von seinem Sandwich abgebissen, so daß er ihr nicht antworten konnte. Aber er verdrehte die Augen in ihre Richtung. Ob er aufgebracht dreinblickte oder nicht, war bei seinen Hamsterbacken unmöglich zu sagen. Miss Gamelon ärgerte sich maßlos darüber, Miss Goering jedoch saß freundlich lächelnd da, weil sie froh war, beide wieder um sich zu haben.

Endlich hatte Arnold seinen Bissen hinuntergeschluckt.

»Ich brauche gar keine Erklärung abzugeben«, sagte er zu Miss Gamelon und sah jetzt, wo er den Mund leer hatte, sehr mürrisch aus. »*Sie* müssen sich bei mir ausdrücklich dafür entschuldigen, daß Sie mich hassen und das auch Miss Goering mitgeteilt haben.«

»Ich habe ein legitimes Recht darauf, zu hassen, wen ich will«, sagte Miss Gamelon, »und da wir in einem freien Land leben, kann ich es, wenn mir der Sinn danach steht, an jeder Straßenecke ausposaunen.«

»Sie kennen mich gar nicht genug, um mich zu hassen. Sie

haben mich auf jeden Fall ungerecht behandelt, was ausreicht, jeden wütend zu machen, und ich *bin* wütend.«

»Dann verschwinden Sie doch aus dem Haus. Es will Sie sowieso niemand dabehalten.«

»Das ist falsch; Miss Goering will mich sicherlich dahaben, nicht wahr?«

»Ja, Arnold, natürlich«, sagte Miss Goering.

»Es gibt keine Gerechtigkeit«, sagte Miss Gamelon. »Sie beide sind einfach gräßlich«. Sie setzte sich kerzengerade auf; Arnold und Miss Goering starrten auf ihren Verband.

Arnold wischte sich den Mund ab und schob den Teller fort. »Ich bin davon überzeugt«, sagte er, »wir finden Mittel und Wege, daß wir beide in dem Haus leben können.«

»Warum hängen Sie denn so an dem Haus?« schrie ihn Miss Gamelon an. »Das einzige, was Sie tun, ist, sich im Wohnzimmer zum Schlafen hinlegen.«

»Das Haus gibt mir ein gewisses Gefühl der Freiheit.«

Miss Gamelon sah ihn an.

»Sie meinen wohl, eine Möglichkeit, Ihrer Faulheit zu frönen.«

»Hören Sie«, sagte Arnold, »angenommen, ich darf das Wohnzimmer am Vormittag und nach dem Abendessen benutzen. Den Rest des Tages gehört es dann Ihnen.«

»Gut«, sagte Miss Gamelon, »einverstanden, aber daß Sie mir ja nicht am Nachmittag das Zimmer betreten!«

Auf dem Heimweg zeigten sich sowohl Miss Gamelon als auch Arnold recht zufrieden darüber, daß sie sich auf ein Verfahren geeinigt hatten. Jeder dachte, er habe den anderen ausgestochen, und Miss Gamelon malte sich bereits verschiedene angenehme Möglichkeiten aus, wie sie den Nachmittag im Wohnzimmer verbringen würde.

Zu Hause angekommen, ging sie sofort nach oben zum Schlafen. Arnold legte sich in voller Kleidung auf die Couch und zog sich eine gestrickte Decke über. Miss Goering setzte sich in die Küche. Nach einer Weile hörte sie aus dem Wohnzimmer ein Schluchzen. Sie ging hinein und sah Arnold, der in seinen Ärmel weinte.

»Was ist los, Arnold?«

»Ich weiß nicht«, sagte Arnold, »es ist so unschön, wenn da jemand ist, der einen haßt. Vielleicht sollte ich wirklich wieder nach Hause zurück. Aber gerade das mag ich am allerwenigsten, und ich hasse das Immobiliengeschäft, und ich hasse es, daß sie wütend auf mich ist. Können Sie ihr nicht sagen, daß ich so was wie eine Zeit der Anpassung durchmache –, und daß sie doch bitte ein bißchen Geduld haben soll?«

»Aber ja doch, Arnold, ich werde ihr das als erstes in der Früh sagen. Vielleicht fahren Sie morgen zum Büro, dann denkt sie sicher besser über Sie.«

»Meinen Sie?« fragte Arnold und setzte sich in seinem Eifer kerzengerade auf. »Dann mach ich's.« Er erhob sich und stellte sich breitbeinig ans Fenster. »Ich kann's einfach nicht ertragen, daß mich jemand haßt, während ich diese Anpassungszeit durchmache«, sagte er, »und außerdem bin ich Ihnen beiden doch zugetan.«

Als Arnold am folgenden Abend mit je einer Pralinenschachtel für Miss Goering und Miss Gamelon heimkam, war er überrascht, dort seinen Vater vorzufinden. Er saß auf einem unbequemen Eßzimmerstuhl, nahe beim Kamin, trank eine Tasse Tee und hatte eine Autofahrerkappe auf.

»Ich bin hier herausgefahren, Arnold, um zu sehen, wie gut du für diese jungen Damen sorgst. Allem Anschein nach leben sie hier auf einem Misthaufen.«

»Ich begreife nicht, woher du dir als Gast das Recht nimmst, so etwas zu sagen, Vater«, sagte Arnold und überreichte den beiden Damen jeweils feierlich eine Konfektschachtel.

»Mein lieber Sohn; aufgrund meines Alters ist es mir wohl gestattet, eine ganze Menge zu sagen. Vergeßt nicht, für mich seid ihr alle meine Kinder, einschließlich der Prinzessin da drüben.« Mit dem Griff seines Spazierstocks hakte er sich an Miss Goerings Gürtel fest und zog sie zu sich herüber. Sie hätte nie geglaubt, ihn einmal derart ausgelassen zu erleben. Er kam ihr dünner und kleiner vor als in der Nacht, in der sie sich kennengelernt hatten.

»Na, und wo eßt ihr verrückten Hühner denn?« fragte er.

»Wir haben einen viereckigen Tisch in der Küche«, erklärte Miss Gamelon. »Manchmal stellen wir ihn vor den Kamin, aber das ist nicht ganz das Wahre.«

Arnolds Vater räusperte sich, sagte jedoch nichts. Es schien ihn zu ärgern, daß Miss Gamelon das Wort ergriffen hatte.

»Ihr seid alle miteinander verrückt«, sagte er, wobei er

seinen Sohn und Miss Goering anblickte und absichtlich Miss Gamelon ignorierte, »aber ich bin mit von der Partie.«

»Wo ist Ihre Frau?« fragte Miss Goering.

»Vermutlich zu Hause«, sagte Arnolds Vater, »sauer wie 'ne Essiggurke, und auch so herb im Geschmack.«

Miss Gamelon kicherte über seine Bemerkung. Diese Art von Humor fand sie amüsant. Arnold freute sich, daß ihre Laune besser wurde.

»Kommen Sie mit mir nach draußen«, sagte Arnolds Vater zu Miss Goering, »in Wind und Sonnenschein, mein Herz, oder sollte ich lieber sagen, in Wind und Mondenschein? Jedenfalls vergesse ich bestimmt nicht ›mein Herz‹ hinzuzufügen.«

Gemeinsam verließen sie das Zimmer, und Arnolds Vater führte Miss Goering ein kleines Stück weit auf die Wiese.

»Sehen Sie«, sagte er, »ich habe mich entschlossen, wieder einiges von dem aufzunehmen, was mir in meiner Jugend Spaß gemacht hat. Damals hatte ich zum Beispiel Freude an der Natur. Ich habe mich entschlossen, und das sage ich frei heraus, einige meiner Regeln und Ideale über Bord zu werfen und mich wieder von der Natur begeistern zu lassen – das heißt natürlich, wenn Sie gewillt sind, mir zur Seite zu stehen. Davon hängt alles ab.«

»Einverstanden«, sagte Miss Goering, »aber was heißt das konkret?«

»Das heißt«, sagte Arnolds Vater, »daß Sie ganz Frau sein sollen. Verständnisvoll und willens, alles, was ich sage und tue, gutzuheißen. Und gleichzeitig dazu neigen sollten, mich ein klein wenig auszuschimpfen.« Er legte seine eiskalte Hand in die ihre.

»Kehren wir um«, sagte Miss Goering. »Ich möchte ins Haus.« Sie zerrte an seinem Arm, aber er rührte sich nicht. Sie stellte fest, daß er, obwohl er furchtbar altmodisch und ein bißchen lächerlich aussah in seiner Autofahrerkappe, immer noch ziemlich kräftig war. Sie fragte sich, warum er ihr bei ihrer ersten nächtlichen Begegnung soviel vornehmer vorgekommen war.

Sie zerrte halb im Spiel und halb im Ernst heftiger an seinem Arm, und ritzte dabei, ohne es zu wollen, mit ihrem Nagel die Innenseite seines Handgelenks auf. Einige Blutströpfchen traten heraus, was Arnolds Vater dermaßen zu verwirren schien, daß er so schnell er konnte durch die Wiese zum Haus hin stolperte.

Später verkündete er jedem seine Absicht, in Miss Goerings Haus zu übernachten. Sie hatten ein Kaminfeuer angezündet und saßen alle miteinander davor. Arnold war schon zweimal eingenickt.

»Mutter würde sich schreckliche Sorgen machen«, sagte Arnold.

»Sorgen?« sagte sein Vater. »Wahrscheinlich wird sie noch vor morgen früh am Herzschlag sterben; aber was soll's, was ist das Leben denn mehr als ein Rauchwölkchen, ein Blatt oder eine Kerze, die sowieso bald heruntergebrannt ist?«

»Tu doch nicht so, als nähmst du das Leben nicht ernst«, sagte Arnold, »und tu nicht so, als wärst du ein Leichtfuß, bloß weil Damen anwesend sind. Du bist einer von der düsteren Sorte, jemand, der sich ständig beunruhigt, und das weißt du ganz genau.«

Arnolds Vater hustete. Er schien etwas aus der Fassung.

»Ich bin da anderer Ansicht als du«, sagte er.

Miss Goering führte ihn nach oben in ihr Schlafzimmer.

»Hoffentlich haben Sie einen ruhigen Schlaf«, sagte sie. »Sie wissen ja, ich bin entzückt, Sie in meinem Haus zu haben, wann immer Sie wollen.«

Arnolds Vater deutete auf die Bäume vor dem Fenster.

»O Nacht!« sagte er. »Sanft wie die Wange einer Jungfrau, und so geheimnisvoll wie die brütende Eule, wie der Orient, der turbangeschmückte Kopf des Sultans. Wie lang hab ich deiner nicht geachtet im Schein meiner Leselampe, in Anspruch genommen von mannigfachen Beschäftigungen, denen ich nun zu deinen Gunsten abgeschworen habe. Nimm meine Entschuldigung und laß mich der Schar deiner Söhne und Töchter angehören! Sie sehen«, wandte er sich an Miss Goering, »Sie sehen, ich habe wirklich ein neues Kapitel aufgeschlagen in meinem Leben; ich glaube, wir verstehen uns jetzt. Sie dürfen nie denken, die Menschen seien nur aus einem Holz geschnitzt. Alles, was ich Ihnen neulich nachts gesagt habe, war falsch.«

»Oh«, sagte Miss Goering etwas irritiert.

»Ja, mir liegt jetzt daran, ein völlig neuer Mensch zu werden, der so grundverschieden ist von seinem früheren Ich wie das A vom Z. Das war ein wunderschöner Anfang. Ein gutes Omen, heißt es wohl.«

Er streckte sich auf dem Bett aus, und noch während

Miss Goering ihn ansah, schlief er ein und fing bald an zu schnarchen. Sie warf ihm eine Decke über und verließ tief verwirrt das Zimmer.

Unten setzte sie sich zu den anderen vor den Kamin. Sie tranken heißen Tee mit einem Schuß Rum.

Miss Gamelon entspannte sich. »Es gibt nichts Besseres auf der Welt, um die Nerven zu beruhigen«, sagte sie, »und auch, um die Ecken und Kanten im Leben zu glätten. Arnold hat mir von seinen Fortschritten im Büro seines Onkels erzählt. Wie er als Botenjunge anfing und sich jetzt nach oben gearbeitet hat als einer der Hauptmakler im Büro. Wir haben uns hier vor dem Kamin aufs angenehmste unterhalten. Ich glaube, Arnold hat seinen ausgeprägten Geschäftssinn bisher vor uns verborgen.«

Arnold sah etwas bekümmert drein. Er hatte noch immer Angst, er könnte Miss Goering mißfallen.

»Miss Gamelon und ich werden uns morgen erkundigen, ob es einen Golfplatz auf der Insel gibt. Wir haben unser gemeinsames Interesse am Golfspielen entdeckt«, sagte er.

Miss Goering konnte Arnolds plötzlichen Sinneswandel nicht nachvollziehen. Er tat so, als sei er gerade in seinem Urlaubshotel eingetroffen und nun mit Eifer dabei, die Ferien möglichst angenehm zu gestalten. Auch Miss Gamelon überraschte sie etwas, aber sie sagte nichts.

»Golf wäre herrlich für Sie«, sagte Miss Gamelon zu Miss Goering, »würde wahrscheinlich schon nach einer Woche Ihre Lebensgeister wecken.«

»Hm«, sagte Arnold vorsichtig, »vielleicht liegt's ihr nicht.«

»Ich mag keinen Sport«, sagte Miss Goering, »beim Sport habe ich mehr als bei sonst irgend etwas das schreckliche Gefühl zu sündigen.«

»Im Gegenteil«, widersprach Miss Gamelon, »gerade das tut man beim Sport nie.«

»Lucy, Liebes. Seien Sie doch nicht so kategorisch«, sagte Miss Goering. »Ich glaube, ich habe meinem Innenleben genügend Aufmerksamkeit geschenkt, und ich kenne mich wohl besser in meinen Gefühlen aus als Sie.«

»Sport«, erwiderte Miss Gamelon darauf, »kann einem nie ein Gefühl der Sünde geben; aber viel interessanter ist doch, daß Sie nie länger als fünf Minuten ruhig dasitzen können, ohne das Gespräch auf irgend etwas Abstruses zu bringen. Ich bin überzeugt, Sie haben es geradezu darauf angelegt.«

Am nächsten Morgen kam Arnolds Vater mit offenem Hemdkragen und ohne Weste herunter. Er hatte sich das Haar etwas zerzaust, so daß er nun wie ein alter Künstler aussah.

»Was in aller Welt wird Mutter bloß machen?« fragte ihn Arnold beim Frühstück.

»Larifari!« sagte Arnolds Vater. »Du nennst dich Künstler und verstehst es nicht mal, verantwortungslos zu sein. Die Schönheit des Künstlers liegt in seiner kindlichen Seele.« Er berührte Miss Goerings Hand mit der seinen. Sie konnte nicht umhin, an die Rede zu denken, die er gehalten hatte, als er in der Nacht in ihr Schlafzimmer gekommen war; er hatte das genaue Gegenteil von dem behauptet, was er jetzt sagte.

»Wenn deine Mutter wirklich leben will, dann wird sie es tun; vorausgesetzt, sie ist bereit, alles hinter sich zu lassen wie ich«, fügte er hinzu.

Miss Gamelon war ein wenig aus der Fassung gebracht durch diesen älteren Herrn, der, wie es schien, gerade eine folgenschwere Änderung in seinem Leben vollzogen hatte. Aber wirklich neugierig war sie auf ihn nicht.

»Nun«, sagte Arnold, »vermutlich versorgst du sie noch mit Geld, damit sie die Miete zahlen kann. Ich werde meinen Anteil weiterhin zahlen.«

»Gewiß doch«, sagte sein Vater. »Ich bleibe immer Gentleman, auch wenn ich gestehen muß, daß diese Verpflichtung schwer auf mir lastet, wie ein Mühlstein um den Hals. Und jetzt«, fuhr er fort, »laßt mich raus und den Einkauf für den Tag machen. Ich fühl mich imstande, einen Hundert-Meter-Lauf zu absolvieren.«

Miss Gamelon saß mit gefurchter Stirn da und fragte sich, ob Miss Goering es diesem verrückten Alten erlauben werde, ebenfalls in diesem bereits überfüllten Haus zu wohnen.

Er machte sich wenig später auf in die Stadt. Sie riefen vom Fenster aus hinter ihm her und drängten ihn, umzukehren und den Mantel anzuziehen, aber er schüttelte den Kopf und zeigte auf den Himmel.

Am Nachmittag stellte Miss Goering ernsthafte Überlegungen an. Sie ging vor der Küchentüre auf und ab. Das Haus war für sie bereits zu einem freundlichen und vertrauten Ort geworden, in dem sie nur allzugern ihr Zuhause sah.

Sie kam daher zu dem Schluß, daß es für sie an der Zeit sei, kleine Ausflüge ans Ende der Insel zu unternehmen, von wo aus sie die Fähre nehmen und zum Festland hinüberfahren könnte. Schon die Vorstellung war ihr verhaßt, da sie sich über die Unannehmlichkeiten des Unterfangens im klaren war, und je mehr sie darüber nachdachte, desto reizvoller erschien ihr das Leben in dem kleinen Haus, bis sie sich schließlich einbildete, es summe geradezu vor Fröhlichkeit. Um sich in ihrem Entschluß zu bestärken, den Ausflug noch an diesem Abend zu machen, ging sie in ihr Schlafzimmer und legte fünfzig Cent auf die Kommode.

Nach dem Essen kündigte sie an, sie wolle allein mit dem Zug verreisen, worauf Miss Gamelon vor Empörung fast weinte. Arnolds Vater sagte, er halte »eine Zugfahrt ins Blaue«, wie er es nannte, für eine herrliche Idee. Als Miss Gamelon hörte, wie er Miss Goering darin auch noch ermutigte, konnte sie sich nicht länger beherrschen und stürzte nach oben in ihr Schlafzimmer. Arnold verließ hastig den Tisch und polterte die Treppe hinauf.

Arnolds Vater bat Miss Goering, ihm zu erlauben, sie zu begleiten.

»Nicht dieses Mal«, wehrte sie ab, »ich muß allein gehen.« Arnolds Vater ließ sich seine Hochstimmung nicht verderben, auch wenn er gestand, wie enttäuscht er sei. Nichts schien seiner guten Laune etwas anhaben zu können.

»Einfach so in die Nacht aufzubrechen«, sagte er, »ist genau nach meinem Geschmack, und ich finde es ganz schön gemein von Ihnen, daß Sie mir nicht gestatten, mit Ihnen zu kommen.«

»Ich tu's nicht zum Spaß«, sagte Miss Goering, »sondern weil es für mich notwendig ist.«

»Und ich flehe Sie nochmals an«, sagte Arnolds Vater, überging die tiefere Bedeutung dieser Bemerkung und kniete sich mühsam hin, »ich flehe Sie an, mich mitzunehmen.«

»Ach bitte, mein Lieber«, sagte Miss Goering, »bitte machen Sie es mir nicht schwer. Ich habe keinen sehr starken Charakter.«

Arnolds Vater sprang mit einem Satz auf: »Schwermachen möchte ich Ihnen selbstverständlich nichts.« Er küßte sie aufs Handgelenk und wünschte ihr alles Gute. »Glauben Sie, die beiden Turteltauben werden mit mir sprechen?« fragte er. »Oder meinen Sie, die bleiben die Nacht über zusammen in ihrem Taubenschlag eingeschlossen? Ich hab's gar nicht gern, allein zu sein.«

»Ich auch nicht«, antwortete Miss Goering. »Trommeln Sie an die Tür; sie werden schon mit Ihnen sprechen. Auf Wiedersehn . . .«

Miss Goering entschloß sich, die Landstraße zu gehen, da es schon zu dunkel war, um zu dieser Zeit noch den Wald zu durchqueren. Am Nachmittag hatte sie sich den Waldweg als Pflicht auferlegt, später jedoch entschieden, daß es heller Wahnsinn sei, auch nur daran zu denken. Draußen war es kalt und windig, und sie hüllte sich fester in ihr Umhängetuch ein. Sie hatte noch immer eine Vorliebe für wollene Tücher, obwohl sie seit vielen Jahren aus der Mode waren. Miss Goering blickte zum Himmel hinauf, suchte ihn nach Sternen ab und hoffte inbrünstig, ein paar zu entdecken. Lange Zeit blieb sie reglos stehen und wußte nicht, ob die Nacht sternklar war oder nicht; denn obwohl sie den Himmel unentwegt beobachtete, ohne auch nur einmal den Blick zu senken, schienen die Sterne nur rasch aufzublitzen und wieder zu verschwinden, daß sie eher Visionen glichen als wirklichen Sternen. Das, sagte sie sich, kommt wohl daher, daß die Wolken so schnell über den Himmel jagen und die Sterne einen Augenblick lang verhüllen und im nächsten wieder freigeben. Sie ging weiter zum Bahnhof.

Als sie dort ankam, war sie überrascht, acht oder neun Kinder vorzufinden. Sie waren vor ihr eingetroffen, und jedes trug eine große blaugoldene Schulfahne. Die Kinder redeten kaum, sondern waren ganz damit beschäftigt, mit Wucht von einem Bein aufs andere zu hüpfen. Da sie das alle zugleich taten, bebte die schmale Holzplattform abscheulich, und Miss Goering fragte sich, ob sie die Kinder nicht darauf hinweisen sollte. Bald darauf fuhr jedoch der Zug in den Bahnhof ein, und alle stiegen ein. Miss Goering setzte sich auf einen Platz am Gang, auf der anderen Seite saß eine stämmige Frau mittleren Alters. Sie und Miss Goering waren außer den Kindern die einzigen Passagiere im Waggon. Miss Goering schaute sie interessiert an.

Sie trug Handschuhe und einen Hut und saß kerzengerade da. In ihrer rechten Hand hielt sie ein langes dünnes Päckchen, das aussah wie eine Fliegenklatsche. Die Frau stierte vor sich hin, und in ihrem Gesicht bewegte sich kein

Muskel. Weitere Päckchen lagen ordentlich gestapelt neben ihr auf dem Sitz. Miss Goering beobachtete sie und hoffte, daß sie auch bis ans Ende der Insel fuhr. Der Zug setzte sich in Bewegung, und die Frau legte ihre freie Hand auf die Päckchen neben sich, damit sie nicht herunterfielen.

Die Kinder hatten sich zum größeren Teil auf zwei Plätze zusammengedrängt, und diejenigen, die sich woanders hätten hinsetzen müssen, zogen es vor, um die besetzten Plätze herumzustehen. Bald schon begannen sie Lieder zu singen, und zwar sämtlich zum Lobpreis der Schule, aus der sie kamen. Sie sangen so schlecht, daß Miss Goering es kaum aushalten konnte. Sie erhob sich von ihrem Platz und wollte so rasch wie möglich zu den Kindern, achtete jedoch nicht auf das Schlingern des Zuges und stolperte in ihrer Hast. Sie fiel in unmittelbarer Nähe der singenden Kinder der Länge nach hin.

Sie rappelte sich wieder auf, wenn auch mit blutendem Kinn. Als erstes bat sie die Kinder inständig, mit dem Singen aufzuhören. Sie starrten sie nur an. Dann zog sie ein kleines Spitzentaschentuch hervor und tupfte sich das Blut vom Kinn. Kurz darauf hielt der Zug, und die Kinder stiegen aus. Miss Goering ging zum Waggonende durch und füllte einen Pappbecher mit Wasser. Beunruhigt fragte sie sich, während sie sich in dem dunklen Gang das Kinn abwischte, ob die Dame mit der Fliegenklatsche im Abteil geblieben war. Als sie zu ihrem Platz zurückkam, sah sie mit großer Erleichterung, daß die Dame nicht ausgestiegen war. Noch immer hielt sie die Fliegenklatsche in der Hand, den Kopf aber hatte sie nach links gewandt und schaute auf die kleine Bahnstation hinaus.

Ich glaube nicht, sagte sich Miss Goering, daß es unangebracht wäre, wenn ich den Platz wechselte und mich der Frau gegenübersetze. Schließlich ist es für zwei Damen doch wohl ganz natürlich, wenn sie sich in einem solchen Vorstadtzug näherrücken, noch dazu auf einer so kleinen Insel.

Geräuschlos glitt sie auf den Platz der Frau gegenüber und kümmerte sich weiter um ihr Kinn. Der Zug war wieder angefahren, und die Frau stierte immer angestrengter aus dem Fenster, um Miss Goerings Blick auszuweichen, denn Miss Goering hatte für gewisse Leute etwas Beunruhigendes an sich: vielleicht weil ihr Gesicht gerötet und exaltiert aussah und sie ausgefallen gekleidet war.

»Bin ich froh, daß die Kinder ausgestiegen sind«, sagte Miss Goering, »jetzt ist es richtig angenehm im Zug.«

Es fing an zu regnen, und die Frau preßte die Stirn ans Fenster, um die schräg laufenden Wassertropfen auf der Scheibe aus nächster Nähe anzuschauen. Sie gab Miss Goering keine Antwort. Miss Goering versuchte es von neuem, denn sie war es gewohnt, anderen Leuten ein Gespräch aufzuzwingen: ihre Ängste waren nie gesellschaftlicher Natur.

»Wohin fahren Sie?« erkundigte sich Miss Goering einmal, weil es sie wirklich interessierte, ob die Frau bis ans Ende der Insel fahren würde, und zum anderen, weil sie meinte, das sei eine ziemlich unverfängliche Frage. Die Frau forschte aufmerksam in ihrem Gesicht.

»Nach Hause«, sagte sie mit lustloser Stimme.

»Und wohnen Sie auf der Insel?« fragte Miss Goering weiter. »Ein wirklich bezaubernder Flecken«, fügte sie hinzu.

Die Frau antwortete nicht, statt dessen begann sie sich ihre Päckchen aufzuladen.

»Wo genau wohnen Sie?« bohrte Miss Goering weiter. Die Blicke der Frau schweiften unruhig durch das Abteil.

»Glensdale«, antwortete sie zögernd, und obwohl Miss Goering Kränkungen gegenüber nicht empfindlich war, spürte sie, daß die Frau sie anlog. Das schmerzte sie sehr.

»Warum lügen Sie mich an?« fragte sie. »Ich versichere Ihnen, ich bin eine Dame genau wie Sie.«

Die Frau hatte mittlerweile all ihre Kraft zusammengenommen und schien selbstsicherer geworden zu sein. Sie sah Miss Goering direkt in die Augen.

»Ich wohne in Glensdale«, sagte sie, »und zwar schon mein Leben lang. Ich fahr zu einer Freundin in einer Stadt etwas weiter von hier.«

»Warum jage ich Ihnen bloß solche Angst ein?« fragte Miss Goering. »Ich hätte mich gern mit Ihnen unterhalten.«

»Ich halte das keine Minute länger aus«, sagte die Frau mehr zu sich selbst als zu Miss Goering. »Ich hab schon genug Kummer im Leben, als daß ich mich noch mit Verrückten abgeben muß.«

Plötzlich griff sie nach ihrem Schirm und versetzte Miss Goering einen derben Schlag auf die Knöchel. Ihr Gesicht war stark gerötet, und Miss Goering kam zu dem Schluß, daß sie trotz ihres durch und durch bürgerlichen Aussehens von Natur aus hysterisch war, doch da sie schon viele Frauen dieser Sorte kennengelernt hatte, beschloß sie, sich von nun an durch nichts aus der Fassung bringen zu lassen, was immer die Frau auch tun würde. Die Frau verließ ihren Platz mit all ihren Päckchen und ihrem Schirm und kam nur mit Mühe den Gang hinunter. Kurz darauf kehrte sie, gefolgt vom Schaffner, zurück.

Sie blieben neben Miss Goering stehen, die Frau hinter dem Schaffner. Der Schaffner, ein alter Mann, beugte sich zu Miss Goering herunter, so daß er ihr fast seinen Atem ins Gesicht blies.

»Hier könn'se nicht einfach jemand ansprechen«, sagte er, »außer Sie kennen die Person.« Seine Stimme klang sanftmütig. Dann blickte er über die Schulter zu der Frau, die zwar noch immer beunruhigt aussah, aber schon viel gefaßter wirkte.

»Das nächste Mal«, sagte der Schaffner, der wirklich nicht wußte, was er sonst noch sagen sollte, »das nächste Mal, wenn Sie mit diesem Zug fahren, bleiben Sie auf Ihrem Platz und belästigen niemanden. Und wenn Sie die Uhrzeit wissen wollen, können Sie die Leute ohne Trara danach fragen, oder Sie geben mir einfach ein Zeichen mit der Hand, und ich werde bereitwillig all Ihre Fragen beantworten.« Er richtete sich auf, stand reglos einen Augenblick da und überlegte, was er wohl noch sagen könnte. »Vergessen Sie nicht«, fügte er hinzu, »und sagen Sie das auch Ihren Verwandten und Freunden. Vergessen Sie also nicht, Hunde sind in diesem Zug nicht gestattet, auch keine verkleideten Personen, es sei denn, sie haben einen großen schweren Mantel übergezogen; und jetzt kein weiteres Aufsehen«. Er fuchtelte mit erhobenem Zeigefinger, tippte zu der Frau gewandt an seine Mütze und ging seines Weges.

Etwa zwei Minuten später lief der Zug in einen Bahnhof ein, und die Frau stieg aus. Miss Goering hielt ängstlich Ausschau nach ihr, sah aber nichts als einen leeren Bahnsteig und ein paar dunkle Büsche. Sie preßte sich die Hand aufs Herz und lächelte.

Als sie das Ende der Insel erreichte, hatte der Regen aufgehört, und hin und wieder funkelten die Sterne. Sie mußte einen langen schmalen Plankenweg hinuntergehen, der den Zug und den Landungssteg der Fähre miteinander verband. Viele Latten hatten sich gelockert, und Miss Goering mußte sehr vorsichtig sein, wohin sie trat. Sie seufzte voller Ungeduld, denn es kam ihr vor, als sei, solange sie auf dem Plankenweg war, noch nicht entschieden, ob sie auch tatsächlich die Fähre besteigen würde. Jetzt, da sie sich ihrem Ziel näherte, fühlte sie, daß sie diesen ganzen Ausflug schnellstens hinter sich bringen und bald wieder zurück sein könnte bei Arnold und seinem Vater und Miss Gamelon.

Der Holzsteg war nur in Abständen beleuchtet, und es gab lange Strecken, die sie im Dunkeln gehen mußte. Miss Goering, die normalerweise so furchtsam war, hatte nicht die geringste Angst. Sie spürte sogar eine Art freudiger Erregung, wie sie bei bestimmten unausgeglichenen, aber zuversichtlichen Menschen auftritt, wenn sie sich dem Gegenstand ihrer Angst nähern. Immer behender wich sie den lokkeren Planken aus oder setzte in kleinen Sprüngen über sie hinweg. Bald konnte sie am Ende des Stegs den Anlegeplatz erkennen. Er war hell erleuchtet, und die Stadtverwaltung hatte mitten auf der Plattform einen mächtigen Fahnenmast errichtet. Die Flagge war in breiten Bahnen um den Mast gewickelt, doch Miss Goering konnte leicht die rotweißen Streifen und die Sterne erkennen. Es entzückte sie, die Flagge hier in diesem abgelegenen Nest zu sehen, denn sie hatte nicht vermutet, am Ende der Insel überhaupt auf irgendwas Zivilisiertes zu stoßen.

Ist ja klar, die Leute leben hier schon seit Jahren, sagte sie sich. Seltsam, daß ich daran nicht früher gedacht habe. Sie leben ganz normal, mit ihren Familien und Verwandten, ihren Einkaufsläden um die Ecke, ihrem Sinn für Anstand und Moral, und bestimmt haben sie ihre Einrichtungen, um die Kriminellen in der Gemeinde zu bekämpfen. Nachdem sie sich das in Erinnerung gerufen hatte, fühlte sie sich beinahe glücklich.

Sie war die einzige, die auf die Fähre wartete. Als sie an Bord war, ging sie sofort zum Bug und beobachtete das Festland, bis sie das gegenüberliegende Ufer erreichten. Der Anlegeplatz der Fähre war am Fuß eines Weges, der kurz und steil anstieg und oben auf der Höhe in die Hauptstraße einmündete. Die Lastwagen mußten auf der Anhöhe halten, ihre Fracht wurde auf Schubkarren verladen, die dann vorsichtig zum Kai hinuntergerollt wurden. Sah man vom Kai hinauf, konnte man am Ende der Hauptstraße die Schmalseiten der beiden Einkaufsläden sehen, und das war fast schon alles. Der Weg war links und rechts so hell beleuchtet, daß Miss Goering die Kleidung der Leute, die den Hügel herunterkamen zur Fähre, in den meisten Einzelheiten erkennen konnte.

Ihr kamen drei junge Frauen entgegen, die sich untergehakt hatten und kicherten. Sie hatten sich alle in Schale geworfen und bemühten sich, einander und zugleich ihre Hüte festzuhalten. Sie kamen daher nur im Schneckentempo voran, und auf halbem Weg riefen sie jemandem etwas zu, der auf dem Dock in der Nähe der Stelle stand, wo die Fähre festgemacht hatte.

»Fahr ja nicht ohne uns ab, George!« schrien sie ihm zu, und er winkte freundlich zurück.

Zahlreiche junge Männer stiegen den Hügel herunter, und auch sie schienen für einen besonderen Anlaß angezogen. Ihre Schuhe waren frisch geputzt, und viele hatten Blumen im Knopfloch. Selbst diejenigen, die lange nach den drei jungen Frauen losgegangen waren, überholten diese rasch. Jedesmal, wenn jemand an den Mädchen vorbeiging, brachen sie in Gelächter aus, das Miss Goering von ihrem Platz aus noch hören konnte. Immer mehr Leute erschienen auf der Anhöhe, und die meisten waren, so kam es Miss Goering vor, nicht älter als dreißig. Sie trat beiseite, und bald schon schwatzten und lachten die jungen Leute auf dem Vordeck und der Brücke der Fähre. Miss Goering war ausgesprochen neugierig zu erfahren, wohin sie wohl fuhren, doch ihre gute Stimmung war beträchtlich gesunken, als sie Zeugin dieses Exodus wurde, den sie als böses Omen ansah. Sie entschied sich schließlich, einen jungen Mann zu fragen, der nicht weit von ihr noch auf dem Kai stand.

»Junger Mann«, sprach sie ihn an, »hätten Sie etwas dagegen, mir zu sagen, ob Sie eigentlich alle gemeinsam auf ein Fest gehen oder ob das hier nur ein zufälliges Treffen ist?«

»Soweit mir bekannt, fahren wir alle zum selben Ort«, sagte der junge Mann.

»Hm, und könnten Sie mir sagen, wo das ist?« wollte Miss Goering wissen.

»Pig Snout's Hook«, antwortete er. In diesem Augenblick heulte die Schiffssirene. Der junge Mann verabschiedete sich hastig von Miss Goering und rannte aufs Schiff, zu seinen Freunden auf dem Vordeck.

Miss Goering mühte sich mutterseelenallein den Berg hinauf. Sie hielt den Blick auf die Wand des letzten Geschäftes der Hauptstraße gerichtet. Ein Reklamemaler hatte auf die eine Hälfte der Wand in knalligen Rosatönen riesengroß ein Babygesicht gemalt und auf die andere einen gigantischen Schnuller. Miss Goering fragte sich, was wohl dieses Pig Snout's Hook sei. Oben auf der Anhöhe war sie ziemlich enttäuscht, als sie feststellte, daß die Hauptstraße fast leer und nur trübe beleuchtet war. Vielleicht hatte sie sich in die Irre führen lassen durch die aufdringlichen Farben der Schnullerreklame und halb gehofft, die ganze Stadt würde ähnlich grell aussehen.

Bevor sie weiter die Hauptstraße hinunterging, wollte sie sich die Reklame genauer anschauen. Dazu mußte sie ein Stück freies Feld überqueren. Dicht bei der Reklamewand bemerkte sie einen alten Mann, der sich über einige Lattenkisten beugte und versuchte, die Nägel aus den Brettern zu ziehen. Sie wollte ihn fragen, ob er wußte, wo Pig Snout's Hook sei.

Sie ging auf ihn zu, stand dann eine Weile da und beobachtete ihn, bevor sie ihre Frage stellte. Der Mann trug eine grünkarierte Jacke und ein Käppi aus demselben Stoff. Verbissen bemühte er sich, mit einem dünnen Stöckchen als Werkzeug einen Nagel aus der Lattenkiste herauszustemmen.

»Entschuldigen Sie«, sprach Miss Goering ihn schließlich an, »aber ich möchte gern wissen, wo Pig Snout's Hook ist und auch, warum so viele Leute dort hingehen, falls Sie das wissen.«

Der Mann plagte sich weiter mit dem Nagel ab, doch Miss Goering merkte, daß er wirklich an ihrer Frage interessiert war.

»Pig Snout's Hook?« sagte der Mann. »Ganz einfach. Das ist ein neues Lokal, ein Nachtclub.«

»Gehn dort alle hin?« fragte Miss Goering.

»Wenn sie blöd genug sind, ja!«

»Warum sagen Sie so was?«

»Warum ich das sage?« begann der Mann, indem er sich endlich erhob und sein Stöckchen in die Tasche steckte. »Warum ich das sage? Weil die Leute dort hingehen und es spaßig finden, sich übers Ohr hauen zu lassen. Es gibt da Pferdefleisch und sonst nichts, ehrlich. Und so dünn und nich' mal rot. Ganz grau ist das Zeug, nicht die Spur von einer Kartoffel, und der ganze Spaß kostet auch noch ein Heidengeld. Außerdem sind die Leute doch alle arm wie Kirchenmäuse, nicht ein Funken Verstand in der ganzen Sippschaft, kennen einfach das Leben nicht. Wie eine Hundemeute, die an der Koppel zerrt.«

»Und gehen sie wirklich alle zusammen jeden Abend zum Pig Snout's Hook?«

»Ich weiß nicht, wann man hier zum Pig Snout's Hook geht«, antwortete der Mann, »genausowenig wie ich weiß, was Kakerlaken nachts so treiben.«

»Hm, was ist denn so Schlimmes an dem Lokal?« fragte Miss Goering.

»Eines ist auf jeden Fall faul«, sagte der Mann und erwärmte sich mehr und mehr für die Sache, »und das ist der Nigger, den sie da haben. Der hopst den ganzen Tag in seinem Zimmer vorm Spiegel auf und ab, bis ihm der Schweiß läuft, und dasselbe tut er dann vor diesen Jüngelchen und Mädchen, und die halten das dann für Musik. Er hat ein teures Instrument, das ist richtig, denn ich weiß, wo der das gekauft hat, womit ich nicht behaupten will, daß er's bezahlt hätte, jedenfalls steckt er sich's ins Maul und bewegt seine langen Arme wie Spinnenbeine, und die Leute wollen bloß noch ihn hören.«

»Es gibt halt welche«, sagte Miss Goering, »die mögen diese Art von Musik.«

»Ja«, sagte der Mann, »bestimmte Leute mögen diese Art von Musik, das stimmt, und es gibt Leute, die wohnen zusammen und essen splitternackt zusammen an einem Tisch, das ganze Jahr über, und es gibt andere, über die wir beide Bescheid wissen« – er schaute sehr geheimnisvoll drein –, »aber zu meiner Zeit«, fuhr er fort, »war das Geld sein Pfund Zucker oder Butter oder Schweineschmalz noch wert. Wenn wir ausgegangen sind, haben wir gekriegt, für was wir bezahlt haben, und obendrein noch einen Hund, der durch brennende Reifen sprang, und Steaks so groß wie Wagenräder.«

»Was meinen Sie damit?« fragte Miss Goering, »– ein Hund, der durch brennende Reifen springt?«

»Na«, sagte der Mann, »wenn man die Ausdauer und Geduld hat und 'ne Menge Kopfschmerzen in Kauf nimmt, kann man sie zu allem möglichen abrichten. Sie nehmen einen Reifen, stecken ihn rundherum in Brand, und diese

Pudel, wenn sie es in sich haben, segeln die da durch wie die Vöglein in der Luft. Natürlich sieht man so was selten, aber hier in dieser Stadt, da sind sie schon mitten durch brennende Reifen geflogen. Natürlich waren die Leute damals schlauer und haben besser auf ihr Geld aufgepaßt und wollten nicht so einen aufundabhüpfenden Schwarzen sehen. Sie haben lieber ihr Dach neu gedeckt.« Er lachte.

»Und konnte man sich das alles in einem Lokal anschauen, das an der Stelle war, wo heute Pig Snout's Hook ist?« fragte Miss Goering. »Verstehen Sie, auf was ich hinaus will?«

»Da ganz bestimmt nicht!« sagte der Mann heftig. »Hier war das, auf dieser Flußseite, in einem richtigen Theater mit drei verschiedenen Eintrittspreisen, und jeden Abend eine Aufführung und dreimal die Woche nachmittags.«

»Also dann«, entgegnete Miss Goering, »ist das doch etwas ganz anderes, nicht? Denn immerhin ist Pig Snout's Hook ein Nachtclub, wie Sie vor ein paar Minuten selbst gesagt haben, und das, wo die Pudel durch die brennenden Reifen gesprungen sind, war ein Theater; also kann man das eigentlich nicht miteinander vergleichen.«

Der alte Mann hockte sich wieder hin und versuchte, die Nägel aus den Latten zu ziehen, indem er sein Stöckchen zwischen Nagelkopf und Holz preßte.

Miss Goering wußte nicht recht weiter, aber es war ihr angenehmer, mit ihm zu reden, als jetzt allein die Hauptstraße entlangzugehen. Sie spürte, daß er ein wenig verärgert war, so daß sie sich vornahm, ihre nächste Frage in merklich versöhnlicherem Ton zu stellen.

»Sagen Sie mir«, fragte sie, »ist das Lokal denn gefährlich, oder verschwendet man da nur seine Zeit?«

»Gefährlich ist gar kein Ausdruck, das steht fest«, antwortete der Mann ohne Umschweife, und seine schlechte Laune schien wie weggeblasen. »Ja, natürlich ist es dort gefährlich. Da sind so Italiener, die das Lokal führen, und drumherum sind nichts wie Wiesen und Wälder!« Er sah sie an, als wollte er sagen: Deutlicher muß ich wohl nicht werden, oder?

Für einen Augenblick spürte Miss Goering, daß er auf dem Gebiet eine Autorität war, und erwiderte seinen Blick mit allergrößtem Ernst. »Aber können Sie das denn nicht ganz einfach herauskriegen«, fragte sie, »ob diese Jugendlichen alle heil heimgekommen sind? Wenn's nötig ist, brauchen Sie sich ja nur da oben hinzustellen und zuzusehen, wie sie die Fähre verlassen.« Der alte Mann hob sein Stöckchen und nahm Miss Goering am Arm.

»Kommen Sie mit«, sagte er, »und lassen Sie sich ein für allemal überzeugen.« Er führte sie an den Rand der Anhöhe, und sie schauten hinunter auf die hellerleuchtete Straße, die zum Dock führte. Die Fähre war nicht da, aber der Fahrkartenverkäufer war deutlich sichtbar in seinem Häuschen, ebenso das Seil, mit dem die Fähre am Pfosten festgemacht wurde; selbst das gegenüberliegende Ufer war zu sehen. Miss Goering betrachtete aufmerksam alle Einzelheiten der Szenerie und wartete begierig auf das, was der alte Mann sagen würde.

»Nun«, sagte der Mann, hob den Arm und machte eine unbestimmte Geste, die den Fluß und den Himmel einschloß, »Sie können ja sehen, daß es von hier aus unmöglich ist, etwas rauszukriegen.« Miss Goering sah genau hin, und es schien ihr, als könnte ihren Augen nichts verborgen bleiben, gleichzeitig aber glaubte sie den Worten des alten Mannes. Sie fühlte sich beunruhigt und beschämt.

»Kommen Sie«, sagte Miss Goering, »ich lade Sie zu einem Bier ein.«

»Haben Sie vielen Dank, Ma'am«, antwortete der Alte. Seine Stimme hatte etwas Unterwürfiges bekommen, und Miss Goering schämte sich noch mehr, daß sie dem alten Mann geglaubt hatte.

»Möchten Sie in ein ganz bestimmtes Lokal?« fragte sie ihn.

»Nein, Ma'am«, sagte er und schlurfte an ihrer Seite die Straße hinunter. Er hatte anscheinend jegliche Lust am Reden verloren.

Außer Miss Goering und dem alten Mann war niemand auf der Hauptstraße. Sie kamen an einem Auto vorbei, das vor einem dunklen Laden parkte. Auf den Vordersitzen rauchten zwei Leute.

Der alte Mann blieb vor der Auslage einer Grill-Bar stehen und schaute auf den ausgestellten Truthahn und die nicht mehr ganz frischen Würste.

»Sollen wir hier hinein und etwas essen zu unserem kleinen Drink?« fragte Miss Goering.

»Ich hab keinen Hunger«, sagte der Mann, »aber ich geh mit rein und setz mich zu Ihnen.«

Miss Goering war enttäuscht, da er nicht das geringste

Gespür dafür zu haben schien, wie man dem Abend eine kleine festliche Note geben könnte. Die Bar war dunkel und hier und da mit Girlanden aus Kreppapier geschmückt. Bestimmt hat's hier vor kurzem irgendeine Festlichkeit gegeben, dachte Miss Goering. Eine besonders hübsche Girlande aus hellgrünen Papierblumen hing quer über dem Spiegel hinter der Theke. In dem Raum waren acht oder neun Tische, die durch dunkelbraune Blenden voneinander getrennt waren.

Miss Goering und der alte Mann setzten sich an den Tresen.

»Übrigens«, sagte der alte Mann, »möchten Sie nicht lieber an einem Tisch sitzen, wo Sie den Leuten nicht so im Blickfeld sind?«

»Nein«, antwortete Miss Goering, »nein, ich finde es hier ausgesprochen angenehm. Bestellen Sie, was Sie möchten.«

»Ich kriege ein Truthahnsandwich und eins mit Schweinefleisch, eine Tasse Kaffee und einen Whisky«, sagte der Mann.

Seltsame Psychologie, dachte Miss Goering. Und ich habe gedacht, es sei ihm peinlich, nachdem er doch gerade erst verkündet hat, er habe keinen Hunger.

Sie sah sich neugierig um und bemerkte hinter ihr in einer Nische einen Jungen und ein Mädchen. Der Junge las in einer Zeitung. Er trank nichts. Das Mädchen zog mit einem Strohhalm an einem appetitlich aussehenden kirschfarbenen Getränk. Miss Goering bestellte hintereinander zwei Gin, und nachdem sie ausgetrunken hatte, drehte sie sich um und schaute wieder das Mädchen an, was dieses zu erwarten schien, denn sie hatte das Gesicht bereits in Miss Goerings Richtung gewandt. Sie lächelte Miss Goering freundlich an und riß die Augen dabei weit auf. Auffallend dunkle Augen. Das Weiß ihrer Augen war, wie Miss Goering feststellte, gelbgesprenkelt. Ihr schwarzes Kraushaar stand wild vom Kopf ab.

Jüdisch, rumänisch oder italienisch, dachte Miss Goering. Der Junge blickte nicht von der Zeitung auf, die er so hielt, daß sein Profil dahinter verborgen blieb.

»Amüsieren Sie sich?« fragte das Mädchen Miss Goering mit rauher Stimme.

»Hm«, antwortete Miss Goering, »eigentlich bin ich nicht ausgegangen, um mich zu amüsieren. Ich hab mich mehr oder weniger zwingen müssen, weil ich es gräßlich finde, allein am Abend auszugehen; ich bleibe lieber daheim. Aber jetzt ist es so weit gekommen, daß ich mich dazu zwinge, diese kleinen Ausflüge zu machen –«.

Miss Goering hielt inne, denn sie wußte nicht recht weiter, wenn sie dem Mädchen, ohne allzu ausführlich zu werden, erklären wollte, was sie meinte; außerdem merkte sie, daß es im Augenblick einfach unmöglich war, da der Kellner ständig zwischen der Theke und der Nische, in der die jungen Leute saßen, hin und her ging.

»Auf jeden Fall«, sagte Miss Goering, »bin ich der Meinung, daß es nichts schadet, sich ein bißchen zu entspannen und sich zu amüsieren.«

»Jeder soll sich künglich amüsieren«, sagte das Mädchen, und Miss Goering bemerkte, daß sie mit einem leichten Akzent sprach. »Stimmt doch, oder, mein holder Kater?« wandte sie sich an den Jungen.

Der Junge ließ die Zeitung sinken; er sah ziemlich verdrießlich aus. »Was stimmt?« fragte er zurück. »Ich hab nicht ein Wort mitbekommen von dem, was du gesagt hast.« Miss Goering wußte genau, daß das eine Lüge war und der Junge bloß so tat, als habe er nicht gehört, daß seine Freundin mit ihr gesprochen hatte.

»Ach, nichts Wichtiges«, sagte das Mädchen und blickte ihm zärtlich in die Augen. »Diese Dame hier hat gesagt, daß es ja schließlich niemandem schadet, sich zu entspannen und sich zu amüsieren.«

»Vielleicht schadet es mehr als sonstwas, wenn man drauf aus ist, sich zu amüsieren.« Der Junge sagte das direkt zu dem Mädchen und ignorierte völlig den Umstand, daß von Miss Goering die Rede war. Das Mädchen lehnte sich zu ihm hinüber und flüsterte ihm ins Ohr:

»Liebling«, sagte sie, »der Frau da ist etwas Schreckliches passiert. Ich fühl's in meinem Herzen. Bitte sei ihr gegenüber nicht unfreundlich.«

»Wem gegenüber?« fragte er.

Sie lachte, denn sie wußte, daß sie nicht viel mehr tun konnte. Der Junge hatte öfters schlechte Laune, aber sie liebte ihn und brachte es fertig, sich mit fast allem abzufinden.

Der alte Mann, der mit Miss Goering gekommen war, hatte sich entschuldigt und war mit seinen Getränken und

Sandwiches hinüber zum Radio gegangen. Er stand direkt davor und hielt das Ohr an den Lautsprecher.

Ganz hinten im Lokal kegelte ein Mann mutterseelenallein auf einer schmalen Bahn; Miss Goering horchte auf das Rumpeln der Kugeln, wenn sie in der Holzrinne zurückliefen, und wünschte sich, den Mann sehen zu können, damit sie den Abend über die beruhigende Gewißheit hatte, daß es niemanden in dem Raum gab, den man als Bedrohung ansehen mußte. Natürlich war es möglich, daß neue Gäste zur Tür hereinkamen, aber das hatte sie übersehen. Sosehr sie sich auch bemühte, einen Blick auf den Kegler zu werfen, es gelang ihr nicht.

Der junge Mann und das Mädchen stritten sich, wie Miss Goering am Klang ihrer Stimmen erkennen konnte. Sie lauschte aufmerksam, ohne den Kopf zu drehen.

»Ich verstehe nicht«, sagte das Mädchen, »daß du sofort wütend werden mußt, nur weil ich erwähnt habe, daß ich immer gern hierher komme, um eine Weile dazusitzen.«

»Es gibt nicht einen einzigen Grund«, erwiderte der Junge, »lieber hier zu sitzen als in irgendeinem anderen Lokal.«

»Und warum – warum kommst du dann hierher?« fragte das Mädchen stockend.

»Ich weiß nicht«, sagte der Junge, »vielleicht weil's das erste auf dem Weg ist, wenn wir aus unserem Zimmer kommen.«

»Nein«, sagte das Mädchen, »da gibt's andere Lokale. Ich wünschte mir, du würdest einmal sagen, daß du gern hier bist; ich weiß nicht wieso, aber es würde mich glücklich machen, wir kommen doch schon seit ewigen Zeiten hierher.«

»Und ich werd's nicht sagen, verfluchtnochmal, und hierherkommen werd ich auch nicht mehr, verdammtnochmal, wenn du dieser Bude weiter irgendwelche Hexen- und Zauberkräfte zuschreibst.«

»Ach, Katerchen«, sagte das Mädchen, und Qual klang aus ihrer Stimme, »Katerchen, ich rede doch nicht von Hexen und ihren Mächten; ich denke nicht mal dran. Das hab ich als kleines Mädchen getan. Ich hätte dir die Geschichte nie erzählen sollen.«

Der Junge ruckte entnervt mit dem Kopf.

»Du meine Güte«, sagte er, »das hat nicht im entferntesten mit dem zu tun, was ich sagen will, Bernice.«

»Ich verstehe nicht, was du eigentlich meinst«, sagte Bernice. »Viele Leute kommen in das Lokal hier, oder in ein anderes, und das schon jahrelang und jeden Abend, nehmen einen kleinen Drink und unterhalten sich, weil sie sich hier zu Hause fühlen. Und wir kommen hierher, weil's so nach und nach auch für uns ein Zuhause wird, ein zweites Zuhause, wenn du unser Zimmerchen als Zuhause bezeichnen kannst; für mich ist es das; ich hab's unheimlich gern.«

Der Junge stöhnte auf.

»Und«, fügte sie hinzu und war überzeugt, daß ihre Worte und der Klang ihrer Stimme magisch auf den Jungen wirken mußten, »die Tische und die Stühle und die Wände hier sind für uns schon wie vertraute Gesichter von guten Freunden geworden.«

»Was denn für gute Freunde?« fuhr der Junge sie an, die Stirn in Zornesfalten. »Was denn für gute Freunde? Für mich ist das hier bloß'n Scheißhaus, wo die Armen sich vollaufen lassen, damit sie ihren Kontostand vergessen, bei dem sie sonst Zustände kriegen müßten.«

Er setzte sich kerzengrade auf und funkelte Bernice wütend an.

»Da hast du wahrscheinlich schon irgendwie recht«, sagte sie unbestimmt, »aber mir kommt vor, als ob da mehr dahintersteckt.«

»Das ist ja gerade das Schlimme.«

Der Barmixer Frank hatte dem Gespräch zwischen Bernice und Dick die ganze Zeit über zugehört. An dem Abend war nichts los, und je mehr er über die Worte des Jungen nachdachte, desto wütender wurde er. Er beschloß, zu ihnen an den Tisch zu gehen und Streit anzufangen.

»Los, Dick«, sagte er und packte ihn am Hemdkragen. »Wenn das deine Meinung von dem Lokal ist, dann verdufte, verdammt noch mal!« Er riß ihn von seinem Platz hoch und versetzte ihm einen solchen Schlag, daß Dick einige Schritte vorwärts stolperte und mit dem Kopf über den Tresen fiel.

»Du Vollidiot!« schrie Dick den Barmixer an. »Du zurückgebliebener Fettkloß, du. Ich schlag dir die Fresse ein, du Käsgesicht!«

Die beiden kämpften erbittert miteinander. Bernice kletterte auf den Tisch und versuchte die Streithähne voneinander zu trennen, indem sie an ihren Hemden zerrte. Sie hatte die beiden, selbst wenn sie nicht unmittelbar neben dem Tisch kämpften, immer in Reichweite, da die Sitzbänke an den Seiten durch Pfosten begrenzt wurden, und indem sie sich an einem festklammerte, konnte sie über den Köpfen der Streitenden hin und her schwingen.

Jedesmal, wenn sich Bernice besonders weit aus ihrer Nische vorbeugte, konnte Miss Goering von dort, wo sie jetzt stand, das Fleisch über Bernicens Strümpfen sehen. Das hätte sie kaum gestört, wenn sie nicht bemerkt hätte, daß der Kegler seinen Posten verlassen hatte und auf Bernicens nackte Haut stierte, sobald sich ihm die Gelegenheit bot. Der Mann hatte ein hageres rotes Gesicht, eine gedätschte, etwas entzündete Nase und einen auffallend schmalen Mund. Sein Haar war beinah orangefarben. Miss Goering war sich nicht im klaren darüber, ob er nun ein ganz besonders aufrechter Mensch war oder eher verbrecherisch veranlagt; die Intensität jedenfalls, die aus seiner Körperhaltung sprach, versetzte sie in Angst und Schrecken. Sie konnte nicht einmal sagen, ob er Bernice mit Interesse oder mit Verachtung anstarrte.

Obgleich der Barmixer Frank einige anständige Schläge landen konnte und ihm der Schweiß übers Gesicht lief, schien er eigentlich ganz gelassen, und Miss Goering hatte den Eindruck, als verliere er das Interesse an dem Kampf, als sei der einzige Mensch im Lokal, der das Ganze wirklich gespannt verfolge, der hinter ihr stehende Mann.

Frank hatte eine aufgerissene Lippe und Dick eine blutende Nase. Sie hörten bald mit dem Kampf auf und gingen mit unsicheren Schritten zur Toilette. Bernice sprang vom Tisch und rannte ihnen nach.

Nach wenigen Minuten kamen sie gewaschen und gekämmt zurück, vor den Mund hielten sie blutverschmierte Taschentücher. Miss Goering ging zu ihnen hin und griff sie am Arm.

»Bin ich heilfroh, daß alles jetzt vorbei ist«, sagte sie, »und ich möchte Sie beide gern zu einem Drink einladen.«

Dick sah niedergeschlagen und kleinlaut aus. Er nickte feierlich mit dem Kopf, und sie setzten sich zusammen an einen Tisch. Frank ging die Getränke holen. Er kam bald mit den Drinks zurück, und nachdem er sie serviert hatte, setzte er sich mit an den Tisch. Eine Weile tranken sie, ohne etwas zu sagen. Frank träumte vor sich hin und schien an persönliche Dinge zu denken, die überhaupt nichts mit den Ereignissen des Abends zu tun hatten. Einmal nahm er ein Adreßbuch heraus und blätterte es mehrmals durch. Es war Miss Goering, die als erste das Schweigen brach.

»Jetzt sagt mir doch mal«, wandte sie sich an Bernice und Dick, »sagt mir, für was Ihr beide euch interessiert.«

»Ich interessier mich für den politischen Kampf«, sagte Dick, »was doch wohl das einzige ist, wofür sich ein Mensch mit Selbstachtung interessieren kann. Außerdem bin ich auf der Seite der Gewinner, die das Recht auf ihrer Seite haben. Auf der Seite, die an die Neuverteilung des Kapitals glaubt.« Er kicherte in sich hinein, und es war nur allzu offensichtlich, daß er glaubte, er spräche mit einer vollkommen Verrückten.

»Ja, davon hab ich schon gehört«, sagte Miss Goering. »Und für was interessierst du dich?« fragte sie das Mädchen.

»Für alles, was ihn interessiert, aber ich muß dazu sagen, schon bevor ich ihn kennengelernt habe, hab ich geglaubt, daß der politische Kampf sehr wichtig ist. Wissen Sie, ich bin nämlich von Natur aus anders als er. Was mich glücklich macht, schöpfe ich einfach so mit beiden Händen aus dem Nichts; und nur das, was ich liebe, halte ich fest, denn das allein kann ich wirklich sehen. Die Welt stellt sich zwischen mich und mein Glück, aber ich bin immer in Einklang mit der Welt gewesen, außer jetzt, wo ich mit Dick zusammen bin.« Bernice legte die Hand auf den Tisch, damit ihr Freund sie nehmen konnte. Sie war schon leicht angetrunken.

»Es macht mich traurig, wenn ich dich so reden höre«, sagte Dick. »Du als Linke weißt nur zu gut, daß wir, bevor wir für unser eigenes Glück kämpfen, für etwas anderes kämpfen müssen. Wir leben in einer Zeit, wo das persönliche Glück fast nichts bedeutet, weil der einzelne nur sehr wenig Zeit zur Verfügung hat. Das Klügste ist, sich selbst zuerst zu zerstören, oder zumindest nur den Teil von sich zu bewahren, der einer großen Gruppe von Menschen nutzen kann. Wenn du das nicht tust, verlierst du die objektive Wirklichkeit aus den Augen und so weiter und so fort und landest mitten im Mystizismus, der gerade jetzt die reine Zeitverschwendung wäre.«

»Du hast recht, Dickie, Liebling«, sagte Bernice, »aber manchmal hätte ich es schon gern, wenn man mich in einem schönen Salon festlich bewirtete. Manchmal denk ich, es wäre herrlich, ein Bourgeois zu sein.« (Wie Miss Goering bemerkte, sprach Bernice das Wort »Bourgeois« so aus, als hätte sie es eben gelernt.) »Ich bin so ein Mensch«, fuhr sie fort, »auch wenn ich arm bin, sehne ich mich nach denselben Dingen wie die Bourgeoisie, und nachts erfüllt mich manchmal die Tatsache, daß sie sicher in ihren Häusern schlafen, mit innerer Ruhe statt mit Wut; wie bei einem Kind, das sich in der Nacht ängstigt und darum gern die Erwachsenen auf der Straße reden hört. Glaubst du nicht, daß etwas dran ist an dem, was ich sage, Dickie?«

»Nicht die Bohne!« rief der Junge. »Wir wissen nur zu gut, daß es genau diese Sicherheit der Bourgeoisie ist, die uns nachts aufschreien läßt.«

Miss Goering war nun ganz begierig darauf, am Gespräch teilzunehmen.

»Du«, wandte sie sich an Dick, »du bist daran interessiert, einen vollkommen gerechtfertigten und vernünftigen Kampf zu gewinnen. Mich dagegen interessiert viel mehr, was diesen Kampf eigentlich so schwer macht.«

»Sie halten die Macht in Händen; sie haben die Presse und die Produktionsmittel.«

Miss Goering legte dem Jungen die Hand auf den Mund. Er fuhr auf. »Das ist nur allzu wahr«, sagte sie, »aber ist es nicht ganz offensichtlich, daß du noch etwas anderes angreifst? Du bekämpfst ihre augenblickliche Stellung auf dieser Erde, an die sie sich so verbissen klammern. Unsere Rasse ist bekanntlich nicht träge. Die Menschen sind nur so verbissen, weil sie immer noch glauben, die Erde sei eine Scheibe, von der sie jeden Augenblick herunterfallen könnten. Darum halten sie so angestrengt auf die Mitte zu. Das heißt, sie halten sich an all die Ideale, die sie immer schon gehabt haben. Menschen, die noch gegen die Finsternis und gegen alle möglichen Drachen ankämpfen, kann man nicht mit einer neuen Zukunft konfrontieren.«

»Schön und gut«, sagte Dick, »was sollte ich denn dann tun?«

»Einfach dran denken«, sagte Miss Goering, »daß eine gewonnene Revolution ein Erwachsener ist, der merkt, daß er ein für allemal seine Kindheit töten muß.«

»Ich werd's nicht vergessen«, sagte Dick, wobei er Miss Goering etwas hämisch angrinste.

Der Kegler hatte sich inzwischen an die Theke gestellt.

»Besser, wenn ich mal nachschaue, was Andy will«, sagte

Frank. Während der Unterhaltung zwischen Miss Goering und Dick hatte er leise vor sich hin gepfiffen, doch anscheinend auch zugehört, denn als er den Tisch verließ, wandte er sich zu Miss Goering:

»Ich finde, die Erde ist ein herrlicher Ort zum Leben«, sagte er, »und ich hatte nie das Gefühl, daß ich, wenn ich einen Schritt zu weit ginge, herunterfallen würde. Man kann auf dieser Erde immer zwei oder drei Versuche wagen, und alle Welt hat 'ne Unmenge Geduld, bis man was richtig hinkriegt. Wenn man beim ersten Mal was falsch macht, heißt das ja nicht gleich, daß es mit einem aus ist.«

»Aber von so was hab ich überhaupt nicht gesprochen«, sagte Miss Goering.

»Und ob Sie darüber reden! Versuchen Sie bloß nicht, sich davonzuschleichen. Aber ich sag Ihnen, was mich angeht, stehen die Dinge, so wie sie sind, allerbestens.« Er schaute Miss Goering tief in die Augen. »Mein Leben«, fuhr er fort, »gehört mir allein, gleichgültig, ob ich nun eine Promenadenmischung bin oder ein Fürst.«

»Über was um Gottes willen redet der nur?« fragte Miss Goering Bernice und Dick. »Er glaubt wohl, ich hätte ihn beleidigt.«

»Weiß der Himmel!« sagte Dick. »Ich jedenfalls bin müde. Gehn wir nach Hause, Bernice.«

Während Dick bei Frank an der Theke zahlte, beugte sich Bernice zu Miss Goering vor und flüsterte ihr ins Ohr.

»Wissen Sie, meine Liebe«, sagte sie, »er ist gar nicht so, wenn wir zwei allein zu Hause sind. Er macht mich wirklich glücklich. Er ist ein umgänglicher Junge, und Sie sollten mal sehn, wie ihm ganz einfache Dinge Spaß machen, wenn er in seinem Zimmer ist und niemand sonst dabei. Also« – sie richtete sich auf und schien ein wenig verlegen über ihren Ausbruch von Vertraulichkeit – »also, ich freue mich ehrlich, Sie kennengelernt zu haben, und hoffentlich haben wir Ihnen nicht den Abend verdorben. Ich versichere Ihnen, so was ist noch nie vorgekommen, denn im Innern seines Herzens ist Dick genauso wie Sie und ich, aber er ist nervlich einfach zu angespannt. Sie müssen ihm verzeihen.«

»Aber klar«, sagte Miss Goering, »nur weiß ich gar nicht, was.«

»Gut, auf Wiedersehn«, sagte Bernice.

Miss Goering war viel zu verwirrt und bestürzt von dem,

was Bernice hinter Dicks Rücken gesagt hatte, um zu bemerken, daß sie jetzt, abgesehen von dem Kegler und dem alten Mann, der mit dem Kopf auf dem Tresen eingeschlafen war, allein in der Bar war. Als es ihr dann doch bewußt wurde, hatte sie einen verzweifelten Augenblick lang das Gefühl, als sei das Ganze vorherbestimmt gewesen und sie trotz der eigenen Willensanstrengung, diesen kleinen Ausflug aufs Festland zu machen, gleichzeitig von einer höheren Gewalt irgendwie dazu verlockt worden. Sie spürte, daß sie nicht weggehen konnte, und selbst wenn sie es versuchte, würde etwas passieren, das sie daran hinderte.

Mit Schrecken sah sie, daß der Mann seinen Drink vom Tresen genommen hatte und zu ihr herüberkam. Etwa eine Armlänge von ihrem Tisch entfernt blieb er mit seinem Glas in der Hand stehen.

»Trinken Sie was mit mir?« fragte er sie, ohne ein besonders freundliches Gesicht dabei aufzusetzen.

»Tut mir leid«, sagte Frank hinter der Theke, »aber wir schließen gleich. Bedaure, keine weiteren Drinks.«

Andy sagte nichts, sondern ging und knallte die Tür hinter sich zu. Sie konnten hören, wie er vor der Bar auf und ab ging.

»Der will wieder mal mit dem Kopf durch die Wand«, sagte Frank, »verflucht noch mal.«

»Herrje«, sagte Miss Goering, »haben Sie Angst vor ihm?«

»Das bestimmt nicht«, erwiderte Frank, »aber er ist so unerquicklich – das ist das einzige Wort, was mir für ihn einfällt – unerquicklich. Und bei Lichte betrachtet ist das Leben dafür zu kurz.«

»Hm«, sagte Miss Goering, »ist er gefährlich?«

Frank zuckte die Achseln. Bald schon kam Andy wieder herein.

»Mond und Sterne leuchten«, sagte er, »und ich konnte fast runter bis zum Ort schauen. Weit und breit kein Polizist in Sicht; ich glaub also, wir können uns einen genehmigen.«

Er rutschte auf die Bank gegenüber von Miss Goering.

»Die Stadt ist kalt und tot und keine Menschenseele zu sehen«, begann er, »aber so ist mir das jetzt nur recht; Sie entschuldigen, wenn ich einer so lebenslustigen Frau wie Ihnen mürrisch erscheine, aber ich hab die Angewohnheit, denjenigen, mit dem ich gerade rede, gar nicht zu beachten. Vermutlich sagen die Leute über mich: ›Dem fehlt's an Achtung für andere Menschen.‹ *Sie*, Sie haben große Achtung für Ihre Freunde, da bin ich mir sicher, doch das kommt nur daher, daß Sie sich selbst achten, was ja bei allem immer der Ausgangspunkt ist: man selbst.«

Als Andy mit Miss Goering sprach, fühlte sie sich genauso unbehaglich wie zuvor, als er sich noch nicht zu ihr gesetzt hatte. Er schien, je länger er redete, desto angespannter, ja beinahe wütend zu werden; und seine Art, ihr Eigenschaften zuzuschreiben, die nicht im geringsten ihrem Wesen entsprachen, gab der Unterhaltung etwas Geisterhaftes und Miss Goering zugleich das Gefühl der eigenen Bedeutungslosigkeit.

»Wohnen Sie hier in der Stadt?« fragte sie ihn.

»Ja, gewiß«, antwortete Andy. »Ich habe drei möblierte Zimmer in einem neuen Apartmenthaus. Dem einzigen in dieser Stadt. Ich zahle jeden Monat die Miete, und ich wohne allein. Nachmittags scheint die Sonne in die Wohnung, was meiner Meinung nach der größte Witz ist, weil von allen Wohnungen im Haus meine die sonnigste ist und ich den ganzen Tag mit heruntergelassenen Jalousien schlafe. Ich hab nicht immer dort gewohnt. Zuvor habe ich mit meiner Mutter in der City gewohnt. Aber das jetzt kommt einer Sträflingsinsel, wie sie mir vorgeschwebt hat, noch am nächsten, darum gefällt mir die Wohnung, ganz vorzüglich sogar.« Er spielte einige Minuten mit den Zigaretten herum und vermied es, Miss Goering in die Augen zu blicken. Er erinnerte sie an einen Schauspieler, dem man endlich eine zweitrangige tragische Rolle gegeben hat, die er dann rechtschaffen absolviert. Auch hatte sie den unabweislichen Eindruck, daß es etwas gab, das sein schlichtes Gemüt spaltete und ihn dazu zwang, sich schlaflos im Bett herumzuwälzen und eine nachgerade bedauernswerte Existenz zu führen. Sie zweifelte nicht daran, daß sie schon bald die Ursache dafür herausfinden würde.

»Sie haben irgendwie eine ganz besondere Art von Schönheit«, sagte er zu ihr, »keine gute Nase, dafür aber schöne Augen und schönes Haar. Es würde mir schon gefallen, mitten in diesem ganzen Horror mit Ihnen ins Bett zu gehen. Wir müßten dazu aber die Bar verlassen und zu mir gehen.«

»Ich kann Ihnen nichts versprechen, doch ich komme gern zu Ihnen in die Wohnung«, sagte Miss Goering.

Andy bat Frank, den Taxistand anzurufen und den Mann, der die Nacht über Dienst hatte, herzubestellen.

Das Taxi kroch die Hauptstraße herauf. Ein uraltes Auto, das dementsprechend klapperte. Andy steckte den Kopf zum Fenster hinaus.

»Wie ist Ihr wertes Befinden, meine Damen und Herren?« rief er der leeren Straße zu und bemühte sich, einen englischen Akzent hinzukriegen. »Ich hoffe, ich hoffe doch sehr, daß jeder einzelne von Ihnen sich bestens amüsiert in dieser unserer herrlichen Stadt.« Er lehnte sich wieder auf seinem Sitz zurück und lächelte so grauenvoll, daß Miss Goering von neuem Angst bekam.

»Sie könnten auf dieser Straße um Mitternacht splitternackt einen Reifen durch die Gegend rollen, und niemand würde es je erfahren«, sagte er.

»Wenn Sie finden, daß hier alles derart trostlos ist«, sagte Miss Goering, »warum packen Sie dann nicht Ihre Koffer und ziehen woanders hin?«

»Ach nein«, wehrte er hoffnungslos ab, »das werde ich niemals tun. Völlig zwecklos.«

»Sind Sie durch Ihren Beruf hier gebunden?« erkundigte sich Miss Goering, wobei ihr nur zu bewußt war, daß er auf ein seelisches Problem anspielte und bei weitem Wichtigeres.

»Halten Sie mich ja nicht für einen Geschäftsmann«, sagte er.

»Dann sind Sie Künstler?«

Er schüttelte matt den Kopf, als sei er sich nicht ganz sicher, was ein Künstler ist.

»Das reicht nun«, sagte Miss Goering, »ich habe zweimal versucht, es herauszubekommen; wollen Sie mir jetzt nicht verraten, was Sie sind?«

»Eine Null!« sagte er überlaut und rutschte tiefer in seinen Sitz. »Sie haben's von Anfang an gewußt, nicht wahr, Sie als intelligente Frau?«

Das Taxi hielt vor einem Apartmenthaus, das zwischen einem unbebauten Grundstück und einer Reihe von einstökkigen Läden stand.

»Sie sehen, ich kriege tagsüber Sonne«, sagte er, »weil nichts davor die Sicht versperrt. Mein Blick geht über dieses Stück freies Land.«

»Da wächst ja immerhin ein Baum«, sagte Miss Goering. »Vermutlich können Sie ihn von Ihrem Fenster aus sehen?«

»Ja«, antwortete Andy, »gespenstisch, nicht?«

Das Wohnhaus war ganz neu und sehr klein. Sie blieben in der Eingangshalle stehen, während Andy in seinen Taschen nach den Schlüsseln kramte. Der Boden war aus imitiertem gelbem Marmor, nur in der Mitte hatte der Architekt einen Pfau aus blauen Mosaiksteinchen, umrahmt von verschiedenen langstieligen Blumen, einlegen lassen. Der Pfau war in dem trüben Licht nur schwer auszumachen, doch Miss Goering hockte sich auf den Boden, um ihn eingehender zu betrachten.

»Ich glaube, das sind Wasserlilien um den Pfau«, sagte Andy. »Aber ein Pfau hat doch tausend Farben, oder? Vielfarbigkeit, das ist doch grad der Witz daran. Der da ist nur blau.«

»Vielleicht ist es schöner so«, sagte Miss Goering.

Sie verließen die Eingangshalle und stiegen eine häßliche Eisentreppe hinauf. Andy wohnte im ersten Stock. Ein widerlicher Geruch lag in der Luft, von dem Andy behauptete, er gehe nie weg.

»Sie kochen da drin für zehn Leute«, sagte er, »den ganzen Tag lang. Sie arbeiten alle zu verschiedenen Zeiten; die eine Hälfte kriegt die andere überhaupt nicht zu Gesicht, außer an Sonn- und Feiertagen.«

In Andys Wohnung war es zum Ersticken heiß. Die Möbel waren braun, und keines der Kissen paßte richtig zu den Stühlen.

»So, Endstation«, sagte Andy. »Machen Sie's sich bequem. Ich ziehe mir bloß was aus.« Einen Augenblick später kam er in einem Bademantel aus billigstem Material zurück. Die Enden des Gürtels waren teilweise abgekaut.

»Was ist denn mit Ihrem Gürtel passiert?« fragte Miss Goering.

»Mein Hund hat das verbrochen.«

»Oh, Sie haben einen Hund?« fragte sie.

»Früher hatte ich mal einen Hund, eine Zukunft und ein Mädchen«, sagte er, »aber das hat sich alles geändert.«

»Was ist denn passiert?« fragte Miss Goering, warf ihr Umhängetuch von den Schultern und wischte sich mit dem Taschentuch die Stirn. Die feuchte Hitze hatte sie ins Schwitzen gebracht, vor allem, weil sie seit einiger Zeit eine Zentralheizung nicht mehr gewöhnt war.

»Reden wir nicht über mein Leben«, sagte Andy und hob

die Hand wie ein Verkehrspolizist. »Trinken wir statt dessen was.«

»Einverstanden, aber ich denke schon, wir sollten früher oder später über Ihr Leben sprechen«, sagte Miss Goering. Die ganze Zeit dachte sie daran, daß sie sich nach höchstens einer Stunde aufmachen würde. Ich finde, sagte sie sich, dafür, daß es mein erster Abend ist, habe ich es recht gut gemacht. Andy stand auf und band sich den Gürtel seines Bademantels fester um die Taille.

»Ich war verlobt«, sagte er, »mit einem ausgesprochen netten Mädchen, das eine feste Stelle hatte. Ich hab sie geliebt, wie ein Mann eine Frau nur lieben kann. Sie hatte eine glatte Stirn, schöne blaue Augen, aber nicht besonders gute Zähne. Ihre Beine waren was zum Fotografieren. Sie hieß Mary und kam gut mit meiner Mutter aus. Sie war unkompliziert und durchschnittlich intelligent, und sie genoß das Leben in vollen Zügen. Manchmal aßen wir um Mitternacht, einfach so, und oft sagte sie zu mir: ›Stell dir vor, wie wir hier nachts um zwölf die Straße entlanggehen, um im Restaurant zu essen. Zwei ganz gewöhnliche Leute. Oder vielleicht ist alles verrückt.‹ Natürlich habe ich ihr nicht gesagt, daß es da 'ne Menge Leute wie die Mieter bei mir da hinten in 5 D gibt, die um Mitternacht essen, nicht weil sie verrückt sind, sondern weil ihre Arbeit sie einfach dazu zwingt. Vielleicht hätte sie nicht mehr soviel Spaß daran gehabt, wenn ich's ihr gesagt hätte, und den wollte ich ihr ja nicht verderben mit so'ner Bemerkung, die Welt ist nicht verrückt, die Welt ist mittelprächtig; und ich wußte ja auch nicht, daß ihr Schatz einige Monate später einer der Verrücktesten da drin werden sollte.«

Andys Stirnadern schwollen an, sein Gesicht wurde noch röter, und auf den Nasenflügeln stand der Schweiß.

Das muß ihm wirklich alles sehr nahe gehen, dachte Miss Goering.

»Zum Abendessen ging ich oft in ein italienisches Restaurant, bei meinem Haus direkt um die Ecke. Ich kannte fast alle, die dort aßen, und die Atmosphäre war recht locker und angeregt. Wir haben immer zusammen in einer Runde gegessen. Ich bin für den Wein aufgekommen, denn ich war finanziell besser dran als die meisten anderen. Auch ein paar alte Männer aßen dort, aber um die kümmerten wir uns nie. Dann gab es auch noch einen Mann, der nicht so alt war, ein

Einzelgänger, der nicht mit den anderen verkehrte. Wir wußten, daß er im Zirkus gearbeitet hatte, aber wir kriegten nie heraus, als was und wann und wo. Dann, eines Abends, es war der Abend, bevor er sie mitbrachte, schaute ich zufällig und ohne irgendeinen Anlaß zu ihm hinüber und sah, wie er aufstand und seine Zeitung in die Tasche steckte, was seltsam wirkte, da er noch nicht mit seinem Essen fertig war. Dann wandte er sich uns zu und hüstelte, als ob er sich räuspern wollte.

›Meine Herren‹, sagte er, ›ich habe Ihnen was mitzuteilen.‹ Ich mußte die anderen Burschen zur Ruhe bringen, weil er so ein schwaches Stimmchen hatte, so daß man kaum verstehen konnte, was er sagte.

›Ich will nicht allzuviel von Ihrer Zeit in Anspruch nehmen‹, fuhr er fort wie jemand, der bei einem großen Bankett spricht, ›aber ich möchte Ihnen etwas mitteilen, und Sie werden sofort verstehen warum. Ich will Ihnen nur sagen, daß ich morgen eine junge Dame mit hierherbringe und es mein Wunsch ist, daß Sie sie alle vorbehaltlos gern haben. Diese Dame, meine Herren, ist wie eine zerbrochene Puppe. Sie hat weder Arme noch Beine.‹ Danach setzte er sich still und leise hin und begann sofort wieder zu essen.«

»Wie furchtbar peinlich!« rief Miss Goering aus. »Du meine Güte, was haben Sie darauf gesagt?«

»Ich erinnere mich nicht«, sagte Andy, »ich erinnere mich bloß daran, daß es, wie Sie sagen, peinlich war und wir überhaupt nicht das Gefühl hatten, daß er uns das hätte ankündigen müssen.

Am nächsten Abend saß sie bei unserer Ankunft schon da; nett zurechtgemacht und in einer wunderhübschen frischen Bluse, auf der vorn eine Brosche steckte, die wie ein Schmetterling aussah. Ihr Haar war gelockt, ein natürliches Blond. Ich spitze die Ohren, und ich konnte hören, wie sie zu dem schmächtigen Mann sagte, ihr Appetit werde immer größer und sie könne jetzt vierzehn Stunden am Tag schlafen. Dann fing ich an, ihren Mund zu betrachten. Er war wie ein Rosenblatt oder ein Herz oder auch wie irgend so eine kleine Muschel. Wirklich schön. Da hab ich mich sofort gefragt, wie sie wohl so wäre; das übrige von ihr, Sie verstehen – ohne Beine.« Er brach ab, ging einmal im Zimmer herum und schaute die Wände hinauf.

»Wie eine häßliche Schlange schlich sich dieser Gedanke in

mein Gehirn und rollte sich dort zusammen. Ich blickte auf ihren Kopf, so zierlich und so zart gegen die düstere, schmutzige Wand, und das war der Apfel der Versuchung, den ich da zum ersten Mal aß.«

»Wirklich zum ersten Mal?« fragte Miss Goering. Sie sah bestürzt aus und verlor sich einen Augenblick lang in Gedanken.

»Von nun an dachte ich an nichts anderes mehr. Nur dieser eine Gedanke beherrschte mich.«

»Und davor, wie waren da Ihre Gedanken?« erkundigte sich Miss Goering ein bißchen boshaft. Er schien sie nicht zu hören.

»So ging das eine Zeitlang weiter – ich meine, was meine Gefühle für sie betraf. Nach jenem ersten Abend sah ich Belle häufig, da sie oft ins Restaurant kam, und auch mit Mary war ich noch zusammen. Ich freundete mich mit Belle an. Es war nichts Besonderes an ihr. Sie trank gern Wein, und ich war's, der ihn ihr in den Mund goß. Sie schwatzte ein bißchen zuviel von ihrer Familie und war ein wenig zu brav. Nicht gerade religiös, aber etwas zu sehr erfüllt von der sogenannten Milch der frommen Denkungsart und so'm Zeug. Diese schreckliche Neugier oder Gier in mir wuchs, bis schließlich meine Gedanken abschweiften, wenn ich mit Mary zusammen war. Ich konnte nicht mehr mit ihr schlafen. Sie hat sich aber prima verhalten die ganze Zeit, geduldig wie ein Lamm. Sie war viel zu jung, um so etwas zu verdienen. Ich war wie ein abscheulicher alter Mann, oder wie einer dieser impotenten Könige mit ihren Syphilisgeschichten.«

»Haben Sie Ihrer Verlobten erzählt, was Sie so durcheinanderbrachte?« fragte Miss Goering, um seinen Bericht etwas zu beschleunigen.

»Ich habe ihr nichts gesagt, denn ich wollte, daß sie nicht den Boden unter den Füßen verliert, und ich wollte, daß die Sterne über ihrem Kopf weiter funkelten – ich wollte, daß sie später einmal im Park spazieren und die Vögelchen füttern würde, Arm in Arm mit einem anderen, einem anständigen Menschen. Ich wollte nicht, daß sie etwas in ihrem Innern verbarg und durch ein zugenageltes Fenster auf die Welt schauen mußte. Es dauerte nicht lange, bis ich mit Belle ins Bett ging und mir eine einwandfreie Syphilis einfing, die auszukurieren ich die nächsten zwei Jahre brauchte. Damals gewöhnte ich mir das Kegeln an, und schließlich verließ ich das Haus meiner Mutter, gab meine Arbeit auf und landete im Niemandsland. Ich kann in dieser Wohnung ganz annehmbar leben von dem bißchen Geld, das mir mein Haus im Elendsviertel der City einbringt.«

Er setzte sich Miss Goering gegenüber auf einen Stuhl und schlug die Hände vors Gesicht. Miss Goering nahm an, er sei am Ende, und wollte ihm gerade für seine Gastfreundschaft danken und ihm gute Nacht wünschen, als er die Hände sinken ließ und von neuem begann.

»An das Allerschlimmste erinnere ich mich noch deutlich: ich konnte meiner Mutter immer weniger ins Gesicht sehen. Den Tag und die halbe Nacht brachte ich beim Kegeln zu. Dann am vierten Juli raffte ich mich auf, ich wollte mir ganz besondere Mühe geben, den Tag mit ihr zu verbringen. Um drei Uhr nachmittags sollte an unserem Fenster eine große Parade vorbeimarschieren. Knapp vor der Zeit stand ich im gebügelten Anzug im Wohnzimmer, und meine Mutter saß so nah sie konnte am Fenster. Draußen war es sonnig und gerade richtig für eine Parade. Es ging pünktlich los, um viertel vor drei hörten wir in der Ferne leise Musik. Kurz danach defilierte das rot-weiß-blaue Banner vorbei, hochgehalten von einigen nett aussehenden Burschen. Die Kapelle spielte den »Yankee-Doodle«. Und plötzlich verbarg ich mein Gesicht in den Händen; ich konnte die Nationalfahne einfach nicht mehr ansehen. Da wußte ich ein für allemal, daß ich mich selbst haßte. Seitdem habe ich meinen Status als Stinktier akzeptiert. ›Bürger Stinktier‹, das ist der Spitzname, den ich mir selbst gegeben habe. Man kann sich bekanntlich auch im Dreck wohlfühlen, wenn man einfach akzeptiert, daß man drinsteckt, und sich nicht bemüht, rauszukommen.«

»Hm«, sagte Miss Goering, »ich bin fest davon überzeugt, Sie könnten sich, wenn Sie sich ein klein wenig Mühe geben, am Riemen reißen. Ich würde dieser Flaggenepisode auch nicht allzuviel Bedeutung beimessen.«

Er blickte sie ausdruckslos an. »Sie reden wie eine Dame von Welt«, sagte er.

»Ich bin eine Dame von Welt«, sagte Miss Goering. »Außerdem bin ich reich, aber ich habe meinen Lebensstandard freiwillig eingeschränkt. Ich habe mein schönes Zuhause verlassen und bin in ein Häuschen draußen auf der Insel gezogen. Es ist in einem miserablen Zustand und kostet mich praktisch nichts. Was sagen Sie dazu?«

»Sie sind wohl nicht ganz dicht«, sagte Andy wenig freundlich und mit finsterem Stirnrunzeln. »Menschen wie Sie dürften kein Geld haben.«

Miss Goering war über soviel zur Schau gestellte ehrliche Empörung überrascht.

»Bitte«, sagte sie, »können Sie vielleicht das Fenster öffnen?«

»Wenn ich's öffne, weht hier ein eiskalter Wind rein«, sagte Andy.

»Trotzdem«, sagte Miss Goering, »mir ist das, glaub ich, doch noch lieber.«

»Hören Sie«, sagte Andy, wobei er unbehaglich auf seinem Stuhl hin- und herrückte, »ich habe gerade eine schreckliche Grippe hinter mir und eine Heidenangst davor, Zug zu bekommen.« Er biß sich auf die Lippe und sah furchtbar besorgt aus. »Ich könnte mich, wenn Sie wollen, ins Zimmer nebenan stellen, solange Sie frische Luft schnappen«, fügte er hinzu und schien sich etwas zu beruhigen.

»Wirklich eine prima Idee«, sagte Miss Goering.

Er ging in das Schlafzimmer und machte leise die Tür hinter sich zu. Miss Goering war entzückt, ein bißchen kühle Luft atmen zu können, und nachdem sie das Fenster geöffnet hatte, stützte sie sich mit weit auseinandergesetzten Händen auf den Sims und lehnte sich hinaus. Sie hätte das noch viel mehr genossen, wäre sie sich nicht sicher gewesen, daß Andy nebenan im Zimmer stand und vor Ungeduld und Langeweile umkam. Auch jetzt noch flößte er ihr Angst ein, und gleichzeitig empfand sie ihn als ungeheure Last. Dem Wohnhaus gegenüber befand sich eine Tankstelle. Obwohl im Augenblick niemand im Büro saß, war es hell erleuchtet, und auch das Radio neben der Kasse war noch eingeschaltet. Von fern klang ein Folksong herüber. Bald schon hörte sie ein kurzes Klopfen an der Schlafzimmertür, genau das, womit sie gerechnet hatte. Mit Bedauern schloß sie das Fenster, bevor das Lied zu Ende war.

»Herein«, rief sie, »herein.« Sie war bestürzt, als sie beim Eintritt Andys sah, daß er mit Ausnahme der Socken und der Unterhose alles ausgezogen hatte. Er schien nicht verlegen zu sein und benahm sich, als hätten sie stillschweigend ausgemacht, daß er in diesem Aufzug erscheinen sollte.

Er führte sie zur Couch und drängte sie, sich neben ihn zu setzen. Dann schlang er den Arm um sie und schlug die Beine übereinander, die erschreckend dünn waren; jetzt, wo er nichts anhatte, sah er insgesamt ziemlich mickrig aus. Er preßte seine Wange an die Miss Goerings.

»Glauben Sie nicht, Sie könnten mich ein wenig glücklich machen?« fragte er.

»Um Himmels willen«, sagte Miss Goering und setzte sich kerzengerade auf, »ich dachte, Sie wären darüber hinaus.«

»Die Zukunft weiß bekanntlich niemand im voraus.« Er kniff die Augen zusammen und versuchte sie zu küssen.

»Und was ist mit der Frau«, erinnerte sie ihn, »mit Belle, die weder Arme noch Beine hatte?«

»Bitte, Liebling, lassen wir die aus dem Spiel. Tun Sie mir den Gefallen, ja?« Seine Stimme klang etwas höhnisch, hatte aber einen erregten Unterton. »Sagen Sie«, fuhr er fort, »was mögen Sie eigentlich? Wissen Sie ... Ich hab die zwei Jahre nicht völlig vergeudet. Es gibt da einige kleinere Dinge, auf die ich stolz bin.«

Miss Goering setzte eine feierliche Miene auf. Sie grübelte über die Situation nach, weil sie vermutete, daß es ihr, nähme sie Andys Angebot an, viel schwerer fallen würde, ihren Ausflügen ein Ende zu machen, wenn ihr danach zumute war. Bis vor kurzem hatte sie sich auf einen Kurs, den sie als moralisch richtig erkannt hatte, nie so weit eingelassen, daß es für sie bedrohlich wurde. Sie billigte diese ihre Charakterschwäche wohl kaum, war aber bis zu einem gewissen Grade vernünftig und geschickt genug, um sich selbst instinktiv zu schützen. Sie fühlte sich jedoch leicht beschwipst, und Andys Vorschlag reizte sie. Man muß zugeben, daß eine gewisse charakterliche Sorglosigkeit oft das zustande bringt, was dem Willen unmöglich ist, sagte sie sich.

Andy schaute zur Schlafzimmertür. Seine Stimmung schien sich mit einem Schlag geändert zu haben, er wirkte verlegen. Das heißt nicht, daß er nicht lüstern ist, dachte Miss Goering. Er stand auf und wanderte im Zimmer umher. Schließlich zog er hinter der Couch ein altes Grammophon hervor. Er brauchte lange, um den Staub abzuwischen und einige Nadeln aufzusammeln, die um und unter dem Plattenteller lagen. Knieend beugte er sich über den Apparat und vertiefte sich richtig in das, was er tat, und sein Gesicht drückte fast so etwas wie Anteilnahme aus.

»Ein uraltes Gerät«, murmelte er. »Ich hab's seit ewigen Zeiten.«

Das Grammophon war sehr klein und furchtbar altmodisch. Wenn Miss Goering sentimental gewesen wäre, hätte sie Andys Anblick wohl ein wenig melancholisch gestimmt; sie jedoch wurde langsam ungeduldig.

»Ich kann kein Wort von dem verstehen, was Sie sagen«, schrie sie ihn mit unnötig lauter Stimme an.

Er erhob sich, ohne etwas zu sagen, und ging in sein Zimmer. Als er zurückkam, trug er wieder seinen Bademantel und hielt eine Schallplatte in der Hand.

»Sie glauben bestimmt, ich sei blöd«, sagte er, »mich so lang mit dem Gerät da abzugeben, wo ich Ihnen doch nur die eine Platte hier auflegen kann. Das ist ein Marsch hier.« Er reichte ihr die Platte, damit sie den Titel des Stücks und den Namen der Kapelle lesen konnte.

»Vielleicht«, sagte er »wollen Sie das lieber nicht hören. Viele Leute mögen keine Marschmusik.«

»Doch, spielen Sie's nur«, sagte Miss Goering. »Ich freu mich, ehrlich.«

Er legte die Platte auf und setzte sich in einiger Entfernung von Miss Goering auf den Rand eines sehr unbequemen Stuhls. Die Nadel kratzte viel zu laut, es war der »Washington Post« Marsch. Miss Goering fühlte sich unbehaglich, wie man sich eben fühlt, wenn man Militärmusik in einem ruhigen Zimmer hört. Andy schien es zu genießen, und er klopfte die ganze Zeit mit dem Fuß den Takt dazu. Doch als der Marsch zu Ende war, schien er noch verlegener zu sein als vorher.

»Soll ich Ihnen vielleicht die Wohnung zeigen?« fragte er.

Miss Goering sprang behend von der Couch auf, da sie fürchtete, er könne seine Meinung noch ändern.

»Vor mir hatte eine Schneiderin die Wohnung, deshalb ist mein Schlafzimmer etwas weibisch für einen Mann.«

Sie folgte ihm ins Schlafzimmer. Das Bett war nicht gerade einladend; die beiden Kissenbezüge sahen grau und verknittert aus. Auf Andys Kommode standen Photos von mehreren Mädchen, alle schrecklich unansehnlich und reizlos. Sie kamen Miss Goering eher wie brave Kirchgängerinnen vor als wie die Geliebten eines Junggesellen.

»Die Mädchen sehen nett aus, nicht?« sagte Andy zu Miss Goering.

»Hübsch«, versicherte sie, »richtig hübsch.«

»Keine wohnt hier in der Stadt«, sagte er. »Sie sind aus verschiedenen Orten in der Umgebung. Die Mädchen hier sind behütet und haben nichts übrig für Junggesellen in meinem Alter. Ich kreide ihnen das nicht an. Hin und wieder, wenn ich Lust habe, führ ich eines der Mädchen ins Kino aus. Ich sitz sogar abends mit denen im Wohnzimmer, auch wenn die Eltern zu Hause sind. Um die Wahrheit zu sagen, die kriegen mich nicht oft zu Gesicht.«

Miss Goering wunderte sich zunehmend, doch stellte sie keine weiteren Fragen, denn sie fühlte sich mit einem Mal sehr müde.

»Ich glaube, ich muß jetzt gehen«, sagte sie, wobei sie ein wenig schwankte. Als sie sah, daß Andy sich aufrichtete und die Fäuste in die Taschen steckte, wurde ihr sofort bewußt, wie grob, ja unfreundlich sie sich benahm.

»Aber Sie können jetzt doch nicht gehen«, protestierte er. »Bleiben Sie noch ein Weilchen, und ich mach Ihnen Kaffee.«

»Nein, nein, ich will keinen Kaffee. Die machen sich zu Hause Sorgen um mich.«

»Wer sind die?« fragte Andy.

»Arnold, Arnolds Vater und Miss Gamelon.«

»Das klingt für mich sehr nach einer schrecklichen Meute. Ich könnte nicht mit so'ner Menge Leute leben.«

»Ich hab's gern«, sagte Miss Goering.

Er legte die Arme um sie und versuchte, sie zu küssen, doch sie entzog sich. »Nein, wirklich, ich bin viel zu müde.«

»Ist gut«, sagte er, »ist gut.« Er zog den Bademantel aus und legte sich ins Bett, lag mit bis zum Hals hochgezogenem Bettuch und zappelnden Füßen ausgestreckt da und starrte zur Decke wie im Fieber. Ein Nachttischlämpchen, das neben dem Bett auf einem Tisch stand, leuchtete ihm direkt ins Gesicht, so daß Miss Goering erkennen konnte, wie viele Furchen er im Gesicht hatte, was ihr vorher nicht aufgefallen war. Sie ging zu seinem Bett hinüber und beugte sich über ihn.

»Was ist denn los?« fragte sie. »Wir haben doch einen sehr angenehmen Abend verbracht und brauchen jetzt beide Schlaf.«

Er lachte ihr ins Gesicht. »Sie sind mir eine Verrückte«, sagte er, »und von Menschen verstehen Sie rein gar nichts.

Mir geht's trotzdem ganz gut.« Er zog das Laken noch weiter hinauf und lag schwer atmend da. »Es gibt eine Fähre um fünf Uhr, ungefähr in einer halben Stunde. Kommen Sie morgen abend wieder? Ich werde wie heute abend in der Bar sein.«

Sie versprach ihm, am nächsten Abend wiederzukommen, und nachdem er ihr den Weg zur Anlegestelle beschrieben hatte, öffnete sie für ihn das Fenster und ging.

Dummerweise hatte Miss Goering vergessen, ihren Schlüssel mitzunehmen, und mußte nun anklopfen, um ins Haus zu kommen. Zweimal pochte sie heftig an die Tür, und unmittelbar darauf hörte sie, wie jemand die Treppe herunterkam. Noch bevor Arnold öffnete, erriet sie, daß er es war. Er hatte eine rosa Pyjamajacke und eine Hose an. Die Hosenträger baumelten ihm von den Hüften. Sein Bart war ziemlich gewachsen in der kurzen Zeit, und er sah schlampiger aus denn je.

»Was ist los mit Ihnen, Arnold?« fragte Miss Goering. »Sie sehen erbärmlich aus.«

»Ich habe eine schlechte Nacht hinter mir, Christina. Gerade eben erst habe ich ›Bubbles‹ ins Bett gebracht, sie macht sich furchtbare Sorgen um Sie. Um ehrlich zu sein, Sie haben nicht gerade viel Rücksicht auf uns genommen.«

»Wer ist ›Bubbles‹«, fragte Miss Goering.

»›Bubbles‹ ist mein Name für Miss Gamelon.«

»Aha«, sagte Miss Goering, ging hinein und setzte sich vor den Kamin. »Ich bin mit der Fähre aufs Festland hinübergefahren und schön in was reingeraten. Vielleicht fahr ich morgen abend wieder hin«, fügte sie hinzu, »obwohl ich eigentlich keine große Lust habe.«

»Ich versteh nicht, was Sie so interessant und anregend daran finden, eine neue Stadt zu erforschen«, sagte Arnold, stützte das Kinn in die Hand und sah sie durchdringend an.

»Weil ich eben glaube, daß es für mich das Allerschwierigste ist, von einer Sache zur anderen zu wechseln, in gewissem Grad«, sagte Miss Goering.

»Im übertragenen, im geistigen Sinn«, sagte Arnold und bemühte sich, einen freundlicheren Ton anzuschlagen, »mache ich ständig kleine Ausflüge und ändere mich alle sechs Monate von Grund auf.«

»Das können Sie mir nicht erzählen«, sagte Miss Goering.

»Doch, doch, das stimmt. Glauben Sie mir, es ist der reine

Blödsinn, sich physisch von einem Ort zum andern zu begeben. Alle Orte sind doch mehr oder weniger gleich.«

Miss Goering sagte nichts. Sie zog ihr Tuch enger um die Schultern und sah plötzlich ziemlich alt und niedergeschlagen aus.

Arnold bekam Zweifel an dem, was er eben noch geäußert hatte, und entschloß sich auf der Stelle, am nächsten Abend genau denselben Ausflug zu unternehmen, den Miss Goering gerade hinter sich hatte. Er streckte das Kinn nach vorn und zog ein Notizbuch aus der Tasche.

»Wenn Sie so freundlich sind und mir jetzt im einzelnen sagen, wie man zum Festland kommt?« sagte Arnold. »Die Abfahrzeiten der Züge und so weiter.«

»Warum fragen Sie danach?« wollte Miss Goering wissen.

»Weil ich morgen abend selbst dorthin fahre. Ich dachte, Sie hätten das inzwischen erraten.«

»Nein, nach dem zu urteilen, was Sie eben gesagt haben, wäre ich nicht darauf gekommen.«

»Ich red halt so daher«, sagte Arnold, »aber in Wirklichkeit, tief drin, bin ich auch so einer von der verrückten Sorte, wie Sie.«

»Ich würde gern Ihren Vater sehen«, sagte Miss Goering.

»Der schläft wohl. Ich hoffe, daß er Vernunft annimmt und nach Hause zurückkehrt«, sagte Arnold.

»Und ich wünsch mir genau das Gegenteil«, sagte Miss Goering. »Ich hänge schrecklich an ihm. Gehn wir nach oben und schaun bei ihm rein.«

Als sie zusammen die Treppe hochstiegen, trat ihnen Miss Gamelon auf dem Absatz entgegen. Ihre Augen waren verquollen, und sie hatte sich in einen dicken wollenen Bademantel gehüllt.

Sie redete Miss Goering mit schlafschwerer Stimme an. »Noch mal dasselbe, und Sie sehen Lucy Gamelon zum letzten Mal.«

»Aber ›Bubbles‹«, sagte Arnold, »vergiß nicht, daß es sich hier nicht um einen normalen Haushalt handelt, mit gewissen Eigenheiten seitens der Insassen mußt du schon rechnen. Du merkst, ich erkläre uns hiermit allesamt zu ›Insassen‹.«

»Arnold«, mahnte Miss Gamelon, »fang nicht wieder damit an. Du weißt doch, was ich dir erst heute nachmittag über dein dummes Gerede gesagt habe.«

»Bitte, Lucy«, sagte Arnold.

»Kommt jetzt«, schlug Miss Goering vor, »schauen wir doch alle mal kurz bei Arnolds Vater rein.«

Miss Gamelon folgte ihnen, aber nur um Arnold weiter zu ermahnen, was mit leiser Stimme geschah. Miss Goering riß die Tür auf. Das Zimmer war eiskalt, und zugleich wurde ihr bewußt, daß es draußen bereits hell war, schnell Tag geworden war, noch während sie sich mit Arnold im Wohnzimmer unterhalten hatte, wo es wegen der dichten Sträucher vor den Fenstern ohnehin fast immer dunkel blieb.

Arnolds Vater schlief auf dem Rücken. Sein Gesicht sah friedlich aus, und er atmete regelmäßig, ohne zu schnarchen. Miss Goering schüttelte ihn mehrmals an der Schulter.

»Die Vorgänge in diesem Haus«, sagte Miss Gamelon, »sind fast schon kriminell. Jetzt wecken Sie auch noch beim ersten Morgengrauen einen alten Mann auf, der seinen Schlaf braucht. Es schaudert mich, hier stehen zu müssen und zu sehen, was aus Ihnen geworden ist, Christina.«

Schließlich wachte Arnolds Vater auf. Er brauchte eine Weile, bis er verstand, was eigentlich los war, doch dann stützte er sich auf seine Ellbogen und sagte mit großer Munterkeit zu Miss Goering:

»Guten Morgen, Mrs. Marco Polo. Welch herrliche Schätze haben Sie aus dem Orient mitgebracht? Ich freue mich, Sie zu sehen, und wenn Sie mich irgendwohin mitnehmen wollen, ich bin bereit!« Er ließ sich mit einem Plumps ins Kissen zurückfallen.

Miss Goering sagte, sie käme später noch einmal, im Augenblick brauche sie unbedingt etwas Schlaf. Sie verließen das Zimmer, und noch bevor sie die Tür geschlossen hatten, war Arnolds Vater wieder eingeschlafen. Auf dem Treppenabsatz brach Miss Gamelon in Tränen aus, und sie barg einen Augenblick lang ihr Gesicht an Miss Goerings Schulter. Miss Goering hielt sie fest umschlungen und flehte sie an, doch mit dem Weinen aufzuhören. Danach gab sie beiden, Miss Gamelon und Arnold, einen Gutenachtkuß. Als sie ihr Zimmer betrat, überfiel sie für einen Augenblick große Angst, aber kurz darauf sank sie in tiefen Schlaf.

Am darauffolgenden Nachmittag gegen halb sechs kündigte Miss Goering an, daß sie die Absicht habe, am Abend wieder aufs Festland zu fahren. Miss Gamelon stopfte gerade im Stehen eine Socke von Arnold. Sie war koketter als sonst angezogen, mit Rüschen um den Ausschnitt und einer großzügigen Schicht Rouge auf den Wangen. Der alte Mann saß in einem Sessel in der Ecke und las Gedichte von Longfellow, manchmal laut, manchmal nur für sich. Arnold war noch im selben Aufzug wie in der Nacht zuvor, nur daß er über dem Pyjama eine Strickjacke trug. Vorn auf der Jacke hatte er einen großen Kaffeefleck und auf der Brust verstreut Zigarettenasche. Er lag dösend auf der Couch.

»Dorthin gehen Sie ein zweites Mal nur über meine Leiche«, sagte Miss Gamelon. »Ich bitte Sie, Christina, seien Sie vernünftig und lassen Sie uns alle miteinander einen schönen Abend verbringen.«

Miss Gamelon seufzte. »Sie und Arnold, Sie können ja einen wunderschönen Abend zusammen ohne mich verbringen. Tut mir leid. Ich würde gern bleiben, aber ich muß unbedingt fort.«

»Sie machen mich verrückt mit Ihrer Geheimniskrämerei«, rief Miss Gamelon aus. »Wenn doch nur jemand von Ihrer Familie hier wäre! Warum bestellen wir nicht ein Taxi«, sagte sie mit neuer Hoffnung, »und fahren in die Stadt? Wir könnten irgendwo chinesisch essen gehen und danach ins Theater, oder ins Kino, wenn Sie noch immer so knauserig sind.«

»Warum fahren Sie und Arnold nicht in die Stadt, gehen chinesisch essen und dann ins Theater? Es wäre mir ein Vergnügen, euch beide freizuhalten, nur leider kann ich euch nicht begleiten.«

Arnold ärgerte sich immer mehr darüber, mit welcher Selbstverständlichkeit Miss Goering über ihn verfügte. Ihr Verhalten gab ihm zudem das schlimme Gefühl, ihr unterlegen zu sein.

»Tut mir leid, Christina«, ließ er sich von seiner Couch aus hören, »aber ich habe nicht die geringste Absicht, chinesisch essen zu gehen. Auch ich hab schon die ganze Zeit den Plan, eine kleine Spritztour auf das dem Inselende gegenüberliegende Festland zu machen, und nichts wird mich daran hindern. Ich möchte, daß du mich begleitest, Lucy; und eigentlich leuchtet mir nicht ein, warum wir nicht alle zusammen gehen können. Völlig sinnlos, daß Christina aus dieser harmlosen Spritztour zum Festland eine solch morbide Geschichte macht. Daran ist nun wirklich nichts Besonderes.«

»Arnold!« kreischte Miss Gamelon. »Jetzt verlierst auch du noch den Verstand, und wenn du etwa meinst, ich laß mich auf diese Schnapsidee mit dem Zug und der Fähre ein, bloß um in irgendeinem kleinen Rattennest zu landen, dann bist du total übergeschnappt. Außerdem hab ich gehört, daß das Kaff nicht nur trist und öd ist und ohne irgendeinen Reiz, sondern auch noch als übles Pflaster gilt.«

»Egal«, sagte Arnold, setzte sich auf und pflanzte die Füße auf den Boden, »ich fahre heute abend.«

»In dem Fall«, sagte Arnolds Vater, »geh ich auch mit.«

Insgeheim war Miss Goering entzückt, daß sie mitkamen, und sie fand nicht den Mut, sie abzuhalten, auch wenn es ihrem Gefühl nach richtig gewesen wäre. Ihre Ausflüge verlören zwar durch die Begleitung mehr oder weniger jeglichen moralischen Wert, doch sie war so erleichtert darüber, daß sie sich selbst überredete, es dieses eine Mal zuzulassen.

»Es wäre besser für dich, Lucy, wenn du auch mitkämst«, sagte Arnold, »sonst bist du ganz allein hier.«

»Ich fühl mich sehr wohl hier, mein Lieber«, sagte Lucy. »Und ich werde die einzige sein, die am Ende mit heiler Haut davonkommt. Und vielleicht ist es ja auch mal ganz angenehm, ohne einen von euch hier zu sein.«

Arnolds Vater machte mit dem Mund ein beleidigendes Geräusch, worauf Miss Gamelon das Zimmer verließ.

Diesmal war der Bummelzug ziemlich voll, und auf dem Gang wimmelte es von geschäftigen jungen Burschen, die Süßwaren und Obst verkauften. Es war ein erstaunlich warmer Tag gewesen mit einem dieser kurzen Regenschauer, wie sie häufig im Sommer, aber selten im Herbst vorkommen.

Eben ging die Sonne unter, und der Schauer hatte in seinem Gefolge einen schönen Regenbogen hinterlassen, den aber nur die Reisenden sehen konnten, die auf der linken Seite des Zuges saßen. Daher beugten sich nun die meisten, die ihren Platz auf der rechten Seite hatten, über die vom Glück Begünstigten und kamen so ebenfalls in den Genuß des Regenbogens.

Viele Frauen zählten ihren Freundinnen laut die einzelnen Farben auf, die sie unterscheiden konnten. Alle schienen das Schauspiel zu genießen, mit Ausnahme von Arnold, der sich jetzt, nachdem er sich durchgesetzt hatte, furchtbar deprimiert fühlte; teils, weil er seine Couch hatte verlassen müssen und mit einem langweiligen Abend rechnete, und teils, weil er stark daran zweifelte, ob es ihm gelingen würde, sich wieder mit Lucy Gamelon auszusöhnen. Sie gehörte, dessen war er sich sicher, zu den Menschen, die wochenlang schmollen konnten.

»Ich finde das alles so heiter, einfach unbeschreiblich«, sagte Miss Goering. »Dieser Regenbogen da und der Sonnenuntergang und all die ununterbrochen plappernden Leute. Finden Sie das nicht auch heiter?« wandte sie sich an Arnolds Vater.

»O ja«, bestätigte er. »Ein richtiger Zauberteppich.«

Miss Goering sah ihn forschend an, denn seine Stimme hatte ein wenig traurig geklungen. Er schien sich tatsächlich etwas unbehaglich zu fühlen. Ständig schaute er zu den anderen Fahrgästen hinüber und zupfte an seiner Krawatte herum.

Schließlich stiegen sie aus und gingen auf die Fähre. Sie standen alle drei am Bug, wie Miss Goering am Abend zuvor. Als die Fähre anlegte und Miss Goering diesmal auf den Hügel schaute, sah sie niemanden herunterkommen.

»Gewöhnlich«, erklärte sie den beiden, wobei sie vergaß, daß sie diesen Ausflug erst einmal gemacht hatte, »wimmelt es auf dem Hügel vor Menschen. Ich hab keine Ahnung, was heute abend los ist.«

»Ein steiler Anstieg«, sagte Arnolds Vater. Gibt es keinen anderen Weg in die Stadt als dort hinauf?«

»Das weiß ich nicht«, antwortete Miss Goering. Sie sah ihn an und bemerkte, daß seine Ärmel zu lang waren. Der Mantel war ihm mindestens eine halbe Nummer zu groß.

Niemand kam den Weg zur Fähre hinunter oder stieg ihn hinauf, aber oben auf der Hauptstraße drängten sich die Menschen. Das Kino war festlich erleuchtet, und eine lange Schlange wartete vor der Kasse. Irgendwo mußte es gebrannt haben, denn auf der anderen Straßenseite standen einige Häuserblocks vom Kino entfernt drei Feuerwehrautos. Nach Miss Goerings Meinung konnte es sich nur um einen kleinen Brand handeln, da sie weder Rauch noch rußgeschwärzte Gebäude entdecken konnte. Die Feuerwehrautos bereicherten das heitere Bild, das die Straße bot, denn zahlreiche junge Leute hatten sich um die Autos geschart und scherzten mit den wachhabenden Feuerwehrmännern. Arnold schritt zügig voran, wobei er alles auf der Straße aufmerksam musterte und so tat, als gebe er sich ganz und gar den Eindrücken hin, welche die Stadt auf ihn machte.

»Ich versteh jetzt, was Sie meinen«, sagte er zu Miss Goering, »es ist phantastisch.«

»Was ist phantastisch?« fragte sie zurück.

»Alles hier.« Plötzlich hielt er inne. »Ach, sehen Sie doch, Christina, wie schön!« Er drängte sie, Miss Goering und seinen Vater, vor einem großen, zwischen zwei Gebäuden gelegenen, freien Grundstück stehenzubleiben, das man in eine nagelneue Basketballanlage verwandelt hatte. Das Spielfeld war elegant mit grauem Asphalt ausgelegt und wurde von vier riesigen Scheinwerfern angestrahlt, die auf die Spieler und die Körbe gerichtet waren. An der einen Seite des Spielfeldes befand sich die Kasse, wo sich Amateure Karten kaufen konnten und eine Stunde lang spielen durften. Die meisten Spieler waren kleine Jungen. Es gab auch einige Männer in Uniform, und Arnold vermutete, daß es Angestellte waren, die einsprangen, wenn sich nicht genügend Spieler Karten gekauft hatten, um zwei vollständige Mannschaften zu bilden. Arnold errötete vor Vergnügen.

»Hören Sie, Christina«, sagte er, »gehn Sie ruhig weiter, ich versuch mich hier mal; später komm ich dann wieder zu Paps und Ihnen.«

Sie erklärte ihm, wo die Bar war, hatte aber das Gefühl, er sei nicht so recht bei der Sache. Einen Augenblick lang blieben Arnolds Vater und sie stehen und beobachteten, wie Arnold an die Kasse stürzte und hastig das Kleingeld durch das Schalterfenster schob. Im Handumdrehen war er auf dem Spielfeld, rannte in seinem Mantel herum und sprang mit ausgestreckten Armen in die Luft. Einer der Uniformierten hatte schnell seinen Platz im Spiel geräumt, um ihn Arnold zu überlassen. Verzweifelt versuchte er nun dessen Aufmerksamkeit zu erregen, da Arnold an der Kasse in solcher Eile gewesen war, daß der Platzwart keine Zeit gehabt hatte, ihm die farbige Armbinde zu geben, an der die Spieler die eigenen Mannschaftskameraden erkennen konnten.

»Es ist wohl besser, wir gehen los«, sagte Miss Goering. »Arnold wird vermutlich bald nachkommen.«

Sie gingen die Hauptstraße hinunter. Vor dem Eingang der Bar zögerte Arnolds Vater einen Moment.

»Was für Leute kommen hierher?« fragte er.

»Och«, sagte Miss Goering, »alle möglichen Leute, glaub

ich. Reiche und Arme, Arbeiter und Bankleute, Kriminelle und Zwerge.«

»Zwerge«, wiederholte Arnolds Vater beunruhigt.

Kaum waren sie eingetreten, entdeckte Miss Goering auch schon Andy. Er trank am äußersten Ende der Theke und hatte den Hut tief über ein Auge gezogen. Miss Goering verstaute Arnolds Vater rasch in eine Nische.

»Ziehen Sie den Mantel aus«, sagte sie, »und bestellen Sie sich einen Drink bei dem Mann da drüben hinter der Theke.«

Sie ging zu Andy hinüber und streckte ihm die Hand entgegen. Er sah hinterhältig und arrogant aus.

»Hallo«, sagte er. »Haben Sie sich entschlossen, aufs Festland zurückzukehren?«

»Aber sicher«, sagte Miss Goering. »Ich hab's Ihnen ja versprochen.«

»Nun«, sagte Andy, »im Laufe der Jahre hab ich gelernt, daß das nichts heißt.«

Miss Goering war ein wenig verlegen. Eine Weile standen sie nebeneinander, ohne etwas zu reden.

»Tut mir leid«, sagte Andy, »aber ich kann Ihnen rein gar nichts für den Abend vorschlagen. Es gibt nur ein Kino in der Stadt, und da läuft zur Zeit ein miserabler Film.« Er bestellte sich noch einen Drink, den er in einem Zug austrank. Dann drehte er ganz langsam am Radio von Sender zu Sender, bis er einen Tango fand.

»Darf ich wohl um diesen Tanz bitten?« fragte er und schien sich zu beleben.

Miss Goering nickte.

Er führte sie stocksteif und drückte sie so fest an sich, daß sie in eine Lage kam, die ihr höchst peinlich und unbequem war. Er tanzte mit ihr in eine hintere Ecke des Raumes.

»Wie ist es«, sagte er, »wollen Sie versuchen, mich glücklich zu machen? Ich habe nämlich keine Zeit zu verlieren.« Er schob sie von sich weg und blieb ganz gerade und mit hängenden Armen vor ihr stehen.

»Treten Sie bitte noch ein wenig zurück«, bat er sie. »Sehen Sie sich Ihren Mann genau an und sagen Sie dann, ob Sie ihn haben wollen.«

Miss Goering wußte nicht, wie sie etwas anderes als »ja« antworten konnte. Andy stand mit zur Seite geneigtem

Kopf da und schaute drein wie jemand, der beim Fotografiertwerden um keinen Preis blinzeln darf.

»Nun denn«, sagte Miss Goering, »ich möchte also, daß Sie mein Mann sind.« Sie lächelte ihn süß an, ohne groß über ihre Worte nachzudenken.

Er streckte ihr die Arme entgegen, und sie tanzten weiter. Voller Stolz blickte er über ihren Kopf hinweg und lächelte ein klein wenig. Als der Tanz zu Ende war, fiel Miss Goering schlagartig ein, daß Arnolds Vater die ganze Zeit über allein an seinem Tisch gesessen hatte. Er tat ihr doppelt leid, denn seit sie den Zug bestiegen hatten, schien er niedergeschlagen und gealtert zu sein. Miss Goering konnte kaum noch den lebhaften, exzentrischen Mann wiedererkennen, der er in den paar Tagen seines Aufenthaltes bei ihr auf der Insel gewesen war, geschweige denn den fanatischen Gentleman, als den sie ihn am ersten Abend kennengelernt hatte.

»Mein Gott, ich muß Sie Arnolds Vater vorstellen«, sagte sie zu Andy. »Kommen Sie, hier entlang.«

Ihre Gewissensbisse verstärkten sich noch, als sie an seinen Tisch trat, denn er hatte die ganze Zeit dagesessen, ohne sich etwas zum Trinken zu bestellen.

»Was ist los?« fragte Miss Goering, wobei ihre Stimme in die Höhe ging wie bei einer aufgeregten Mutter. »Warum haben Sie sich um Himmels willen nicht etwas kommen lassen?«

Arnolds Vater sah sich verstohlen um. »Weiß nicht, mir war einfach nicht danach zumute.«

Sie machte die beiden Männer miteinander bekannt, und sie setzten sich alle an den Tisch. Arnolds Vater erkundigte sich mit ausgesuchter Höflichkeit bei Andy, ob er in der Stadt wohne und was er beruflich mache. Im Laufe des Gesprächs entdeckten sie, daß sie nicht nur in derselben Stadt geboren, sondern trotz des Altersunterschieds auch zur selben Zeit dort gewohnt hatten, ohne sich je kennengelernt zu haben. Andy schien anders als die meisten Menschen nicht eben gesprächiger zu werden, als sie auf diese zufällige Gemeinsamkeit stießen.

»Ja«, antwortete er schläfrig auf die Fragen von Arnolds Vater, »ja, 1920 habe ich dort gewohnt.«

»Dann kennen Sie doch bestimmt auch die Familie McLean gut«, rief Arnolds Vater aus und setzte sich aufrechter hin, »ganz bestimmt. Auf dem Hügel haben sie gewohnt.

Sie hatten sieben Kinder, fünf Mädchen und zwei Jungen. Wie Sie sich sicherlich noch erinnern, hatten die alle einen prächtigen fuchsroten Haarschopf.«

»Die habe ich nicht gekannt«, sagte Andy ruhig, wobei ihm das Blut ins Gesicht stieg.

»Das ist sehr seltsam«, sagte Arnolds Vater. »Dann müssen Sie aber Vincent Connelly, Peter Jacketson und Robert Bull kennen.«

»Nein«, sagte Andy, »nein, kenn ich nicht.« Seine gute Laune schien vollkommen verflogen zu sein.

»Sie haben«, sagte Arnolds Vater, »die wichtigen Geschäftsunternehmen in der Stadt kontrolliert.« Er beobachtete aufmerksam Andys Gesicht.

Andy schüttelte ein weiteres Mal den Kopf und blickte ins Leere.

»Riddleton?« fragte Arnolds Vater brüsk.

»Wie?« sagte Andy.

»Riddleton, den Bankpräsidenten.«

»Hm, nicht richtig«, sagte Andy.

Arnolds Vater lehnte sich gegen die Bank und seufzte. »Wo haben Sie denn gewohnt?« fragte er Andy schließlich.

»Am Ende von Parlamentsstraße und Byrd Avenue«, sagte Andy.

»Eine schreckliche Gegend, bevor man angefangen hat, sie abzureißen, nicht?« sagte Arnolds Vater mit wehmutsvollem Blick.

Andy stieß den Tisch unsanft beiseite und verschwand eilends zur Theke.

»Nicht einen einzigen anständigen Menschen hat er in der ganzen gottverdammten Stadt gekannt«, sagte Arnolds Vater. »Parlament und Byrd war die Gegend, wo –«

»Bitte«, sagte Miss Goering. »Sie sehen doch, Sie haben ihn beleidigt. Eine Schande ist das, denn Ihnen beiden ist das alles doch piepegal! Was für ein tückischer, kleiner Teufel ist bloß in euch beide gefahren?«

»Meiner Meinung nach hat er nicht gerade sonderlich gute Manieren, und er ist eindeutig nicht der Typ von Mann, den ich mir als Ihren Begleiter vorstellen kann.«

Miss Goering ärgerte sich ein wenig über Arnolds Vater, doch statt ihm das zu sagen, ging sie zu Andy hinüber, um ihn zu trösten.

»Bitte, nehmen Sie es ihm nicht übel«, sagte sie. »Er ist

wirklich ein reizender alter Herr und ziemlich poetisch. Er hat sein Leben gerade radikal verändert, und das alles in den letzten Tagen, und jetzt merkt er die Anspannung.«

»So, poetisch soll der sein?« fuhr Andy sie an. »Ein aufgeblasener alter Affe ist das. Jawohl.« Andy war wirklich sehr wütend.

»Nein«, widersprach Miss Goering, »er ist kein aufgeblasener alter Affe.«

Andy trank aus und ging, die Hände in den Taschen, mit herausfordernder Miene zu Arnolds Vater hinüber.

»Sie sind ein aufgeblasener alter Affe!« sagte er zu ihm. »Ein aufgeblasener, nichtsnutziger alter Affe.«

Arnolds Vater glitt mit gesenktem Blick von seinem Platz und wandte sich zur Tür.

Miss Goering, die Andys Bemerkung gehört hatte, eilte ihm nach, doch als sie an Andy vorbeikam, flüsterte sie ihm zu, daß sie gleich wieder zurück sei.

Draußen lehnten sich beide an einen Laternenpfahl. Miss Goering konnte sehen, daß Arnolds Vater zitterte.

»Noch nie in meinem Leben habe ich eine solche Grobheit erlebt«, sagte er. »Der Kerl ist schlimmer als ein Straßenköter.«

»Ich würde mich darüber nicht so aufregen«, sagte Miss Goering. »Er hatte einfach schlechte Laune.«

»Schlechte Laune?« sagte Arnolds Vater. »Er ist einer von diesen billig angezogenen Rohlingen, die heutzutage immer mehr die Welt bevölkern.«

»Nun hören Sie aber auf«, sagte Miss Goering, »das ist doch unwichtig.«

Arnolds Vater sah Miss Goering an. Ihr Gesicht war an diesem Abend besonders anziehend, und er seufzte bedauernd. »Vermutlich sind Sie auf Ihre Weise tief enttäuscht von mir«, sagte er, »und können in Ihrem Herzen Achtung für ihn empfinden, wohingegen es Ihnen unmöglich ist, in eben demselben Herzen Achtung auch für mich aufzubringen. Die menschliche Natur ist geheimnisvoll und sehr schön, aber denken Sie daran, es gibt gewisse untrügerische Zeichen, die ich, als alter Mann, zu erkennen gelernt habe. Ich würde diesem Mann nicht allzuviel Vertrauen schenken. Sie wissen ja, meine Liebe, daß ich Ihnen von ganzem Herzen zugetan bin.«

Miss Goering stand schweigend da.

»Sie sind mir sehr nah«, sagte er nach einer Weile und drückte ihre Hand.

»Was halten Sie davon, zurück in die Bar zu gehen, oder haben Sie genug für heute?«

»Es wäre mir buchstäblich unmöglich, diese Bar nochmals zu betreten, selbst wenn ich den leisesten Wunsch danach verspürte. Es ist vielleicht besser, wenn ich gehe. Und Sie, meine Liebe, werden wohl nicht mit mir kommen?«

»Ich bedaure unendlich«, sagte Miss Goering, »aber leider habe ich mich mit ihm verabredet. Möchten Sie, daß ich Sie bis zum Basketballfeld begleite? Vielleicht ist Arnold schon müde. Wenn nicht, können Sie sich ja einfach hinsetzen und den Spielern eine Zeitlang zusehen.«

»Ja, das wäre sehr nett von Ihnen«, sagte Arnolds Vater mit einer so traurigen Stimme, daß es Miss Goering fast das Herz brach.

Kurz darauf erreichten sie das Spielfeld. Es hatte sich einiges geändert. Die meisten kleinen Jungen waren ausgeschieden, und anstelle der Jungen und Angestellten spielten jetzt zahlreiche junge Männer und Frauen. Die Frauen kreischten vor Vergnügen, und es waren viele Zuschauer gekommen, um sich das Spiel anzusehen. Nach einiger Zeit merkten Miss Goering und Arnolds Vater, daß es vor allem Arnold selbst war, der diese Heiterkeit hervorrief. Er hatte Mantel und Strickjacke ausgezogen, und zu ihrer Überraschung entdeckten sie, daß er noch immer das Oberteil seines Pyjamas trug. Er hatte es aus seiner Hose herausgezogen und wirkte so noch lächerlicher. Sie sahen ihn mit dem Ball in den Armen über das Spielfeld rennen. Er brüllte dabei wie ein Löwe. Wenn er an einer strategisch wichtigen Stelle angekommen war, gab er den Ball jedoch nicht an einen Mitspieler seiner Mannschaft ab, sondern ließ ihn einfach vor den Füßen auf den Boden fallen und rannte einem seiner Gegner wie ein Ziegenbock in den Bauch. Die Menge tobte vor Lachen. Die uniformierten Angestellten waren ganz besonders entzückt, da dieses Spiel eine angenehme und unerwartete Unterbrechung in der abendlichen Routine war. Sie standen alle in einer Reihe nebeneinander und grinsten.

»Ich versuch einen Stuhl für Sie aufzutreiben«, sagte Miss Goering. Sie kam schnell zurück und führte Arnolds Vater zu einem Klappstuhl, den einer der Angestellten zuvorkommend direkt vor dem Kassenschalter aufgestellt hatte. Arnolds Vater setzte sich hin und gähnte.

»Auf Wiedersehn«, sagte Miss Goering. »Auf Wiedersehn, mein Engel, und warten Sie hier, bis Arnold mit seinem Spiel zu Ende ist.«

»Einen Augenblick«, sagte Arnolds Vater. »Wann fahren Sie auf die Insel zurück?«

»Vielleicht komme ich nicht zurück«, sagte sie, »vielleicht nicht gleich, aber ich sorge dafür, daß Miss Gamelon genügend Geld fürs Essen und den Haushalt bekommt.«

»Aber ich muß Sie auf jeden Fall noch mal sehen. Das ist nicht gerade sehr menschlich, sich so auf Nimmerwiedersehen zu verabschieden.«

»Gut, kommen Sie einen Augenblick mit«, sagte Miss Goering, ergriff seine Hand und zog ihn mühsam durch die Menge auf den Bürgersteig.

Arnolds Vater protestierte, er gehe auch für ein paar Millionen Dollar nicht zurück in die Bar.

»Seien Sie doch nicht albern, ich bring Sie ja gar nicht in die Bar«, sagte sie. »Sehen Sie die Eisdiele auf der anderen Seite?« Sie zeigte auf einen kleinen weißgestrichenen Laden direkt gegenüber. »Wenn ich nicht zurückkomme, was höchstwahrscheinlich ist, wollen Sie mich dann dort Sonntagmorgen treffen? Also heute in acht Tagen, um elf Uhr vormittags.«

»Ich werde in acht Tagen dort sein«, versprach Arnolds Vater.

Als sie in der Nacht mit Andy wieder in dessen Wohnung kam, bemerkte sie, daß auf dem Couchtisch drei langstielige Rosen standen.

»Was für herrliche Blumen!« rief sie aus. »Das erinnert mich daran, daß meine Mutter einst den schönsten Garten weit und breit hatte. Sie hat viele Preise mit ihren Rosen gewonnen.«

»So«, sagte Andy, »in meiner Familie hat niemand je einen Preis mit einer Rose gewonnen, aber ich hab die Blumen da für Sie gekauft, für den Fall, daß Sie kämen.«

»Ich bin tief gerührt«, sagte Miss Goering.

Miss Goering hatte acht Tage mit Andy zusammengelebt. Er war noch immer sehr nervös und angespannt, im ganzen aber kam er ihr viel zuversichtlicher vor. Am zweiten Tag hatte er zu Miss Goerings Überraschung begonnen, über die geschäftlichen Möglichkeiten in der Stadt zu sprechen. Er verblüffte sie auch damit, daß er die Namen der wichtigsten Familien der Gemeinde kannte und noch dazu vertraut war mit gewissen Details aus ihrem Privatleben. Am Samstagabend hatte er Miss Goering seine Absicht mitgeteilt, am nächsten Morgen eine geschäftliche Unterredung mit Mr. Bellamy, Mr. Schlaegel und Mr. Dockerty zu führen. Diese Männer kontrollierten nicht nur einen Großteil des Immobilienmarktes in dieser Stadt, sondern auch den verschiedener Nachbarstädte. Außerdem gehörten ihnen zahlreiche Farmen in der Umgebung. Andy war furchtbar aufgeregt, als er ihr von seinem Plan erzählte, der hauptsächlich darin bestand, die Gebäude zu verkaufen, die er in der New Yorker City besaß, wofür man ihm bereits eine kleine Summe angeboten hatte; damit wollte er einen Geschäftsanteil bei den drei Herren erwerben.

»Das sind die gerissensten Männer der Stadt«, sagte er, »sind aber keineswegs Gangster. Sie kommen aus den besten Familien der Gegend, und ich hab gedacht, das Treffen könnte auch für dich ganz schön sein.«

»So was interessiert mich nicht im geringsten«, wehrte Miss Goering ab.

»Normalerweise würde ich auch nicht annehmen, daß dich oder mich so was interessieren könnte«, sagte Andy, »aber du mußt zugeben, wir leben nun mal in dieser Welt, es sei denn, wir wollen uns wie überdrehte Kinder oder entlaufene Irre aufführen oder sonst was.«

Seit einigen Tagen war Miss Goering klar, daß Andy sich nicht mehr für einen Versager hielt. Wenn ihr daran gelegen gewesen wäre, ihre Freunde zu bessern, hätte sie Andys Veränderung unendlich gefreut, aber leider interessierte sie nur eins: der Kurs, den sie selbst eingeschlagen hatte, um ihr eigenes Seelenheil zu retten. Sie mochte Andy, aber in den letzten zwei Nächten hatte sie gespürt, daß sie das Bedürfnis hatte, ihn zu verlassen. Eine nicht unbedeutende Rolle spielte dabei auch der Umstand, daß neuerdings ein Unbekannter die Bar frequentierte.

Dieser Neuankömmling hatte eine geradezu gigantische Statur, und die beiden Male, wo sie ihn gesehen hatte, trug er einen gut geschnittenen, imposanten schwarzen Mantel, der offensichtlich aus dem teuersten Material war. Sie hatte sein Gesicht nur ein paarmal flüchtig wahrgenommen, doch was sie davon gesehen hatte, erschreckte sie so, daß sie seit zwei Tagen an kaum etwas anderes hatte denken können.

Dieser Mann fuhr, wie sie beobachtet hatte, in einer wunderschönen großen Limousine vor, die eher einem Leichenwagen glich als einem Privatauto. Einmal, als der Mann in der Bar etwas trank, hatte sich Miss Goering den Wagen genauer angesehen. Er schien fast neu zu sein. Sie und Andy hatten einen Blick ins Wageninnere geworfen und waren etwas überrascht gewesen, auf dem Boden einen Stapel schmutziger Wäsche zu sehen. Und jetzt ließ Miss Goering die Frage nicht mehr los, welchen Kurs sie einschlagen sollte, falls der Neuankömmling sie für eine Zeitlang zu seiner Geliebten machen wollte. Sie war sich ziemlich sicher, daß er ihr ein solches Angebot machen würde, denn sie hatte ihn bereits verschiedentlich dabei ertappt, wie er sie auf eine ganz bestimmte Weise anstarrte, die sie zu deuten gelernt hatte. Ihre einzige Hoffnung war, daß er verschwand, noch bevor sie die Möglichkeit hatte, sich ihm zu nähern. In diesem Fall bliebe sie verschont und könnte noch einige Zeit mit Andy vertrödeln, der mittlerweile so gar nichts Düsteres mehr an sich hatte; sie fing schon an, sich mit ihm wie mit einem jüngeren Bruder über Nichtigkeiten zu zanken.

Als Miss Goering am Sonntagmorgen aufwachte, sah sie Andy in Hemdsärmeln: er wischte Staub von den kleinen Tischen im Wohnzimmer.

»Was ist los?« fragte sie ihn. »Was wuselst du herum wie eine Hausfrau?«

»Schon vergessen?« fragte er sie und sah gekränkt aus. »Heute ist der große Tag – der Tag der Besprechung. Sie kommen in aller Herrgottsfrühe, und zwar alle drei. Die stehen mit den Hühnern auf, diese Geschäftsleute. Könntest du denn nicht«, bat er sie, »könntest du nicht was tun, damit das Zimmer gemütlicher wird? Sie sind alle verheiratet, und selbst wenn sie wahrscheinlich nicht mal sagen könnten, was in ihrem Wohnzimmer alles herumsteht, ihre Frauen jedenfalls haben 'ne Unmenge Geld zur Verfügung, das sie für Schnickschnack ausgeben können, sie sind sicherlich einigen Aufwand gewöhnt.«

»Also, dieses Zimmer ist derart abscheulich, Andy, daß ich keine Möglichkeit sehe, daran etwas zu verbessern.«

»Ja, vermutlich hast du recht, der Raum sieht ziemlich übel aus. Ich hab's noch nie so richtig bemerkt.« Andy zog sich einen marineblauen Anzug an, kämmte sich sorgfältig das Haar und rieb es mit etwas Brillantine ein. Dann ging er im Wohnzimmer auf und ab, Hände in den Hosentaschen. Das Sonnenlicht strömte durchs Fenster herein, und der irritierend zischende Radiator überheizte die Wohnung wie schon die ganze Zeit seit Miss Goerings Ankunft.

Mr. Bellamy, Mr. Schlaegel und Mr. Dockerty hatten Andys Nachricht bekommen und stiegen die Treppe zu seinem Apartment hinauf; sie hatten der Einladung mehr aus Neugier und aus alter Gewohnheit Folge geleistet, sich auf keinen Fall etwas entgehen zu lassen, als in der Überzeugung, ihr Besuch werde sich wirklich lohnen. Als ihnen im Treppenhaus der durchdringende Geruch der Armeleuteküche entgegenschlug, legten sie die Hand auf den Mund, um nicht vor Lachen herauszuplatzen, und führten eine kleine scherzhafte Rückzugspantomime zur Treppe hin auf. Es machte ihnen jedoch in Wirklichkeit nicht allzuviel aus, denn es war Sonntag, und sie waren lieber unter sich als bei ihren Familien, und so pochten sie denn an Andys Tür. Andy trocknete sich schnell die schwitzigen Hände und eilte zur Tür. Er blieb auf der Schwelle stehen und schüttelte jedem kräftig die Hand, bevor er sie bat einzutreten.

»Ich bin Andrew McLean«, stellte er sich vor, »und ich bedaure es, daß wir uns nicht früher kennengelernt haben.« Er führte sie in das Wohnzimmer, und den drei Besuchern war sofort klar, daß es unerträglich heiß werden würde. Mr. Dockerty, der Aggressivste des Trios, wandte sich an Andy.

»Hätten Sie was dagegen, das Fenster zu öffnen, Herr Kollege?« sagte er mit lauter Stimme. »Hier drin kocht's ja.«

»Oh«, sagte Andy errötend, »daran hätte ich denken sollen.«

Er ging zu den Fenstern und öffnete sie.

»Wie können Sie so was bloß aushalten, Herr Kollege?« fragte Mr. Dockerty. »Wollen Sie hier was ausbrüten?«

Die drei Männer gruppierten sich um die Couch und holten ihre Zigarren hervor, die sie eine Zeitlang begutachteten.

»Zwei von uns setzen sich da auf die Couch, Herr Kollege«, sagte Mr. Dockerty, »und Mr. Schlaegel kann sich hier auf dieses Sesselchen setzen. Wo aber wollen Sie sich hinsetzen?«

Mr. Dockerty hatte fast auf der Stelle für sich entschieden, daß Andy ein vollkommener Trottel war, und nahm deshalb die Angelegenheit in die Hand. Das brachte Andy so aus der Fassung, daß er dastand und die drei Männer sprachlos anstarrte.

»Kommen Sie«, sagte Mr. Dockerty, holte einen Stuhl aus einer Zimmerecke und stellte ihn neben die Couch, »kommen Sie, setzen Sie sich da hin.«

Andy nahm schweigend Platz und spielte mit den Fingern.

»Nun sagen Sie mal«, begann Mr. Bellamy, der ein wenig umgänglicher und wohlerzogener als die beiden anderen war, »sagen Sie, wie lange wohnen Sie hier schon?«

»Ich wohne hier seit zwei Jahren«, sagte Andy teilnahmslos.

Die drei Männer ließen sich das durch den Kopf gehen.

»Hm«, sagte Mr. Bellamy, »und was haben Sie in diesen drei Jahren gemacht?«

»In den zwei Jahren«, verbesserte Andy.

Andy hatte sich eine ziemlich lange Geschichte zurechtgelegt, die er ihnen erzählen wollte, da er vermutet hatte, daß sie ihn das eine oder andere über sein Privatleben ausfragen würden, um in Erfahrung zu bringen, mit was für einem Mann sie es zu tun hatten, und er war zu dem Schluß gekommen, es sei unklug zuzugeben, daß er in den letzten zwei Jahren überhaupt nichts getan hatte. Aber er hatte sich vorgestellt, das Treffen würde in einer viel freundlicheren Atmosphäre stattfinden. Er hatte angenommen, die drei Männer freuten sich darüber, jemand gefunden zu haben, der Geld in ihre Geschäfte investieren wollte, und ihm nur allzugern glaubten, daß er ein rechtschaffener, hart arbeitender Bürger sei. Jetzt allerdings hatte er das Gefühl, im Kreuzverhör zu stehen und zum Narren gehalten zu werden, und er konnte den Wunsch, aus dem Zimmer zu stürzen, nur schwer unterdrücken.

»Nichts«, sagte er, wobei er ihren Blicken auswich, »nichts.«

»Es erstaunt mich immer wieder«, fuhr Mr. Bellamy fort, »wie die Leute überhaupt Freizeit haben können – das heißt, mehr Freizeit als sie brauchen. Was ich sagen will: unser

Geschäft besteht seit zweiunddreißig Jahren, und es ist kein Tag vergangen, an dem ich nicht mindestens dreizehn oder vierzehn Dinge zu erledigen hatte. Das mag Ihnen etwas übertrieben vorkommen, vielleicht sogar sehr übertrieben, aber es ist nicht übertrieben, es ist die reine Wahrheit. Zum ersten mache ich jedem Haus, das wir auf unserer Liste haben, meine persönliche Aufwartung. Ich überprüfe die Installationen und die Kanalisation und was weiß ich. Ich achte darauf, ob ein Haus in Schuß gehalten wird oder nicht, und ich schau bei unterschiedlichstem Wetter vorbei, um zu sehen, wie sich ein Haus bei Sturm oder Blizzard macht. Ich weiß genau, wie viele Kohlen jedes unserer Häuser für die Heizung braucht. Ich spreche persönlich mit unseren Klienten, und ich versuche, ihnen bezüglich des Preises, den sie für ihr Haus verlangen, zuzureden, gleichgültig, ob sie nun vermieten wollen oder verkaufen. Wenn sie zum Beispiel einen Preis verlangen, der meines Wissens zu hoch ist, denn ich bin ja in der Lage, ihn mit jedem Preis auf dem Markt zu vergleichen, bemühe ich mich, sie zu überreden, den Preis etwas niedriger anzusetzen, um ihn so dem Durchschnittspreis anzugleichen. Wenn sie sich andrerseits täuschen, und ich weiß ...«

Die beiden anderen Besucher fingen an, sich zu langweilen. Ohne Zweifel war Mr. Bellamy der unbedeutendste von den dreien, auch wenn er wahrscheinlich all die lästige Arbeit erledigte. Mr. Schlaegel unterbrach ihn.

»Nun, mein Freund«, wandte er sich an Andy, »sagen Sie uns doch, um was es eigentlich geht. In Ihrem Brief haben Sie erklärt, Sie hätten einige Vorschläge zu machen, von denen Sie vermuten, wir und natürlich auch Sie selbst könnten davon profitieren.

Andy erhob sich. Die drei Männer sahen, daß er unter einer ungeheuren Anspannung stand, darum waren sie nun doppelt auf der Hut.

»Warum kommen Sie nicht ein anderes Mal wieder?« sagte Andy überstürzt. »Dann werde ich mir das genauer überlegt haben.«

»Lassen Sie sich Zeit, Herr Kollege, lassen Sie sich jetzt nur Zeit«, sagte Mr. Dockerty. »Wir sind hier beieinander, und es gibt keinen Grund, warum wir nicht gleich darüber reden sollten. Wir wohnen nicht direkt in der Stadt. Wir wohnen in Fairview, zwanzig Minuten von hier. Übrigens haben *wir* Fairview eigentlich erst erschlossen.«

»Jedenfalls«, sagte Andy, kehrte zu seinem Stuhl zurück und setzte sich ganz vorn auf die Kante, »habe ich selbst ein kleines Grundstück.«

»Wo ist das?« erkundigte sich Mr. Dockerty.

»Es ist ein Haus in der City, nah beim Hafen.« Er nannte Mr. Dockerty die Straße, blieb abwartend sitzen und biß sich auf die Lippe. Mr. Dockerty sagte nichts.

»Sehen Sie«, fuhr Andy fort, »ich hab mir gedacht, ich könnte der Gesellschaft meine Rechte an diesem Gebäude abtreten als Entgelt für eine Beteiligung an Ihrem Unternehmen – zumindest das Recht, für die Firma zu arbeiten und meine Provision aus den Verkäufen, die ich tätige, zu bekommen. Ich brauche natürlich nicht gleich dieselben Rechte wie Sie, aber ich habe mir gedacht, ich könnte diese Einzelheiten später mit Ihnen besprechen, wenn Sie Interesse an der Sache haben.«

Mr. Dockerty schloß die Augen und wandte sich nach einiger Zeit Mr. Schlaegel zu.

»Ich kenne die Straße, von der er spricht«, sagte er. Mr. Schlaegel schüttelte den Kopf und zog eine Grimasse. Andy stierte auf seine Schuhe.

»Schon seit langem«, sagte Mr. Dockerty, wobei er noch immer Mr. Schlaegel anredete, »schon seit langem sind die Gebäude in dem Viertel nichts als ein Klotz am Bein. Selbst als Elendsbehausungen sind sie ziemlich miserabel, und das Geld, das sie einbringen, reicht gerade, um Leib und Seele zusammenzuhalten. Der Grund dafür ist, wie du dich sicher erinnern kannst, lieber Schlaegel, daß es dort in erreichbarer Nähe kein einziges Verkehrsmittel gibt, und drum herum sind die Fischmärkte.«

»Abgesehen davon«, fuhr Mr. Dockerty fort, indem er sich an Andy wandte, »haben wir in unserer Satzung eine Klausel, die uns verbietet, weitere Teilhaber aufzunehmen, es sei denn strikt im Angestelltenverhältnis, und da, mein Freund, gibt es eine ellenlange Liste von Leuten, die auf einen Job in unseren Büros warten, falls mal eine Stelle freiwerden sollte. Die lechzen nach einer Arbeit, egal welcher, die wir ihnen anbieten können. Alles fabelhafte junge Männer, die meisten direkt vom College, wild nach Arbeit und bereit, alle möglichen modernen Verkaufstricks anzuwenden, die sie eingetrichtert bekommen haben. Von einigen kenne ich die Familien persönlich, und es tut mir leid, daß ich diesen Burschen nicht mehr helfen kann, als in meiner Macht steht.«

In diesem Augenblick rauschte Miss Goering durchs Zimmer. »Ich bin ein oder zwei Stunden zu spät dran für Arnolds Vater«, rief sie über die Schulter, als sie hinausging. »Ich seh dich später.«

Andy war aufgestanden und zum Fenster gegangen, er kehrte den drei Männern den Rücken zu. Seine Schulterblätter zuckten nervös.

»War das Ihre Frau?« rief ihm Mr. Dockerty zu.

Andy gab keine Antwort, doch wenige Sekunden später wiederholte Mr. Dockerty seine Frage, hauptsächlich weil er den Verdacht hatte, die Frau sei nicht Andys Frau gewesen, und er herausbringen wollte, ob er richtig geraten hatte. Er stieß Mr. Schlaegel mit dem Fuß an, und sie zwinkerten sich zu.

»Nein«, sagte Andy und drehte sich mit feuerrotem Gesicht zu ihnen herum. »Nein, sie ist nicht meine Frau; sie ist meine Freundin. Sie lebt hier mit mir seit etwa einer Woche zusammen. Möchten die Herren noch etwas anderes wissen?«

»Sachte, sachte, mein Freund«, sagte Mr. Dockerty. »Kein Grund zur Aufregung. Sie ist eine auffallend hübsche Frau, ja, sehr hübsch, und falls unsere kleine Geschäftsbesprechung Sie durcheinandergebracht haben sollte, so ist das ebenfalls völlig unnötig. Wir haben Ihnen alles ganz offen dargelegt, wie unter Geschäftsfreunden.« Andy schaute wieder aus dem Fenster.

»Sie wissen doch«, begann Mr. Dockerty von neuem, »es gibt andere Jobs, die Ihnen und Ihrer Ausbildung weitaus angemessener sind und die Sie letzten Endes viel viel zufriedener machen. Fragen Sie Ihre Freundin, ob ich recht hab.« Andy blieb stumm.

»Es gibt andere Jobs«, ließ sich Mr. Dockerty nochmals hören, aber da weiterhin keine Reaktion von Andy kam, zuckte er mit den Achseln, erhob sich mühsam von der Couch und strich sich die Weste und das Jackett glatt. Die anderen folgten seinem Beispiel. Dann sagten alle drei höflich Andys Rücken Lebewohl und gingen.

Arnolds Vater hatte bereits anderthalb Stunden in der Eisdiele gesessen, als Miss Goering endlich hereingestürzt kam.

Er sah vollkommen verloren aus. Es war ihm nicht einmal eingefallen, sich eine Zeitschrift zu kaufen, und es saß auch niemand sonst in der Eisdiele, den man anschauen konnte, denn es war noch Vormittag, und die Leute kamen selten vor dem Essen.

»Ach, Sie Ärmster! Ich kann Ihnen nicht sagen, wie leid mir das tut«, rief Miss Goering aus, nahm seine Hände in die ihren und führte sie an die Lippen. Arnolds Vater trug Wollhandschuhe. »Ich kann Ihnen gar nicht sagen, wie mich diese Handschuhe an meine Kindheit erinnern«, fügte sie hinzu.

»In den letzten Tagen hab ich gefroren«, sagte Arnolds Vater, »und darum ist Miss Gamelon in die Stadt gegangen und hat mir die hier gekauft.«

»Aha, und wie läuft alles so?«

»Das erzähl ich Ihnen gleich«, sagte Arnolds Vater, »doch zuerst möchte ich wissen, ob's Ihnen, meine Verehrte, gutgeht, und ob Sie vorhaben, auf die Insel zurückzukommen.«

»Ich – ich glaube nicht«, sagte Miss Goering, »nicht so schnell jedenfalls.«

»Ich muß Ihnen von den vielen Veränderungen berichten, die sich in unserem Leben zugetragen haben, und ich hoffe, Sie finden sie nicht allzu drastisch, überraschend oder revolutionär, oder wie auch immer Sie das nennen wollen.«

Miss Goering lächelte.

»Verstehen Sie«, fuhr er fort, »in den letzten Tagen wurde es immer kälter im Haus. Miss Gamelon hatte einen fürchterlichen Schnupfen, muß ich zugeben, und Sie wissen ja selbst, daß auch die altmodischen Küchengeräte von Anfang an eine unerträgliche Zerreißprobe für sie waren. Arnold wiederum regt sich bekanntlich über nichts wirklich auf, wenn er nur genug zu essen hat, aber unlängst hat sich Miss Gamelon geweigert, auch nur einen Fuß in die Küche zu setzen.«

»Was um Himmels willen ist denn nun das Ergebnis von alldem? Sagen Sie's mir sofort«, drängte Miss Goering.

»Bei mir geht's nun mal nicht schneller«, sagte Arnolds Vater. »Neulich also traf Arnold Adele Wyman in der Stadt, eine alte Schulfreundin von ihm, und sie tranken eine Tasse Kaffee miteinander. Im Lauf des Gesprächs erwähnte Adele, sie wohne in einem Zweifamilienhaus auf der Insel, es sei sehr schön dort, aber sie sei schrecklich besorgt, wer nun in die andere Hälfte des Hauses einziehen würde.«

»Heißt das also, daß sie in dieses Haus eingezogen sind und dort leben?«

»Sie wohnen in dem Haus, bis Sie zurückkommen«, sagte Arnolds Vater. »Glücklicherweise hatten Sie scheint's keinen Mietvertrag für Ihr Häuschen; darum fühlten sich die anderen frei, dort auszuziehen, da es Monatsende war. Miss Gamelon fragt sich, ob Sie die Schecks für die Miete an die neue Adresse schicken werden. Arnold hat sich freiwillig bereit erklärt, die Miet-Differenz, die nur sehr gering ist, zu zahlen.«

»Nein, nein, das ist nicht nötig. Gibt es noch etwas Neues?« fragte Miss Goering.

»Vielleicht interessiert Sie es, zu hören«, sagte Arnolds Vater, »daß ich mich entschlossen habe, zu meiner Frau und in mein altes Heim zurückzukehren.«

»Warum?« fragte Miss Goering.

»Ein Zusammentreffen verschiedener Umstände, einschließlich der Tatsache, daß ich alt bin und mir danach zumute ist, nach Hause zu gehen.«

»Ach je«, sagte Miss Goering, »es ist eine Schande, mitzuerleben, wie sich alles so auflöst, finden Sie nicht?«

»Ja, meine Liebe, es ist sehr schade, aber ich bin hierhergekommen, Sie um einen Gefallen zu bitten, abgesehen davon, daß ich auch gekommen bin, weil ich Sie geliebt habe und Ihnen auf Widersehen sagen wollte.«

»Ich tue alles für Sie«, versicherte Miss Goering, »alles, was in meiner Macht steht.«

»Gut«, sagte Arnolds Vater, »ich hätte gern, daß Sie diese Zeilen durchlesen, die ich an meine Frau geschrieben habe. Ich möchte ihr diesen Brief schicken und dann am Tag darauf nach Haus zurückkehren.«

»Aber selbstverständlich«, sagte Miss Goering. Erst jetzt bemerkte sie den Umschlag auf dem Tisch. Sie nahm den Brief.

Liebe Ethel (las sie),
ich hoffe, Du liest diesen Brief mit all der Nachsicht und Zuneigung, die Du in so großem Maße besitzt.

Ich kann nur sagen, daß es im Leben eines jeden Meschen den starken Drang gibt, sein bisheriges Leben für eine Weile aufzugeben und ein neues zu beginnen. Wohnt er in der Nähe des Meeres, so ist sein sehnlichster Wunsch, das nächstbeste Schiff zu besteigen und wegzufahren, gleichgültig, wie glücklich er zu Hause ist oder wie sehr er seine Frau oder seine Mutter liebt. Es kann auch passieren, daß einer, der an einer Landstraße wohnt, den unwiderstehlichen Drang verspürt, den Rucksack zu schnüren und davonzugehen, auch wenn er ein glückliches Zuhause hinter sich läßt. Nur ganz wenige Menschen geben diesem Verlangen nach, wenn sie ihm in ihrer Jugend widerstanden haben. Aber ich bin der Ansicht, daß das Alter uns manchmal genauso stark anfällt wie die Jugend; wie spritziger Champagner, der uns zu Kopf steigt, und wir wagen uns an etwas heran, wozu wir sonst nie den Mut besessen haben, vielleicht auch weil wir spüren, daß es unsere letzte Möglichkeit ist. In der Jugend läßt sich das Abenteuer fortsetzen, in meinem Alter allerdings findet man schnell heraus, daß es sich bloß um eine Schimäre handelt und man nicht die Kraft dazu hat. Nimmst du mich wieder auf?

Dein Dich liebender Mann
Edgar

»Er ist einfach«, sagte Arnolds Vater, »aber er drückt genau das aus, was ich empfinde.«

»Haben Sie wirklich so empfunden?« fragte Miss Goering.

»Ich glaube schon«, antwortete Arnolds Vater. »Es muß so gewesen sein. Natürlich hab ich ihr gegenüber nichts von den Gefühlen erwähnt, die ich für Sie hege, aber das hat sie bestimmt erraten, und so etwas bleibt auch besser unausgesprochen ...«

Er blickte auf seine Wollhandschuhe hinunter und sagte eine Zeitlang nichts. Plötzlich griff er in seine Tasche und brachte einen zweiten Brief zum Vorschein.

»Tut mir leid«, sagte er, »fast hätte ich's vergessen. Hier ist ein Brief von Arnold.«

»Nanu«, sagte Miss Goering, als sie den Umschlag aufriß, »was wird da wohl drinstehn?«

»Bestimmt nichts und wieder nichts und dann was über die Schlampe, mit der er zusammenlebt, was noch schlimmer ist als nichts.« Miss Goering entfaltete den Brief und las ihn laut vor:

Liebe Christina,
ich habe Vater gebeten, Ihnen die Gründe für unseren kürzlich erfolgten Wohnungwechsel darzulegen. Ich hoffe, das ist geschehen, und Sie sind überzeugt davon, daß wir uns weder unbesonnen benommen haben noch auf eine Weise, die Sie für rücksichtslos halten könnten. Lucy möchte, daß Sie ihr den Scheck an die angegebene Adresse schicken. Vater sollte Ihnen das mitteilen, aber ich habe gedacht, er könnte das vielleicht vergessen. Ich fürchte, Lucy ist durch Ihre gegenwärtigen Eskapaden völlig aus dem Gleichgewicht gebracht. Ständig wechselt ihre Stimmung: mal mürrisch, mal ganz melancholisch. Ich hatte gehofft, dieser Zustand werde sich nach unserem Umzug bessern, aber sie verfällt noch immer in lang andauerndes Schweigen und weint oft nachts, abgesehen davon, daß sie ungewöhnlich reizbar ist und bereits zweimal einen Disput mit Adele hatte, obwohl wir doch erst zwei Tage hier sind. Ich sehe an allem, daß Lucy von ihrem ganzen Naturell her wirklich ungemein labil ist, ja zum Morbiden neigt, und es fasziniert mich, an ihrer Seite zu sein. Adele ist ihrerseits ein sehr ausgeglichener Mensch, doch furchtbar intellektuell, sie hat großes Interesse an allen Bereichen der Kunst. Wir haben vor, gemeinsam eine Zeitschrift herauszugeben, wenn wir erst mal hier Fuß gefaßt haben. Sie ist eine hübsche Blondine.

Ich vermisse Sie schrecklich, liebste Christina, und flehe Sie an, mir zu glauben, daß ich diesen verdammten Kokon, in dem ich stecke, durchstoßen würde, wenn ich nur irgendwie an das herankäme, was in meinem Innern ist. Ich hoffe, daß es mir mal tatsächlich gelingt. Nie werde ich die Geschichte vergessen, die Sie mir bei unserer ersten Begegnung erzählt haben, und in der mir immer ein geheimnisvoller Sinn verborgen schien, den ich allerdings, wie ich heute gestehen muß, nie zu entziffern verstand. Ich muß jetzt weg und Bubbles heißen Tee aufs Zimmer bringen. *Bitte, bitte,* glauben Sie an mich.

Grüße und Küsse
Arnold

»Ein netter Kerl«, sagte Miss Goering. Aus irgendeinem Grund machte sie sein Brief traurig, während der Brief seines Vaters sie verärgert und verwirrt hatte.

»So«, sagte Arnolds Vater, »ich muß gehn, wenn ich die nächste Fähre noch kriegen will.«

»Warten Sie«, sagte Miss Goering, »ich begleite Sie zum Kai.« Sie löste rasch eine Rose, die sie an ihrem Mantelkragen stecken hatte, und befestigte sie am Revers des alten Mannes.

Als sie am Kai ankamen, ertönte gerade ein Gong, die Fähre gab Signal für die Abfahrt zur Insel. Miss Goering war erleichtert, denn sie hatte eine lange sentimentale Abschiedsszene befürchtet.

»Das haben wir ja gerade noch hingekriegt«, sagte Arnolds Vater und bemühte sich, lässig zu wirken. Aber Miss Goering bemerkte, daß in seinen blauen Augen die Tränen standen ... Auch sie konnte ihre Tränen kaum zurückhalten und ließ ihren Blick von der Fähre den Hügel hinaufschweifen.

»Ich frage mich«, sagte Arnolds Vater, »ob Sie mir fünfzig Cent leihen könnten. Ich habe mein ganzes Geld meiner Frau geschickt, und ich habe heute morgen nicht dran gedacht, mir das Nötige von Arnold zu borgen.«

Sie gab ihm schnell einen Dollar, und sie küßten sich zum Abschied. Während die Fähre ablegte, blieb Miss Goering am Kai stehen und winkte; Arnolds Vater hatte sie um diesen Gefallen gebeten.

Als sie in Andys Wohnung zurückkehrte, fand sie diese leer vor; darum entschloß sie sich, zur Bar zu gehen und etwas zu trinken, da sie sicher war, Andy werde früher oder später dort auftauchen, falls er nicht schon jetzt dort war.

Miss Goering hatte bereits einige Stunden dagesessen und getrunken, und es begann dunkel zu werden. Andy war noch nicht gekommen, und sie fühlte sich ein bißchen erleichtert. Sie schaute über die Schulter und sah, daß der schwergewichtige Mann, dem das leichenwagenähnliche Automobil gehörte, das Lokal betrat. Unwillkürlich zitterte sie und lächelte den Barmixer Frank süß an.

»Frank«, sagte sie, »haben Sie eigentlich nie einen freien Tag?«

»Brauch keinen.«

»Warum denn nicht?«

»Weil ich mich jetzt abrackern will, um später dann mal was tun zu können, was die Mühe lohnt. Und überhaupt, das einzige, was mich ein bißchen zerstreut, ist, mir meine Gedanken machen.«

»Ich hasse es, mir meine Gedanken zu machen, Frank.«

»Das ist aber blöd«, sagte Frank darauf.

Der große Mann im Mantel war auf einen Barhocker geklettert und hatte ein Fünfzig-Cent-Stück auf den Tresen geworfen. Frank brachte einen Drink. Nachdem der Fremde sein Glas geleert hatte, wandte er sich an Miss Goering.

»Wollen Sie was trinken?« fragte er.

So sehr Miss Goering ihn fürchtete, war sie dennoch seltsam erregt von dem Umstand, daß er sie schließlich doch angesprochen hatte. Sie hatte schon seit einigen Tagen damit gerechnet und glaubte, ihm das unbedingt sagen zu müssen.

»Vielen herzlichen Dank«, sagte sie auf so einschmeichelnde Art und Weise, daß Frank, der wenig von Damen hielt, die sich mit Unbekannten in ein Gespräch einließen, finster die Stirn runzelte und ans andere Ende des Tresens ging, wo er eine Zeitschrift aufschlug. »Vielen herzlichen Dank, sehr gerne. Vielleicht interessiert es Sie zu wissen, daß ich mir schon eine ganze Weile vorgestellt habe, daß wir gemeinsam etwas trinken, so wie jetzt, und ich bin überhaupt nicht überrascht, daß sie mich fragen. Ich habe mir auch vorgestellt, daß es um diese Tageszeit wäre, wenn niemand sonst da ist.« Der Mann nickte mehrmals mit dem Kopf.

»So, was wollen Sie trinken?« fragte er. Miss Goering war sehr enttäuscht, daß er nicht direkt auf ihre Bemerkung einging.

Kaum hatte Frank den Drink vor sie hingestellt, als der Mann sich das Glas schnappte.

»Kommen Sie«, sagte er, »setzen wir uns in eine Nische.«

Miss Goering kletterte von ihrem Hocker herunter und folgte ihm zu der Nische, die am weitesten von der Tür entfernt war.

»Arbeiten Sie eigentlich hier?« fragte er, nachdem sie ein Weilchen dagesessen hatten.

»Wo?« fragte Miss Goering zurück.

»Hier in der Stadt.«

»Nein«, sagte Miss Goering.

»Dann arbeiten Sie also in einer anderen Stadt?«

»Nein, ich arbeite nicht.«

»Und ob Sie's tun. Sie brauchen mich nicht für dumm verkaufen, damit ist bei mir noch keiner durchgekommen.«

»Ich versteh Sie nicht.«

»Sie sind doch so was wie'ne Prostituierte.«

Miss Goering lachte. »Um Himmels willen!« rief sie aus. »Das ist mir auch noch nicht eingefallen, daß ich wie eine Prostituierte aussehen soll, nur weil ich rotes Haar habe; eher vielleicht wie eine Landstreicherin oder eine, die aus der Irrenanstalt entlaufen ist, aber doch nicht wie eine Prostituierte!«

»Wie eine Landstreicherin oder eine entlaufene Irre kommen Sie mir nicht vor. Sie sehen aus wie eine Prostituierte, und damit basta. Ich meine nicht so eine kleine gemeine Nutte. Ich meine eine der mittleren Kategorie.«

»Hm. Ich habe nichts gegen Prostituierte, aber ich versichere Ihnen allen Ernstes, ich bin nichts in dieser Richtung.«

»Das glaub ich Ihnen nicht.«

»Aber wie sollen wir denn überhaupt Freundschaft schließen«, fragte Miss Goering, »wenn Sie mir rein gar nichts glauben?«

Der Mann schüttelte nochmals den Kopf. »Ich glaub's Ihnen nicht, wenn Sie sagen, Sie sind keine Prostituierte, weil ich ja weiß, daß Sie's sind.«

»Ist gut«, sagte Miss Goering. »Ich hab's satt, mich zu streiten.« Sie hatte beobachtet, daß sich sein Gesicht im Unterschied zu vielen anderen nicht belebte, wenn er sich unterhielt, und sie hatte das Gefühl, daß sich, was ihn betraf, all ihre bösen Vorahnungen bewahrheiteten.

Mit seinem Fuß tastete er ihr Bein hinauf. Sie versuchte ihn anzulächeln, aber es gelang ihr nicht.

»Hören Sie«, sagte sie, »Frank kann sehr wohl von seinem Platz aus sehen, was Sie da tun, und das wäre mir ausgesprochen peinlich.«

Er schien ihre Bemerkung ganz und gar zu ignorieren, denn er drückte ihr Bein nur mit noch größerem Nachdruck.

»Hätten Sie Lust, zu mir nach Haus zu kommen und ein Steak zu essen?« fragte er. »Bei mir gibt's Steak mit Zwiebeln und Kaffee. Sie könnten ein paar Tage bleiben, wenn alles gut läuft, oder auch länger. Das andere Mädchen, Dorothy, ist vor etwa einer Woche weg.«

»Ich glaube, das wäre ganz schön«, sagte Miss Goering.

»Man braucht«, sagte der Mann, »bis dorthin fast eine Stunde mit dem Auto. Ich muß jetzt jemand hier in der Stadt besuchen, aber so in 'ner halben Stunde bin ich zurück; wenn Sie Steak wollen, dann sollten Sie besser auch da sein.«

»Schon gut, werde ich«, sagte Miss Goering.

Er war gerade einige Minuten fort, als Andy erschien. Er hatte beide Hände in den Taschen und den Mantelkragen hochgeschlagen. Er blickte auf seine Füße.

Gott der Allmächtige! dachte Miss Goering. Jetzt muß ich ihm gleich die Neuigkeit beibringen, und dabei ist er so niedergeschlagen, wie ich ihn die ganze letzte Woche nicht erlebt habe.

»Was um Himmels willen ist los mit dir?« fragte sie.

»Ich war im Kino und habe mir eine kleine Lektion in Selbstbeherrschung erteilt.«

»Was soll denn das heißen?«

»Das heißt, ich war heute morgen ganz aus dem Gleichgewicht, das reinste Chaos in mir, und mir blieben nur zwei Möglichkeiten: trinken und weiter trinken oder ins Kino gehen. Ich habe mich für letzteres entschieden.«

»Du siehst aber immer noch furchtbar deprimiert aus.«

»Nicht mehr so schlimm wie vorher. Das sind bloß die Nachwirkungen von dem entsetzlichen Kampf, der in meinem Innern getobt hat, und du weißt doch, das Antlitz des Sieges gleicht häufig dem der Niederlage.«

»Der Sieg ist so schnell vorbei, daß man ihn kaum wahrnehmen kann, und eigentlich erkennen wir immer nur das Antlitz der Niederlage«, sagte Miss Goering. Sie mochte ihm in Franks Anwesenheit nicht sagen, daß sie ihn verlassen wollte, denn der Barmixer wüßte ganz genau, wohin sie ginge. »Andy«, sagte sie, »hättest du etwas dagegen, mit mir da drüben in die Eisdiele zu gehen? Ich muß was mit dir besprechen.«

»Ist gut«, sagte Andy viel beiläufiger, als Miss Goering es erwartet hatte. »Aber danach will ich gleich zurück, um was zu trinken.«

Sie überquerten die Straße und setzten sich in der kleinen Eisdiele einander gegenüber an einen Tisch. Außer ihnen und dem Jungen, der die Gäste bediente, war niemand da. Der Junge hatte ihnen zugenickt, als sie hereinkamen.

»Wieder zurück?« sagte er zu Miss Goering. »Hat ganz schön lang gewartet auf Sie, der alte Mann heut morgen.«

»Ja«, sagte Miss Goering, »schrecklich.«

»Aber Sie haben ihm ja immerhin, bevor Sie weggegangen sind, eine Blume geschenkt. Muß ihm geschmeichelt haben.«

Miss Goering gab ihm darauf keine Antwort, da sie keine Zeit vertrödeln wollte.

»Andy«, sagte sie, »in ein paar Minuten fahr ich zu einem Ort, der etwa eine Stunde von hier entfernt ist, und wahrscheinlich komme ich nicht so schnell zurück.«

Andy schien die Situation sofort zu begreifen. Miss Goering lehnte sich zurück und wartete, während er die Handflächen fester und fester gegen seine Schläfen preßte.

Schließlich sah er zu ihr auf. »Du, als anständiger Mensch, kannst mir das doch nicht antun«, sagte er.

»Doch, ich fürchte, Andy, das kann ich. Ich muß meinem eigenen Stern folgen, wie du weißt.«

»Aber weißt du eigentlich«, sagte Andy, »wie schön und empfindlich das Herz eines Mannes ist, wenn er zum ersten Mal glücklich ist? Es ist wie dünnes Eis, das die frischen jungen Pflanzen eingeschlossen hat, die hervorbrechen, wenn das Eis schmilzt.«

»Das hast du aus irgendeinem Gedicht«, sagte Miss Goering.

»Ist es darum weniger schön?«

»Nein«, sagte Miss Goering, »zugegeben, das ist ein wunderschöner Gedanke.«

»Du wirst dich hüten, jetzt, wo du das Eis zum Schmelzen gebracht hast, die Pflanzen herauszureißen.«

»Ach, Andy«, sagte Miss Goering, »bei dir komme ich mir einfach schäbig vor! Ich versuche doch nur, mit mir selbst klarzukommen.«

»Dazu hast du kein Recht«, sagte Andy. »Du bist nicht allein auf der Welt. Du hast dich eingelassen mit mir!« Seine Erregung nahm zu, vielleicht weil ihm bewußt wurde, wie sinnlos es war, darüber noch mit Miss Goering zu argumentieren.

»Ich werf mich dir zu Füßen«, sagte Andy, wobei er die Faust gegen sie schüttelte. Kaum hatte er das gesagt, da kniete er schon vor ihr hin. Der Kellner war schockiert und hatte das Gefühl, irgend etwas sagen zu müssen.

»Hören Sie, Andy«, flüsterte er ihm zu, »warum stehen Sie nicht auf und lassen sich alles noch mal durch den Kopf gehen?«

»Weil«, sagte Andy, und seine Stimme wurde lauter, »weil sie's nicht wagen wird, einen Mann zurückzustoßen, der auf seinen Knien liegt. Das wird sie nicht wagen! Das wäre ein Sakrileg.«

»Ich wüßte nicht warum«, sagte Miss Goering.

»Wenn du mich zurückstößt«, sagte Andy, »werde ich dich entehren, ich werde auf die Straße hinauskriechen, ich werde dich der Schande preisgeben.«

»Schamgefühl habe ich eigentlich keins«, sagte Miss Goering, »und ich glaube, dein Schamgefühl ist furchtbar übersteigert, abgesehen davon, daß es dich verdammt viel Energie kostet. Ich muß jetzt gehen, Andy. Bitte steh auf.«

»Du bist verrückt«, sagte Andy. »Du bist verrückt und ein Ungeheuer – *wirklich!* Ein Ungeheuer. Du tust etwas Ungeheuerliches.«

»Vielleicht wirkt das, was ich tue, ein bißchen seltsam«, sagte Miss Goering, »aber ich glaube schon seit langem, daß sich einige Helden, die sich für Ungeheuer halten, weil sie sich so weit von den anderen Menschen entfernt haben, oft, sehr oft sogar, eines Tages umwenden und Zeugen werden von wahrhaft ungeheuerlichen Taten, die im Namen der Mittelmäßigkeit begangen werden.«

»Das ist ja Wahnsinn!« schrie Andy, noch immer auf den Knien. »Du bist nicht mal ein Christenmensch.«

Miss Goering verließ rasch die Eisdiele, nachdem sie Andy leicht auf die Stirn geküßt hatte, weil sie befürchten mußte, daß sie, wenn sie nicht auf der Stelle aufbrach, ihre Verabredung versäumen würde. Tatsächlich hatte sie sich nicht getäuscht, denn ihr neuer Freund verließ gerade die Bar, als sie ankam.

»Kommen Sie nun mit?« fragte er sie. »Ich bin ein wenig früher als vermutet fertig geworden; und ich hab mir gesagt, ich warte nicht auf die; ich hab nämlich nicht geglaubt, daß Sie kämen.«

»Aber«, sagte Miss Goering, »ich habe doch Ihre Einladung angenommen. Warum haben Sie bezweifelt, daß ich komme?«

»Regen Sie sich nicht auf«, sagte der Mann. »Los jetzt. Steigen wir ins Auto.«

Als sie bei ihrer Fahrt stadtauswärts an der Eisdiele vorbeikamen, schaute Miss Goering aus dem Fenster, um zu sehen, ob sie Andy irgendwo entdecken konnte. Zu ihrer Überraschung stellte sie fest, daß das Lokal so voll war, daß sich die Leute selbst noch auf der Straße und auf dem Bürgersteig drängten und schubsten; im Innern des Lokals konnte sie nichts erkennen.

Der Mann saß vorn neben dem Chauffeur, der keine Livree trug, und sie saß allein hinten im Auto. Diese Anordnung hatte sie zuerst überrascht, doch dann war sie davon angetan. Sie verstand alsbald, warum er es so arrangiert hatte. Kurz nachdem sie die Stadt hinter sich gelassen hatten, wandte der Mann sich zu ihr um.

»Ich werde jetzt schlafen. Hier vorn ist es für mich angenehmer, weil man nicht so gerüttelt wird. Wenn Sie Lust haben, können Sie ja mit dem Chauffeur reden.«

»Ich glaube nicht, daß mir der Sinn nach Reden steht«, sagte Miss Goering.

»Machen Sie doch, was Sie wollen«, sagte er. »Ich will jedenfalls nicht geweckt werden, bevor nicht die Steaks auf dem Grill liegen.« Darauf zog er sich mit einem Ruck seinen Hut über die Augen und schlief ein.

Als sie weiterfuhren, fühlte sich Miss Goering trauriger und einsamer als je zuvor in ihrem Leben. Sie sehnte sich von ganzem Herzen nach Andy und nach Arnold, nach Miss Gamelon und dem alten Mann, und bald schon begann sie leise vor sich hinzuweinen. Nur mit äußerster Willensanstrengung hielt sie sich davon ab, die Wagentür aufzureißen und hinauszuspringen.

Sie kamen durch einige kleinere Ortschaften, und gerade als Miss Goering eindöste, erreichten sie eine Stadt mittlerer Größe.

»Wir sind am Ziel«, sagte der Chauffeur in dem Glauben, daß Miss Goering die Fahrt voller Ungeduld verfolgt habe. Es war eine laute Stadt, und die Straßenbahnen fuhren alle in verschiedene Richtungen. Miss Goering wunderte sich, daß der Straßenlärm ihren Freund auf dem Vordersitz nicht aufweckte. Bald verließen sie die Stadtmitte, doch sie waren immer noch im Stadtgebiet, als sie vor einem Wohnhaus hielten. Der Fahrer hatte etliche Mühe, seinen Arbeitgeber aufzuwecken. Als er ihm dessen eigene Adresse ins Ohr brüllte, hatte er schließlich Erfolg.

Miss Goering stand wartend auf dem Bürgersteig und wechselte von einem Fuß auf den anderen. Ihr fiel ein Gärtchen auf, das neben dem Wohnhaus lag und mit Koniferen und immergrünen Büschen bepflanzt war, die alle noch ziemlich klein aussahen, da Garten und Haus offensichtlich neueren Datums waren. Ein Stacheldraht umgab den Garten, und ein Hund versuchte gerade darunter durchzukriechen. »Ich bring's Auto weg, Ben«, sagte der Chauffeur.

Ben stieg aus und schob Miss Goering brüsk vor sich her in die Eingangshalle des Wohnhauses.

»Imitierter spanischer Stil«, sagte Miss Goering mehr zu sich als zu Ben.

»Das ist nicht imitiert«, sagte er mürrisch, »das ist echt Spanisch.«

Miss Goering mußte lachen. »Das glaube ich nicht«, sagte sie, »ich bin in Spanien gewesen.«

»Das nehme ich Ihnen nicht ab«, sagte Ben. »Egal, das hier ist echt Spanisch. Zentimeter für Zentimeter.«

Miss Goering betrachtete die Wände ringsum, die mit gelben Stukkaturen, Nischen und zierlichen Säulengruppen verziert waren.

Sie betraten einen winzigen automatischen Aufzug, Miss Goerings Herz setzte fast aus. Ihr Begleiter drückte einen Knopf, doch der Aufzug rührte sich nicht von der Stelle.

»Ich könnte den Kerl in Stücke reißen, der diesen Scheißapparat gebaut hat«, schäumte Ben und stampfte auf den Boden.

»Ach bitte«, sagte Miss Goering, »bitte, lassen Sie mich raus.«

Er achtete nicht auf sie, sondern stampfte noch fester mit dem Fuß auf als vorher und drückte wie wild auf den Knopf, als ob die Angst in ihrer Stimme ihn erregt hätte. Schließlich setzte sich der Fahrstuhl in Bewegung. Miss Goering verbarg das Gesicht in den Händen. Sie erreichten den zweiten Stock, der Aufzug hielt, und sie stiegen aus. Seite an Seite warteten sie vor einer der drei Türen, die auf einen engen Gang führten.

»Jim hat die Schlüssel bei sich«, sagte Ben; »er wird gleich oben sein. Hoffentlich ist Ihnen klar, daß wir nicht tanzen gehen oder zu sonst einem Blödsinn. Ich kann das nicht ausstehen, was die Leute so Vergnügungen nennen.«

»Ach, gerade das mag ich«, sagte Miss Goering. »Ich bin im Grunde ein unbeschwerter Mensch. Das heißt, ich genieße alles, was die Unbeschwerten auch genießen.«

Ben gähnte.

Er wird mir nie zuhören, sagte Miss Goering vor sich hin.

Bald darauf kam der Chauffeur mit den Schlüsseln und ließ sie in die Wohnung ein. Das Wohnzimmer war klein und unansehnlich. Jemand hatte mitten auf dem Boden ein Riesenpaket liegengelassen. Durch einige Risse im Papier konnte Miss Goering sehen, daß das Paket eine schöne rosa Steppdecke enthielt. Sie fühlte sich beim Anblick dieser Decke ein wenig aufgemuntert und fragte Ben, ob er sie selbst ausgewählt habe. Ohne ihr auf die Frage zu antworten, rief er nach dem Chauffeur, der sich in die Küche begeben hatte, die neben dem Wohnzimmer lag. Die Tür zwischen den beiden Räumen stand offen, und Miss Goering konnte sehen, wie der Chauffeur mit Hut und Mantel am Ausguß stand und langsam die Steaks auspackte.

»Ich hab dir doch gesagt, du sollst dafür sorgen, daß diese verdammte Decke abgeholt wird«, schrie Ben ihn an.

»Ich hab's vergessen.«

»Dann leg dir einen Notizblock zu und schau ab und zu mal rein. Du kannst so was an der Ecke kaufen.«

Ben ließ sich auf die Couch fallen, neben Miss Goering, die sich gesetzt hatte, und legte die Hand auf ihr Knie.

»Wie denn?« fragte Miss Goering. »Mögen Sie die Decke jetzt nicht, wo Sie sie gekauft haben?«

»Ich hab sie nicht gekauft. Das Mädchen, das letzte Woche hier bei mir war, hat sie gekauft, damit wir uns im Bett zudecken können.«

»Und Sie mögen die Farbe nicht?«

»Ich hab's nicht gern, wenn zuviel Extrazeugs rumliegt.«

Einige Minuten saß er da und brütete vor sich hin, während sich Miss Goering, deren Puls jedesmal schneller ging, wenn er in Schweigen versank, überlegte, welche Frage sie ihm noch stellen konnte.

»Sie halten nicht viel von Gesprächen, oder?« sagte sie.

»Sie meinen ›reden‹?«

»Ja.«

»Nein, tu ich nicht.«

»Warum denn nicht?«

»Man sagt zuviel, wenn man redet«, antwortete er geistesabwesend.

»Aber interessiert es Sie denn nicht herauszufinden, wie die Menschen sind?«

Er schüttelte den Kopf. »Nein, hab keinen Bedarf, was über andere rauszufinden; und was viel wichtiger ist, die brauchen nichts über mich rausfinden.« Er betrachtete sie aus den Augenwinkeln.

»Hm«, sagte sie ein wenig atemlos, »es muß doch etwas geben, was Sie mögen.«

»Ich hab 'ne Menge für Frauen übrig und fürs Geldverdienen, wenn's auf die schnelle Tour geht.« Ganz unerwartet sprang er auf die Füße und zog Miss Goering mit sich hoch, indem er sie ziemlich grob am Handgelenk packte. »Während er die Steaks zubereitet, gehn wir kurz mal da hinein.«

»Ach bitte«, flehte Miss Goering, »ich bin so müde. Ruhen wir uns doch hier bis zum Essen ein bißchen aus.«

»Ist gut«, sagte Ben. »Ich verzieh mich auf mein Zimmer und leg mich hin, bis die Steaks fertig sind. Ich mag sie gut durchgebraten.«

Während er weg war, blieb Miss Goering auf der Couch sitzen und zog an ihren verschwitzten Fingern. Sie schwankte zwischen dem fast unwiderstehlichen Drang, aus dem Zimmer zu stürzen, und dem beklemmenden Zwang, dazubleiben, wo sie war.

Ich hoffe ja nur, sagte sie sich, daß die Steaks fertig sind, bevor ich die Möglichkeit habe, mich zu entscheiden.

Als der Chauffeur Ben aufweckte, um ihm zu sagen, die Steaks seien gebraten, hatte Miss Goering bereits entschieden, daß es für sie unbedingt notwendig sei, dazubleiben.

Sie saßen um einen kleinen Klapptisch und aßen schweigend. Kaum hatten sie die Mahlzeit beendet, klingelte das Telefon. Ben nahm ab, und als das Gespräch zu Ende war, teilte er Miss Goering und Jim mit, daß er jetzt mit ihnen in die City fahre. Der Chauffeur warf ihm einen wissenden Blick zu.

»Es ist nicht weit von hier«, sagte Ben und zog seinen Mantel an. Er wandte sich an Miss Goering. »Wir fahren zu einem Restaurant«, sagte er. »Sie setzen sich still an einen separaten Tisch, während ich mit einigen Freunden Geschäftliches berede. Wenn es furchtbar spät wird, übernachten wir, Sie und ich, in einem Hotel im Zentrum, wo ich immer absteige, wenn ich in der City bin. Jim fährt den Wagen zurück und schläft hier. Ist damit jedem alles klar?«

»Vollkommen«, antwortete Miss Goering, die natürlich entzückt darüber war, daß sie die Wohnung verließen.

Das Restaurant war nicht sehr einladend: ein großer viereckiger Raum im ersten Stock eines alten Gebäudes. Ben führte sie zu einem Tisch an der Wand und forderte sie auf, sich zu setzen.

»Hin und wieder können Sie sich ja was bestellen«, sagte er und ging zu den drei Männern hinüber, die an einer improvisierten Bar standen, die aus dünnen Holzplanken und Pappmaché zusammengezimmert war.

Die Gäste waren überwiegend Männer, und Miss Goering stellte fest, daß keiner ein feineres Gesicht hatte, aber auch keiner schäbig angezogen war. Die drei Männer, mit denen Ben sprach, waren häßlich und sahen brutal aus. Sie beobachtete, wie Ben einer Frau, die nicht weit von ihrem Tisch saß, ein Zeichen machte. Sie ging zu ihm hin und redete mit ihm und kam dann schnell zu Miss Goerings Tisch.

»Er läßt Ihnen sagen, daß er hier noch längere Zeit bleiben wird, vielleicht über zwei Stunden. Ich soll Ihnen bringen, was Sie möchten. Hätten Sie gern Spaghetti oder ein Sandwich? Ich bringe Ihnen, was Sie wollen.«

»Nein, danke«, sagte Miss Goering. »Aber möchten Sie sich nicht zu mir setzen und was trinken?«

»Um die Wahrheit zu sagen, nein«, sagte die Frau, »aber ganz herzlichen Dank.« Sie zögerte einen Augenblick, bevor sie sich verabschiedete. »Ich würde Sie selbstverständlich gern zu unserem Tisch herüberbitten, aber die Situation ist so schwer zu erklären. Die meisten von uns hier sind eng befreundet, und wenn wir uns sehen, erzählen wir uns alles, was so passiert ist.«

»Verstehe«, sagte Miss Goering, die ganz traurig war, als die Frau wegging; denn sie mochte sich nicht vorstellen, zwei oder drei Stunden allein dazusitzen. Auch wenn sie nicht begierig auf Bens Gesellschaft war, so war doch die Anspannung, die ganze Zeit über bei so wenig Ablenkung warten zu müssen, fast unerträglich. Da fiel ihr ein, daß sie eine Freundin anrufen und bitten könnte, zu ihr ins Restaurant zu kommen und mit ihr etwas zu trinken. Ben, überlegte sie, kann gewiß nichts dagegen haben, wenn ich ein bißchen mit einer anderen Frau plaudere. Anna und Mrs. Copperfield waren die einzigen, die sie gut genug kannte, um sie so kurzfristig einzuladen. Von den zweien bevorzugte sie Mrs. Copperfield und ging davon aus, daß diese eine solche Einladung höchstwahrscheinlich annehmen würde. Sie war sich nur nicht sicher, ob Mrs. Copperfield bereits von ihrer Reise durch Mittelamerika zurückgekehrt war. Sie rief den Kellner und bat ihn, ihr das Telefon zu zeigen. Nachdem er ihr einige Fragen gestellt hatte, brachte er sie in einen zugigen Flur und wählte die Nummer für sie. Sie hatte Glück und erreichte ihre Freundin, die ganz aufgeregt war, als sie Miss Goerings Stimme vernahm.

»Ich fliege auf der Stelle zu Ihnen«, sagte sie. »Ich kann Ihnen nicht sagen, wie ich mich freue, von Ihnen zu hören. Wissen Sie, ich bin erst seit kurzem zurück, und ich glaube nicht, daß ich bleiben werde.«

Gerade als Mrs. Copperfield das sagte, kam Ben auf den Flur hinaus und schnappte Miss Goering den Hörer aus der Hand. »Zum Teufel, was soll das hier?« wollte er wissen.

Miss Goering bat Mrs. Copperfield, am Apparat zu bleiben. »Ich spreche mit einer Freundin«, erklärte sie, »die ich schon lange nicht gesehen habe. Sie ist eine quicklebendige Person, und ich hab mir gedacht, sie könnte hierherkommen und mit mir was trinken. Mir wurde es etwas einsam an meinem Tisch.«

»Hallo«, schrie Ben ins Telefon, »kommen Sie hierher?«

»Unbedingt, und zwar *tout de suite*«, antwortete Mrs. Copperfield. »Ich bewundere meine Freundin.«

Ben schien zufrieden und gab Miss Goering den Hörer ohne Kommentar zurück. Bevor er den Flur verließ, teilte er Miss Goering mit, daß er nicht willens sei, sich mit zwei Frauen einzulassen. Sie nickte und nahm dann wieder ihre Unterhaltung mit Mrs. Copperfield auf. Sie nannte die Adresse des Restaurants, die der Kellner ihr aufgeschrieben hatte, und verabschiedete sich.

Etwa eine halbe Stunde später kam Mrs. Copperfield, sie wurde begleitet von einer Frau, die Miss Goering noch nie zuvor gesehen hatte. Das Aussehen ihrer alten Freundin entsetzte sie. Sie war erschreckend dünn geworden und schien an einem Hautausschlag zu leiden. Mrs. Copperfields Freundin war ziemlich attraktiv, wie Miss Goering feststellte, doch für ihren Geschmack hatte sie zu krauses Haar. Beide Frauen waren kostspielig gekleidet und beide in Schwarz.

»Da ist sie ja«, rief Mrs. Copperfield aus, wobei sie Pacifica bei der Hand packte und hinüber zu Miss Goerings Tisch stürzte.

»Ich kann Ihnen gar nicht sagen, wie sehr es mich freut, daß Sie angerufen haben«, sagte sie. »Sie sind der einzige Mensch auf der Welt, von dem ich mir gewünscht habe, daß er mich sehen will. Das ist Pacifica. Sie lebt zusammen mit mir in meiner Wohnung.«

Miss Goering bat sie, Platz zu nehmen.

»Hören Sie«, sagte Pacifica zu Miss Goering, »ich habe eine Verabredung mit einem Typ, ziemlich weit im Norden. Es ist wundervoll, Sie kennenzulernen, aber er wird reichlich nervös und unglücklich sein. Mrs. Copperfield kann mit Ihnen reden, während ich mich mit ihm treffe. Sie sind dicke Freundinnen, hat sie mir erzählt.«

Mrs. Copperfield stand auf. »Pacifica«, sagte sie, »du mußt dableiben und erst mal was trinken. Das hier ist ein Wunder, und du mußt dabeisein.«

»Es ist jetzt schon so spät, daß ich verdammte Schwierigkeiten kriege, wenn ich mich nicht sofort aufmache. Sie wollte nicht allein hierherkommen«, erklärte Pacifica Miss Goering.

»Erinnere dich daran, du hast mir versprochen, mich später hier abzuholen«, sagte Mrs. Copperfield. »Ich rufe dich an, sobald Christina weg will.«

Pacifica verabschiedete sich und eilte davon.

»Was halten Sie von ihr?« fragte Mrs. Copperfield Miss Goering. Doch ohne die Antwort abzuwarten, rief sie nach dem Kellner und bestellte zwei doppelte Whisky. »Was halten Sie von ihr?« wiederholte sie.

»Woher kommt sie?«

»Sie ist eine junge Spanierin aus Panama und das wunderbarste Geschöpf auf Erden. Wir tun keinen Schritt ohne einander. Ich bin überglücklich und zufrieden.«

»Sie wirken dennoch ein bißchen erschöpft«, bemerkte Miss Goering, die sich wegen ihrer Freundin ernsthaft beunruhigte.

»Ich muß Ihnen was gestehen«, sagte Mrs. Copperfield, beugte sich über den Tisch vor und sah mit einem Mal sehr angespannt aus. »Ich mach mir ein bißchen Sorgen – nicht übermäßig, denn ich lasse es nicht zu, daß irgendwas passiert, was ich nicht haben will – aber ich mach mir ein bißchen Sorgen, weil Pacifica diesen blonden Jungen da draußen kennengelernt hat, und der hat sie gebeten, ihn zu heiraten. Er sagt nie etwas und ist ein sehr labiler Charakter. Aber ich glaube, er hat sie behext, weil er ihr pausenlos Komplimente macht. Ich bin mit ihr in seine Wohnung raufgegangen, denn ich erlaube es nicht, daß sie allein zusammen sind, und sie hat ihm schon zweimal ein Essen gekocht. Er ist wild auf spanische Küche und verschlingt jedes Gericht, das sie ihm vorsetzt.«

Mrs. Copperfield lehnte sich zurück und blickte Miss Goering unverwandt in die Augen.

»Ich nehme sie zurück nach Panama, sobald ich eine Überfahrt buchen kann.« Sie bestellte sich erneut einen doppelten Whisky. »Nun, was halten sie von alldem?« fragte sie gespannt.

»Vielleicht sollten Sie lieber abwarten, ob sie ihn nicht wirklich heiraten will.«

»Reden Sie doch nicht so einen Unsinn«, widersprach Mrs. Copperfield. »Ich kann ohne sie nicht leben. Nicht einen Augenblick! Ich würde völlig vor die Hunde gehn.«

»Das sind Sie doch schon. Oder täusche ich mich da gewaltig?«

»Nur allzu wahr«, sagte Mrs. Copperfield und ließ die Faust auf den Tisch fallen. Sie sah ganz erbärmlich aus. »Ich *bin* vor die Hunde gegangen – und das ist etwas, das ich mir seit Jahren gewünscht habe. Ich weiß, meine Schuld könnte nicht größer sein, aber ich habe mein Glück, und das verteidige ich wie eine Wölfin, und Autorität habe ich jetzt und etwas mehr Kühnheit; Eigenschaften, die ich, wie Sie sich erinnern werden, vorher nie besessen habe.«

Mrs. Copperfield wurde allmählich betrunken und ihr Anblick zunehmend unangenehmer.

»Ich erinnere mich«, sagte Miss Goering, »daß Sie etwas scheu waren, allerdings auch ungemein mutig, glaube ich. Denn es verlangt ziemlich viel Mut, um mit einem Mann wie Mr. Copperfield zusammenzuleben, von dem Sie sich, wie ich vermute, getrennt haben. Ich habe Sie wirklich sehr bewundert. Ich bin mir nicht sicher, ob ich das jetzt auch noch tue.«

»Das ist mir gleich«, sagte Mrs. Copperfield. »Ich habe sowieso das Gefühl, daß Sie sich verändert haben. Ihr Charme ist passé. Sie kommen mir schwerfällig und fad vor, und jemanden ermutigen können Sie auch nicht mehr. Sie waren mal so liebenswürdig und verständnisvoll; alle meinten, Sie seien etwas wirr im Kopf, aber für mich hatten Sie einen ungewöhnlichen Instinkt und waren mit Zauberkräften begabt.« Sie bestellte sich noch einen Drink und brütete eine Weile vor sich hin.

»Sie mögen einwenden«, fuhr sie mit überdeutlicher Stimme fort, »daß alle Menschen gleich wichtig sind, aber obwohl ich Pacifica sehr gern habe, ist es, meine ich, doch offensichtlich, daß ich wichtiger bin als sie.«

Miss Goering glaubte nicht, daß sie das Recht habe, mit Mrs. Copperfield über diesen Punkt zu streiten.

»Ich verstehe, wie Sie fühlen«, sagte sie, »und vielleicht sind Sie im Recht.«

»Gott sei Dank«, sagte Mrs. Copperfield und nahm Miss Goerings Hand in die ihre.

»Christina«, flehte sie, »bitte, kommen Sie mir nicht noch mal in die Quere; ich kann's nicht ertragen.«

Miss Goering hoffte, daß Mrs. Copperfield sie nun nach ihrem eigenen Leben befragen werde. Sie hatte das starke Bedürfnis, jemandem alles zu erzählen, was im letzten Jahr passiert war. Doch Mrs. Copperfield saß da und goß den Whisky herunter, und gelegentlich liefen ihr einige Tropfen über das Kinn. Sie sah Miss Goering nicht einmal an, und beide saßen zehn Minuten schweigend da.

Schließlich sagte Mrs. Copperfield: »Ich glaube, ich ruf jetzt Pacifica an, damit sie mich in einer Dreiviertelstunde abholen kommt.«

Miss Goering führte sie zum Telefon und kehrte an den Tisch zurück. Als sie einen Augenblick später aufblickte, bemerkte sie, daß sich noch ein weiterer Mann zu Ben und seinen Freunden gesellt hatte. Bei der Rückkehr ihrer Freundin spürte Miss Goering sofort, daß etwas Bedeutendes vorgefallen sein mußte. Mrs. Copperfield ließ sich auf den Stuhl fallen.

»Sie sagt, sie weiß nicht, wann sie hierherkommen kann, und falls sie noch nicht da ist, wenn Sie gehen wollen, soll ich mit Ihnen nach Hause oder ganz allein heimgehen. Das wär's denn wohl, nicht? Aber das Schönste dabei ist, daß ich ständig am Rand der Verzweiflung bin, und zugleich eine der wenigen mir bekannten Personen, die mit der allergrößten Ungeniertheit eine Gewalttat ausführen könnten.«

Sie fuchtelte mit der Hand über ihrem Kopf.

»Gewalttaten werden im allgemeinen ungeniert ausgeführt«, sagte Miss Goering. Sie empfand in diesem Augenblick nichts als Ekel vor Mrs. Copperfield, die von ihrem Platz aufstand und im Zickzack zum Tresen hinüberging. Dort blieb sie stehen und kippte einen Drink nach dem andern hinunter, ohne den zierlichen Kopf zu wenden, der fast ganz hinter dem mächtigen Pelzkragen ihres Mantels verborgen war.

Miss Goering ging nur einmal zu ihr hin, wobei sie hoffte,

sie könne ihre Freundin dazu überreden, an den Tisch zurückzukehren. Aber Mrs. Copperfield zeigte ihr ein wütendes, tränenverschmiertes Gesicht, riß den Arm herum und traf Miss Goering damit auf die Nase. Miss Goering kehrte zu ihrem Platz zurück und betupfte die Nase.

Nach etwa zwanzig Minuten tauchte zu ihrer großen Überraschung Pacifica in Begleitung ihres Freiers auf. Sie stellte ihn Miss Goering vor und eilte dann zur Bar hinüber. Der junge Mann stand da, die Hände in die Taschen vergraben, und blickte ziemlich verlegen um sich.

»Setzen Sie sich«, sagte Miss Goering. »Ich hab gedacht, Pacifica käme nicht.«

»Sie wollte auch nicht kommen«, antwortete er sehr langsam, »aber dann hat sie es sich anders überlegt, weil sie sich Sorgen machte, ihre Freundin würde sich aufregen.«

»Mrs. Copperfield ist leider hochgradig nervös«, sagte Miss Goering.

»Ich kenne sie nicht sehr gut«, erwiderte er darauf taktvoll.

Pacifica kam mit Mrs. Copperfield von der Theke zurück. Mrs. Copperfield war auf einmal ganz aufgedreht und wollte für alle Drinks bestellen. Aber weder der junge Mann noch Pacifica nahmen ihr Angebot an. Der junge Mann sah sehr traurig aus, und schon bald entschuldigte er sich, er habe nur vorgehabt, Pacifica zum Restaurant zu bringen und dann wieder nach Hause zu gehen. Mrs. Copperfield war entschlossen, ihn zur Tür zu begleiten, wobei sie ihm die ganze Zeit die Hand streichelte und so stark torkelte, daß er sich gezwungen sah, seinen Arm um ihre Taille zu legen, damit sie nicht hinfiel. Pacifica beugte sich zu Miss Goering vor.

»Es ist furchtbar«, seufzte sie. »Was für ein Kindskopf ist doch Ihre Freundin! Ich kann sie nicht zehn Minuten allein lassen, das bricht ihr fast das Herz. Aber was für eine freundliche und großzügige Frau! Mit einer so schönen Wohnung und so herrlichen Kleidern! Was soll ich bloß mit ihr tun? Sie ist ein richtiges Baby. Ich habe versucht, es meinem Freier zu erklären, aber das kann man niemandem richtig erklären.«

Mrs. Copperfield kam zurück und schlug vor, sie sollten alle woanders essen gehen.

»Ich kann nicht«, sagte Miss Goering und senkte den Blick. »Ich habe eine Verabredung mit einem Herrn.« Sie hätte gern noch ein bißchen länger mit Pacifica geplaudert. In mancher Hinsicht erinnerte die junge Spanierin sie an Miss Gamelon, auch wenn Pacifica gewiß eine viel nettere und körperlich anziehendere Person war. In diesem Augenblick bemerkte sie, daß Ben und seine Freunde sich die Mäntel anzogen und aufbrechen wollten. Sie zögerte nur eine Sekunde und verabschiedete sich dann hastig von Pacifica und Mrs. Copperfield. Sie zog sich gerade ihr Tuch über die Schultern, als sie zu ihrer Überraschung sah, daß die vier Männer eilig zur Tür gingen, genau an ihrem Tisch vorbei. Ben machte ihr keinerlei Zeichen.

Er wird gleich wieder zurückkommen, dachte sie, aber sie entschied sich doch, in den Flur zu gehen. Da sie die vier dort nicht fand, öffnete sie die Tür und blieb auf dem Vorplatz zur Straße stehen. Von dort aus konnte sie sehen, wie sie in Bens schwarzes Auto einstiegen. Ben war der letzte, und gerade als er aufs Trittbrett kletterte, wandte er den Kopf und sah Miss Goering.

»Heh«, sagte er, »Sie hab ich ja ganz vergessen! Ich muß ziemlich weit weg von hier, wichtige Geschäftsdinge. Ich weiß nicht, wann ich zurückkomme. Auf Wiedersehen.«

Er knallte die Tür hinter sich zu, und sie fuhren davon. Miss Goering begann die Steintreppe hinabzusteigen. Die lange Treppe kam ihr ganz kurz vor, wie ein Traum, an den man sich noch später lange erinnert.

Sie blieb auf der Straße stehen und wartete darauf, daß sich Freude und Erleichterung einstellten. Doch bald schon spürte sie eine neue Traurigkeit in sich aufsteigen. Die Hoffnung, dachte sie, hat für immer ihr kindliches Wesen abgestreift.

Ich bin bestimmt näher dran, eine Heilige zu werden, sinnierte Miss Goering, aber vielleicht ist es möglich, daß irgendein meinem Blick verborgener Teil von mir dabei ist, Sünde auf Sünde zu häufen, genauso rasch wie Mrs. Copperfield. Diese letzte Möglichkeit fand sie zwar recht interessant, aber nicht besonders wichtig.

Doris Lessing im dtv

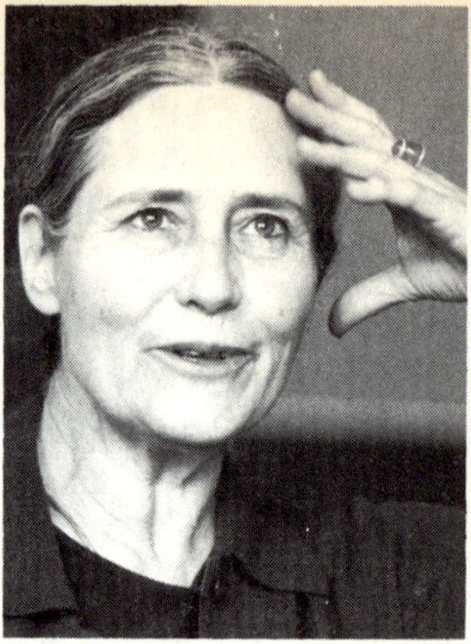

Foto: Isolde Ohlbaum

Martha Quest

Die Geschichte der Martha Quest, die vor dem engen Leben auf einer Farm in Südrhodesien in die Stadt flieht. dtv/Klett-Cotta 10446

Eine richtige Ehe

Unzufrieden mit ihrer Ehe sucht Martha nach neuen Wegen, um aus der Kolonialgesellschaft auszubrechen. dtv/Klett-Cotta 10612

Sturmzeichen

Martha Quest als Mitglied einer kommunistischen Gruppe in der rhodesischen Provinzstadt gegen Ende des Zweiten Weltkriegs. dtv/Klett-Cotta 10784

Landumschlossen

Nach dem Krieg sucht Martha in einer Welt, in der es keine Normen mehr gibt, für sich und die Gesellschaft Lösungen. dtv/Klett-Cotta 10876

Die viertorige Stadt

Martha Quest geht als Sekretärin und Geliebte eines Schriftstellers nach London und erlebt dort die politischen Wirren der fünfziger und sechziger Jahre. dtv/Klett-Cotta 11075

Kinder der Gewalt
Romanzyklus
Kassettenausgabe der fünf oben genannten Bände
dtv/Klett-Cotta 59004 (Sept. '89)

Vergnügen · Erzählungen
dtv/Klett-Cotta 10327

Wie ich endlich mein Herz verlor
Erzählungen
dtv/Klett-Cotta 10504

Zwischen Männern · Erzählungen
dtv/Klett-Cotta 10649

Nebenerträge eines ehrbaren Berufes · Erzählungen
dtv/Klett-Cotta 10796

Die Höhe bekommt uns nicht
Erzählungen
dtv/Klett-Cotta 11031

Ein nicht abgeschickter Liebesbrief · Erzählungen
dtv/Klett-Cotta 25015 (großdruck)

Die andere Frau

Eine auf den ersten Blick klassische Dreiecksgeschichte, die bei Doris Lessing jedoch einen ungewöhnlichen Ausgang findet. dtv/Klett-Cotta 2598 (großdruck)